Andrea Gerecke

Die Weserleiche

Die Romanreihe spielt direkt am Treffpunkt von Weser- und Wiehengebirge im Nordrhein-Westfälischen. Malerisch liegt das mittelgroße Städtchen an der Weser, die beide Erhebungen teilt oder vereint. Je nachdem, aus welcher Perspektive man das betrachtet. Alle Handlungen und Charaktere sind natürlich frei erfunden. Eventuelle Ähnlichkeiten ergeben sich also rein zufällig. Regionale Wiedererkennungseffekte sind indes erwünscht.

Bibliografische Information der Deutschen Nationalbibliothek
Die Deutsche Nationalbibliothek verzeichnet diese Publikation in der Deutschen Nationalbibliografie; detaillierte bibliografische Daten sind im Internet abrufbar über http://dnb.ddb.de

www.niemeyer-buch.de

Umschlaggestaltung: Carsten Riethmüller
Der Umschlag verwendet Motiv(e) von 123rf.com
Druck und Bindung: Nørhaven, Viborg
Printed in Denmark
ISBN 978-3-8271-9471-8

Andrea Gerecke

Die Weserleiche

CW Niemeyer

„Grausamkeit ist das Heilmittel des verletzten Stolzes."

Friedrich Nietzsche

Sonnenaufgang

Martin drehte den Kopf beiseite, als ihn die ersten Sonnenstrahlen trafen. Er spürte eine Übelkeit in sich, die nicht nur vom übermäßigen Alkoholgenuss der vergangenen Nacht herrühren konnte. Noch einmal wollte er in die Traumwelt abtauchen, in der ihm ein bildschönes, blondes Mädchen auffordernd zugewunken hatte, aber es gelang ihm trotz aller Mühe nicht. Ein merkwürdiger Gedanke formulierte sich: Das Böse lebt nicht in der Welt der Dinge. Es lebt allein im Menschen.

Martin hob jetzt langsam die Augenlider, sah über sich das durchlässige, zartgrüne Blätterdach einer Gruppe von Weiden und erkannte einen wolkenlosen, hellblauen Himmel. Woher tauchte denn jetzt dieser Spruch auf, schalt er sich, wohl kaum aus einem chinesischen Glückskeks oder gar aus dem Repertoire seiner Frau? Ein fröstelnder Schauer durchfuhr seinen Körper.

Beim Blick in die Runde entdeckte er das heruntergebrannte Lagerfeuer. Ein paar verkohlte Holzstücke schienen noch Glut in sich zu bergen. Daneben leere Rotwein- und Whiskyflaschen, ein paar Bierdosen, aufgerissene Chipstüten und die geöffnete Dose mit den Käsevorräten, die er als Leckerbissen beigesteuert hatte. Darauf hatte sich ein Schwarm Fliegen versammelt. Waren das alles ihre Hinterlassenschaften von der vorangegangenen Nacht?

Jetzt verstärkte sich das Würgen im Hals, und Martin erhob sich, das heißt, er wollte sich erheben, stemmte sich mit den Händen auf und wollte den Körper in die Senkrechte bringen. Aber der erste Versuch misslang. Er rutschte noch einmal in sich zusammen, schrammte dabei ungeschickt mit einem Unterarm an den Steinen entlang, und aus der roten Spur auf seiner Haut tropfte etwas Blut. Aber er spürte es nicht. Dafür ergriff die Übelkeit zunehmend Besitz von ihm. Als er dann schon den säuerlichen Brei in der Kehle schmeckte, fand er doch die nötige Kraft, um aufzustehen, ein paar Schritte über das steinige Ufer der Weser zu laufen und sich an einen Busch zu stellen. Er kotzte die Überbleibsel der zurückliegenden Stunden aus. Wieder und wieder. Sein Magen schien nichts in sich behalten zu wollen. Ein gallebittrer Geschmack machte sich auf seiner Zunge breit, und er fühlte einen pelzigen Belag darauf.

Ein paar Vögel sangen, unbeschwert klingend, in den frühen Morgen hinein, eine Krickente inspizierte watschelnd den Uferstreifen und machte lautstark auf sich aufmerksam. Zwei blaugrün schillernde Libellen verfolgten einander. Martin hörte und sah es nicht. Er nahm nur sich selbst wahr und die Geräusche, die er verursachte und die in ihm nachhallten. Das Knirschen der Steine, auf denen er keinen festen Halt hatte, das Herauswürgen der Essensreste, vermischt mit dem Zuviel und dem Durcheinander an Schnaps und Wein und Bier. Bitter stieß es ihm erneut auf, als sein Inneres kaum noch etwas hergab.

Schließlich torkelte er entkräftet zu seiner Lagerstatt zurück und ließ sich haltlos auf dem Schlafsack nieder. Nur die Ruhe bewahren, dachte Martin und massierte sich die hohe Schläfe. Ein heftiger Kopfschmerz pochte dahinter. Seine einst blonden Haare schienen auf dem Weg in ein Grau zu sein. Er hielt sie immer kurz, damit dieses Zeichen des Alterns nicht zu sehr auffiel. Ansonsten gab er nicht so viel auf Äußerlichkeiten, es war eben der Lauf der Dinge, dass Haare ausgingen oder ihre Farbe verloren.

Von den beiden anderen Männern war nichts zu vernehmen. Sie lagen in verkrümmten Haltungen auf ihren Decken. Karsten schnarchte lauthals, stoppte dann für Augenblicke, als wolle er Anlauf nehmen, um erneut intensiv zu rasseln. Hans-Jürgen wirkte, so zusammengerollt, wie er lag, wie ein Embryo. Martin schüttelte den Kopf und bemerkte eine unangenehme Starre im Genick, sicher von dem harten Untergrund des Nachtlagers, beschloss er und versuchte, sich an die letzten Stunden zu erinnern. Sein Gehirn versagte ihm den Dienst und erlaubte nur einen Rückgriff bis zum Einbruch der Dämmerung.

Bis dahin hatten sie – nach ein paar anfänglich geleerten Bierdosen – Rotwein getrunken. Dessen war er sich noch bewusst. Von wem kam später der Whisky und dann nicht nur eine, sondern sogar noch eine zweite Flasche? Die Erinnerung streikte. Er jedenfalls hatte mit an Sicherheit grenzender Wahrscheinlichkeit keinen solchen in seinem Reisegepäck gehabt. Wo er doch ein ausgesprochener Weintrinker war, am liebsten eine trockene, edle Sorte, dazu die passende Käseauswahl oder noch besser Brot zum Neutralisieren der Geschmacksnerven. Die hochprozentigen Flüssigkeiten überließ er normalerweise anderen. Sollten die sich doch einen Brummschädel holen. Er wollte sich das nicht antun. Alle bisherigen negativen Erfahrungen damit hatten doch eigentlich mehr als ausgereicht …

Martin legte sich noch einmal hin und war Augenblicke später auch erneut eingeschlafen.

Anruf

Alexander schloss die Tür geräuschvoll hinter sich. Das war jetzt wirklich die Höhe. Er war ja an einiges gewöhnt, auch an Lautstärke. Aber dieses Gedröhn ging nun wirklich nicht. Genau deshalb hatte er nach langem Überlegen und mehrfachen zornigen Ruhe-Rufen, auch weil er sich einfach nicht mehr konzentrieren konnte, seinen Schreibtisch im Arbeitszimmer verlassen und war in das Zimmer der Mädchen gelaufen. Wenn seine Nerven nicht so blank liegen würden, hätte er die Situation einfach ausgesessen. In der Ruhe liegt die Kraft, ein Motto seines Vaters.

Tinchen hatte ihn angelächelt, als er hineingestürmt kam – ihr schien der Krawall überhaupt nichts auszumachen. Lena hockte, ihm mit krummem Rücken zugewandt, an ihrem Schreibtisch und wippte im Rhythmus der Musik. Einen Fuß hatte sie auf den Stuhlsitz hochgezogen und abgesetzt, das Schienbein umklammerte sie mit beiden Armen.

„Es reicht, Mädels", polterte Alex und spürte dabei, wie sein Kopf rot anlief. Dabei wollte er sich überhaupt nicht aufregen. Das hier war doch eine absolute Lappalie.

Tina blickte ihn erstaunt an, Lena rührte sich gar nicht.

„Schaust du mich mal an, wenn ich mit dir rede, Lena! Fräulein, hallo!"

Noch keine Reaktion, nur weiteres Wippen mit dem gesamten Körper und dazu die Bässe, die Vibrationen erzeugten, die durch und durch gingen.

„Ruhe, verdammt noch mal!"

Jetzt hatte Alex so laut gebrüllt, wie es seine Kräfte hergaben.

Mit betonter Langsamkeit drehte sich Lena auf ihrem Schreibtischstuhl um und schaute währenddessen über ihre Schulter.

„Is was, Dad?"

Auch das noch, stach es in Alexander. Er hasste dieses blöde Wort Dad. Das klassische Papa war ihm einfach am liebsten, aber seit einiger Zeit hatte sich die Große neben einer generell schnoddrigen Ausdrucksweise auf allerlei Englisches verlegt. Da war Dad im Grunde noch völlig harmlos. Kein Wunder, wo doch in fast allen Bereichen deutsche Bezeichnungen ersetzt wurden. Selbstredend auch bei ihm in der Behörde. Wer kein Englisch beherrschte, verstand heutzutage wahrscheinlich die Welt nicht mehr.

Er redete sich innerlich zu, jetzt nicht noch mehr aufzubrausen. Das hier waren doch Kindereien und würden sich mit zunehmendem Alter einfach geben. So wie die Phase der nervenden Warum-Fragerei und vieles andere.

„Ich hatte schon mehrfach um Ruhe gebeten", sagte Alexander, bemüht sachlich klingend. „Eure unsägliche Musik erfüllt sogar mein Arbeitszimmer und das in einer Lautstärke, dass ich keinen klaren Gedanken mehr fassen kann."

„Haste das, um Ruhe gebeten?“, erkundigte sich Lena und ließ ihren Fuß lässig vom Stuhl rutschen, während sie die Musik etwas leiser werden ließ. Sie trug ein bauchfreies Oberteil und eine knappe kurze Hose. Das Thema anständige Garderobe wollte Alexander in diesem Moment lieber nicht noch zusätzlich aufs Tapet bringen. Außerdem waren hier alle zu Hause, da konnte man durchaus etwas großzügiger sein, was die Anzugsordnung anging. So würde sie ja wohl hoffentlich nicht in die Schule gehen! Oder würde sie das doch? Alexander zwang sich dazu, die aktuelle Lage konzentriert wahrzunehmen. Ein Problem reichte ja wohl aus ...

Tina hatte inzwischen ihre Blicke mehrfach von ihrer Schwester zu ihrem Vater und wieder zurückgleiten lassen. Die Situation kam ihr brenzlig vor. Mit beiden Händen schob sie sich ihre widerspenstigen Locken hinter die Ohren, die sich gleich wieder verselbstständigten und hervorrutschten.

„Ach, Papa, mach doch keinen Stress. Ich war das. Ich hab Lena gesagt, sie soll mal voll aufdrehen, weil das gerade meine Lieblingssongs sind, und die Musiker erst, die sind ja soooooo süß ...“, log Tina kurz entschlossen wortreich, ohne mit der Wimper zu zucken. Dann erhob sie sich, lief zu ihrem Vater und umschlang ihn mit beiden Armen.

„Wir wollten dich doch nicht schikanieren. Bist du mir jetzt etwa böse?“, fragte sie und schaute während der Umarmung treuherzig nach oben. Dichte Brauen standen über ihren ausdrucksstarken Augen. War da nicht doch eine gewisse Ähnlichkeit mit ihm, drängte sich ein hartnäckiger Gedanke in seinen Kopf.

„Ach, natürlich nicht, mein Kleines“, erwiderte Alex.

Er wollte dieses Thema der Vergangenheit wegschieben, das sich immer und immer wieder meldete, wenn es überhaupt nicht passte. Ihm war es ja sogar schon unterlaufen, dass er seiner Jüngsten die ironische Ader als von ihm geerbt untergeschoben hatte. Dabei stand es definitiv fest, dass sie nicht von ihm war, immerhin hatte er es testen lassen. Sicherlich auch noch nicht einmal von seinem ehemaligen Nachbarn Gregor. Aber möglicherweise ging die Liaison seiner Frau Olga in Berlin sehr viel länger, als sie dann zugegeben hatte. Das würde sich nun, nach ihrem Tod, sicher nicht mehr im Detail rekonstruieren lassen. Wozu auch ...?

Aber sei es, wie es sei, grübelte Alexander, sie ist und bleibt jetzt mein Kind. Außerdem hat kein anderer ein Recht darauf eingefordert. Schließlich entscheidet doch in nicht unerheblichem Maße die Erziehung über die Entwicklung und den Werdegang eines Menschen. Punktum! Und dafür sorge ich mit all meinen Kräften!

Alex hatte inzwischen, wenn auch langsam, wieder eine normale Gesichtsfarbe angenommen. Er ging in die Knie und strich seiner Tochter Tina liebevoll über die Haare.

„Und bestimmt hab ich früher auch so laut Musik gehört. Davon können Oma und Opa garantiert ein Lied singen. Ich kann mich nur nicht mehr daran erinnern ...“, lenkte er nachdenklich ein.

„So ist das eben, wenn man alt wird“, zischte Lena von ihrem Platz aus und beobachtete ihren Vater argwöhnisch.

Alexander hatte die provozierende Bemerkung zwar vernommen, ging aber nicht darauf ein.

„Ihr solltet euch mal langsam bettfertig machen", konstatierte er jetzt mit einem Blick auf die pinkfarbene Wanduhr mit den silbernen Dekoren und den Feen darauf. Das war auch verdammt lange her, dass sich die Große mal genau dieses Exemplar ausgesucht und so lange gequengelt hatte, bis er nachgab und sein Portemonnaie zückte. Und bisher bestand sie erstaunlicherweise noch nicht aufs Ausrangieren ... Alexanders Gedanken schweiften wieder einmal ab.

Lena wollte gerade antworten, aber da fiel ihr die jüngere Schwester rasch ins Wort.

„Machen wir, Papa. Nur noch dieses eine, ganz tolle Lied und dann ist hier wirklich Feierabend. Versprochen."

Und im selben Augenblick hatte Lena auch schon wieder die Lautstärke bis zum Anschlag hochgefahren.

Alexander schüttelte den Kopf, drehte sich aber um und verließ ohne weitere Kommentare das Kinderzimmer.

Eine Weile später tauchten die Mädchen bei ihrem Vater im Arbeitszimmer auf. Erst die Kleine, die ihn umhalste und sein Gesicht mit zahlreichen Küssen bedeckte. Dann die Große, die abwartete, bis Tina den Raum verlassen hatte, um sich unbeobachtet ebenfalls in Alexanders Arme und auf seinen Schoß sinken zu lassen.

„Ich hab dich ja so lieb", säuselte Lena und drückte ihren Vater fest an sich.

„Ach, ich dich doch auch, meine Große", strahlte er mit einem zufriedenen Seufzer und genoss die Situation.

„Mach nicht mehr so lange, Dad", sagte Lena, wieder ganz erwachsen klingend, als sie sich erhob. „Du brauchst schließlich auch deinen Schlaf. Sonst bist du oft so nörgelig. Das geht ja gar nicht!"

Alexander lachte.

„Stimmt, mein Mädchen. Aber nun ab durch die Mitte. Ich schau nachher noch einmal bei euch rein ..."

Stunden später saß Alexander immer noch an seinem Schreibtisch und machte sich Notizen für den folgenden Tag. Da waren wie üblich ein paar offene Baustellen, die er endlich beenden wollte. Dass dieser Schreibkram aber auch nie ein Ende nahm. Wenn er geahnt hätte, dass die Kripoarbeit aus ganz viel und immer noch zunehmenden bürokratischen Dingen bestand, dann hätte er sich vielleicht doch für einen anderen Beruf entschieden? Alex schüttelte den Kopf. Blödsinn! Das war schon genau der richtige Job für ihn, nur im Fernsehen wurde bei den Krimis immer so getan, als ob es keinen tristen Alltag gab, sondern stets hoch herging. Bei der Autobahnpolizei sausten die Dienstfahrzeuge mit ungeheurer Geschwindigkeit hinter den Verbrechern her, überschlugen sich, und die Beamten stiegen unverletzt aus. In einem Krimi war der Schauspieler der Kommissar und im nächsten der Täter. Und genau deshalb hatte er ab einem Moment keine Folge dieser unzähligen und immer mehr werdenden Serien angeschaut. Wann auch? Alex lachte leise auf und vertiefte sich weiter in seine Arbeit.

Er las das Protokoll aus einer der jüngsten Befragungen in einem schon abgeschlossenen Fall, das Aktenführer

Eduard Schiller extra für ihn noch einmal herausgesucht hatte. Mit gerunzelter Stirn zwar, aber ohne Kommentar, schließlich war er an das sture Nachhaken von Alexander gewöhnt. Und manchmal ergab sich tatsächlich ein neuerlicher Ansatz.

Nein, da war doch keine Ungereimtheit drin, stellte Alex fest. Zeitweilig hatte er im Nachhinein ein ungutes Gefühl gehabt, was die Aussagen anging, und musste sich unbedingt noch einmal rückversichern. Also hatte er sich die Unterlagen mit nach Hause genommen, wie so oft. Irgendwo hatte er vor einiger Zeit gelesen, dass die Beamten aller Polizeien 20 Millionen Überstunden angehäuft hatten. Na prima, er hatte seinen gehörigen Beitrag dazu geleistet. Und das hier zählte ja nicht einmal als Überstunden. War eher sein Privatvergnügen ...

Er stand auf, um sich aus dem Kühlschrank etwas zu trinken zu holen, lief dann aber zuerst zum Kinderzimmer, dessen Tür halb offen stand. Vorbei am Kratzbaum mit dem schwarz-weißen Kater Albert im Obergeschoss, der ihn nur aus Augenschlitzen heraus träge musterte, sich aber nicht rührte. Die Nachttischleuchten waren noch an und erzeugten eine gemütliche Atmosphäre, aber beide Mädchen schliefen tief und fest. Alex beugte sich über Lena und dann über Tina und zog jeweils die Bettdecken gerade und strich behutsam darüber. Ein wunderbarer Anblick, dachte er glücklich, und außerdem diese himmlische Ruhe! Dabei entrang sich ihm ein kaum hörbarer Seufzer.

Immer noch mit vorsichtigen Bewegungen, um die Kinder nicht zu wecken, lief er erst zu der einen, dann zur anderen Nachttischlampe und machte beide aus. Zwar hatte er inzwischen durchgehend Energiesparlampen im Haus installiert, auch auf Drängen seiner Töchter, die ein ausgeprägtes Umweltbewusstsein an den Tag legten, aber dennoch hielt Alex Dunkelheit im Schlaf für gesünder. Dazu hatte er mal irgendwo etwas aufgeschnappt, vielleicht im Magazin seiner Krankenkasse, und der Sachverhalt war von ihm für logisch befunden sowie im Gehirn verankert worden.

Als er ins Arbeitszimmer zurückgekehrt war, griff er sich sein Smartphone, weil er noch eine SMS schreiben wollte, und entdeckte einen Anruf in Abwesenheit: Dennis. Nanu, grübelte Alex, was war denn da so dringend, dass es nicht bis zum nächsten Tag Zeit hatte? Er war schon geneigt, darüber hinwegzugehen, als er doch einen Rückruf startete. Vielleicht war es ja wichtig, man konnte nie wissen. Seine Neugier hätte er sowieso nicht bezwingen können. Die lag mütterlicherseits in der Familie und war außerdem berufsbedingt auf Dauerschleife trainiert.

Alexander hörte zwar sofort jemanden am anderen Ende, aber er konnte die Stimme nicht auf Anhieb zuordnen.

„Dennis, bist du das?“

Es schluchzte lautstark. Das klang aber ganz und gar nicht nach seinem Mitarbeiter.

„Hallo, hier ist Alex. Was ist denn los?“

Kurz grübelte er nach dem Namen. Wie hieß die Frau von Dennis? Dann fiel es ihm ein.

„Jessica?“

„Ja, ich bin's", kam endlich eine zaghafte Äußerung.

„Ganz ruhig", lenkte Alexander beschwichtigend ein. „Ist was mit eurem Kleinen? Oder stimmt irgendwas anderes nicht?"

Obwohl, die zweite Frage wollte er gar nicht gestellt haben. Private Sorgen seines Kollegen wollte er eigentlich nicht wirklich an sich heranlassen, schließlich hatte er genug eigene am Hals. Schon die Andeutungen von Dennis Sommer vor einer Weile erst wieder, dass es da Probleme in der Ehe gab und er Angst habe, in eine Depression zu fallen, hatten ihm ausgereicht.

„Nun rück mal raus mit der Sprache. Warum hast du bei mir angerufen?"

Alexander klang dienstlich.

„Ich, ich ..."

Einen Moment lang herrschte Stille in der Leitung, aber Alex wartete geduldig ab.

„Ich habe einen Abschiedsbrief von Dennis gefunden."

Jetzt war es heraus.

Alex verschluckte sich und konnte einen Hustenanfall kaum bremsen.

„Was hast du?", brachte er stockend hervor.

„Eigentlich habe ich schon geschlafen, aber dann hat sich der Junge bemerkbar gemacht, und ich bin munter geworden. Wollte ihn nur kurz stillen und mich dann wieder hinlegen. Aber da war Dennis weg. Das Bett lag so da, wie ich es für ihn aufgeschüttelt hatte. Ich bin durch die Wohnung gelaufen, habe nach meinem Mann gesucht und schließlich auf dem Küchentisch diesen Brief gefunden."

Wieder hörte Alexander Jessica weinen.

„Und was schreibt Dennis?“, erkundigte er sich schließlich mit möglichst sachlicher Stimme.

„Dass er nicht mehr ein noch aus weiß und sich das Leben nehmen will. Wir hätten keine Schuld, weder die Arbeit noch die Familie, nur er allein ...“

Der Satz ging in ein Weinen über.

Das war heftig, grübelte Alex und versuchte, die Angelegenheit zunächst herunterzuspielen, um Jessica nicht noch weiter zu beunruhigen.

„So ernst wird er das bestimmt nicht gemeint haben ... Hast du eine Ahnung, wo er hin sein könnte? Und hast du mit deinen Eltern schon gesprochen?“

„Die gehen doch immer zeitig ins Bett. Ich traue mich auch gar nicht, bei ihnen anzuklopfen. Mein Vater hat ein schwaches Herz, und meine Mutter regt sich immer gleich auf“, beantwortete Jessica zunächst die zweite Frage, schnaubte sich geräuschvoll die Nase und legte nach.

„Das Auto ist weg, und vorhin lag beim Abendbrot noch ein stabiles Seil auf dem Sideboard im Flur. Da habe ich mich echt gewundert, was das soll, und Dennis gefragt. Er hat nur gemeint, er wolle mit so einem Abschleppseil immer auf Nummer sicher gehen ... und jetzt ist das Teil fort ... Außerdem hat er seinen guten Anzug angezogen. Zum Joggen kann er also nicht unterwegs sein! Ich wusste mir keinen Rat, deshalb habe ich dich angerufen, mir fiel niemand anderes ein, den ich damit jetzt, um diese Zeit, behelligen könnte. Tut mir leid, wenn ich dich geweckt haben sollte ...“

Alexander versuchte nachzudenken, was nun in welcher Reihenfolge zu tun war. Jetzt war Gefahr im Verzug. Er musste unbedingt handeln.

„Kein Problem. Ich war noch munter. Ist völlig richtig, dass du mich gleich angerufen hast. Bleib ganz ruhig, Jessica. Ich klär das schon“, redete er beruhigend auf sie und zugleich auf sich ein, denn er verspürte ebenfalls Panik. Sein Herz schlug schneller.

„Ruf mich bitte sofort an, wenn Dennis wieder auftaucht. Ansonsten melde ich mich bei dir, wenn ich was erreicht habe.“

Dann verabschiedeten sich die beiden voneinander.

Wovon hatte Dennis immer geredet, wenn er meinte, er müsse sich mal auf sich besinnen und sich zurückziehen? Alexander grübelte. Er hatte zwar nicht wirklich zugehört, wenn sein Kollege von seinen depressiven Ausbrüchen erzählte, aber es war trotzdem etwas hängen geblieben. Das Wäldchen, gleich in der Nähe des Anwesens seiner Schwiegereltern, wo er und seine Frau mit dem Kind im Obergeschoss wohnten. Zum einen joggte Dennis dort gern ein Weilchen, um einen freien Kopf zu bekommen, wie er meinte, und zum anderen lief er dort gelegentlich eine Runde mit dem zehnjährigen Dackel seiner Schwiegereltern, um gute Stimmung zu machen.

Und da war auch diese Bemerkung von Dennis wieder, halb im Spaß, halb im Ernst gesagt: „Ich führe da manchmal sogar Selbstgespräche ... Und sollte ich mich mal umbringen wollen, dann wäre das der ideale Ort.“

Genau so hatte er sich geäußert. Wer sagte denn so was?! Dazu hatte er gelacht, ein irgendwie hysterisch klingendes Lachen. Alex schüttelte sich im Nachhinein. Plötzlich bekam alles eine Bedeutung.

Als völligen Blödsinn hatte Alexander das damals abgetan, aber irgendwie war diese Äußerung doch in seiner Erinnerung geblieben. Das Wäldchen. Er musste dorthin und durfte keine Zeit verlieren.

Loverboy

Marion griff sich mit der Rechten schwungvoll ihren großen, knallroten Koffer vom Förderband und lief Richtung Ausgang. Über ihrer linken Schulter baumelte die Gucci-Tasche in edlem Braun mit goldenen Teilen verziert, auf dem Nasenrücken saß eine passende Sonnenbrille derselben Marke. Die Männer hatten sich daheim wieder in trauter Dreierrunde auf ihre Paddeltour begeben, und sie konnte tun und lassen, was sie wollte. Ihr Sohn Torben hatte die Sportbegeisterten noch zum Start der Kanufahrt gebracht, nach Hann. Münden, wenn sie sich recht entsann. Danach wollte er wieder nahtlos zu seinem Praktikumsplatz bei dem großen Energieversorger. Und Annalena, der kleine Nachzügler, war mit einer Freundin an den Dümmer See gefahren, wo deren Eltern ein Grundstück hatten. Sie hatte ja gar kein zweites Kind haben wollen, aber dann entwickelten sich die Dinge anders in ihrem Leben. Nun war die Kleine beider Liebling, wenngleich Karsten in den Anfängen seine Zweifel hatte, die Marion aber wortreich zerstreute. Es war doch eine wunderbare Fügung, dass das Kind so einen eher dunklen Teint und so schönes, fast schwarzes Haar in die Wiege gelegt bekommen hatte ...

Ein Segen aber auch, diese Freundesbande, dachte Marion und schaute sich suchend um. Das blumige, leichte

Sommerkleid umspielte ihre schlanke Figur und ließ die langen, glatten Beine wirken, betont noch von den hochhackigen Sandaletten. Ihre zu Hause erworbene Bräune ließ sie fast ein wenig im Menschengewirr der blassen Touristen aus Europa untergehen.

In der Ferne entdeckte sie im Gewimmel einen Mann, der Ähnlichkeit mit Khaled hatte. Seine Bewegungen schienen ihr eindeutig. Aber dann umarmte er eine blonde, ziemlich rundliche Frau und küsste sie intensiv. Das konnte er nicht sein.

Marion rückte die Sonnenbrille zurecht. Hätte sie doch nur auf Augengläser ihrer Stärke bestanden, dann wäre alles einfacher und klar erkennbar gewesen. Zu einer Brille auf Dauer konnte und wollte sie sich nicht durchringen. Für ihren Geschmack standen ihr die Dinger einfach nicht und machten nur alt, nicht etwa intelligent, wie eine ihrer Freundinnen immer behauptete. Und Kontaktlinsen vertrug sie nicht wirklich, da fingen ihre Augen meist ganz rasch an zu tränen, vor allem in geschlossenen Räumen. Alles schon getestet. Aber so, ohne klaren Blick? Schon des Öfteren hatte sie Leute verwechselt, und das eben war garantiert wieder so eine Situation. Ihr Geliebter, ihr Khaled-Schatz, konnte doch an diesem Ort unmöglich mit einer anderen Frau herumturteln. Sie schüttelte ihren Kopf, ließ die Locken fliegen und schritt weiter voran, immer mit suchendem Blick.

Plötzlich spürte sie einen heißen Atem in ihrem Nacken und roch diesen einzigartigen Duft – ein Parfüm, das sie ihm stets als kleine Aufmerksamkeit besorgte. Immerhin sollte er etwas von ihr tragen ... Sie drehte sich schlagartig um und erblickte ihn. Offensichtlich so ähnlich gekleidet wie der Mann von soeben, aber die Herren der Schöpfung sahen hierzulande ohnehin nicht sonderlich verschieden aus, was die Garderobe anging. Außerdem kam Khaled doch nun aus einer ganz anderen Richtung. Er konnte es also nicht gewesen sein. Keinesfalls!

Marion verscheuchte die trüben Gedanken und ließ sich in seine offenen Arme fallen.

„Ach, Liebster, wie ich mich danach gesehnt habe", stieß sie gurrend hervor und atmete seinen Geruch ein, sog ihn inbrünstig in sich auf.

„Und ich mich erst, meine Mary", flüsterte er ihr ins Ohr, berührte mit seinen Lippen sanft ihr Ohrläppchen und packte sie fester um die Taille.

„Wir haben fünf lange Tage vor uns. Ich bin ja so glücklich", sagte jetzt Marion und strahlte über das ganze Gesicht. Ihre Augen funkelten, und die gepflegten, makellosen Zähne leuchteten. Die Lippen hatte sie mit dem Stift noch vor dem Aussteigen aus dem Flieger nachgezogen. Eine hochwertige Marke, die nicht so rasch verschmierte und auch nach einem Kuss noch Bestand hatte.

„Die Zeit werden wir genießen, mein Stern. Ich habe mir von der Arbeit frei genommen. Meine Familie freut sich wie immer auch schon auf dich. Meine Mutter hat gebacken und gekocht. Deine Lieblingsspeisen. Komm, wir wollen uns auf den Weg machen."

Khaleds Deutsch klang perfekt. Bestimmt übte er auch während ihrer langen Trennungen, um sich dann immer besser mit ihr zu verständigen, überlegte Marion lächelnd. Wobei er ja als Hotelmanager dieser großen Anlage am

Mittelmeer auch mehrsprachig gefordert war und ebenso Französisch und Englisch recht passabel beherrschte. Nur zu schade, dass er sie noch nie dorthin mitgenommen hatte. Er wollte seine Zeit immer nur mit ihr verbringen und nicht an die Arbeit erinnert werden, versicherte er ihr stets. Außerdem hätte er so unendlich viele Überstunden und ein eingespieltes Team, auf das er sich verlassen könne.

Galant griff der Mann nach ihrem Koffer, und Marion entrang sich ein tiefer Seufzer. Jetzt hatte sie nur noch die zwar relativ großformatige, aber doch ziemliche leichte, edle Handtasche zu tragen. Im Freien schlug den beiden die Hitze wie eine Wand entgegen. Marion machte das überhaupt nichts aus. Im Gegenteil. Sie liebte diese Temperaturen, die ihr lockere, viel Erotik versprechende Kleidung gestattete. Daheim war es ja viel zu selten möglich, diese Garderobe auch optimal auszuführen. Ewig der kalte, böige Wind, der über die Region fegte, die Frisur zerzauste, und dann häufig Regen.

Zwischen den zahlreichen Autos hindurch führte Khaled seine deutsche Freundin zu seinem Fahrzeug. Ein etwas schäbiger, alter Renault mit zahlreichen Beulen und abgeschabtem Lack. Eigentlich gar nicht würdig für einen Hotelmanager, dachte Marion und erinnerte sich daran, dass Khaled immer beteuerte, wie praktisch gerade dieses Modell sei, wie leicht es zu reparieren wäre und dass es einen kleinen Zusammenstoß nicht übelnehmen würde. Von der Ursprungsfarbe her war es nicht mehr eindeutig zuzuordnen. Ich sollte ihm mal ein neues Auto schenken, fuhr Marion ein Gedanke durch den Kopf, das würde ihn bestimmt freuen. Dabei stieg Vorfreude in ihr auf, was er für ein Gesicht machen würde bei so einem außergewöhnlichen Präsent. Sie strahlte immer noch, als sei diese Mimik in ihrem Gesicht fortan festgemeißelt. Das Lächeln nahm dabei von ihrem gesamten Körper Besitz, der zu leuchten schien.

Khaled öffnete die Haube vom Kofferraum mit einem Ruck und stellte das Gepäckstück hinein, in ein Durcheinander undefinierbarer Dinge: Werkzeug, Stofffetzen, Dosen, Kisten ... Dann lief er zur Beifahrerseite, um Marion beim Einsteigen behilflich zu sein. Als er schließlich hinter dem Lenkrad saß, drehte er sich zur Seite, und beide küssten sich lange und innig, im Hintergrund die Silhouette des Flughafens von Monastir. Um sie herum unzählige Menschen, die kamen und gingen.

Kennengelernt hatten sie sich einige Jahre zuvor, als Marion aufs Geratewohl nach Tunis geflogen war, um sich die Stadt einmal anzuschauen. Ein Singletrip, wie schon zahlreiche zuvor. Lauter Alleinreisende waren damals in der Gruppe unterwegs und merkwürdigerweise fast ausschließlich Frauen. Nur ein längeres Wochenende war vorgesehen.

In der Empfangshalle des großen, noblen Hotels, in dem einige deutsche, aber ansonsten vorrangig englische Touristen abstiegen, hatte sie ihn bemerkt. Unübersehbar hatte er dort auf etwas gewartet.

Er saß in einem der großen, schwarzbraunen Ledersessel, offensichtlich intensiv vertieft in die Tageszeitung. Und dabei ein wunderbarer Anblick, mit einem markanten, filmreifen Gesicht, ideal für die Rolle eines Liebhabers. Marion hatte sich kaum losreißen können, und irgendwann gab es den ersten Blickkontakt. Wenig später hockte Marion auf einem Drehstuhl an der Bar mit einem Aperitif, als sich der Mann zu ihr gesellte.

Seine bronzefarbene Haut hatte es ihr gleich angetan. Ein totaler Gegensatz zu ihrem Gatten Karsten, dessen fahles Aussehen sie oft daran erinnerte, einen Arztbesuch einzuplanen. Nur bei den Ausflügen auf der Weser tankte er etwas Farbe, aber meist war das ein widerliches Rot, und er verbrannte sich schnell, wenn er nicht aufpasste. So manches Mal hatte sie ihm Blasen kühlen und mit Salbe bestreichen müssen ...

Sie hingegen war eine Sonnenanbeterin, nutzte jede nur freie Stunde, um sich auf ihrer Terrasse nackt zu aalen, auf dass ja nur keine weißen Stellen an ihrem Körper als Makel erschienen, und sehr wohl darauf bedacht, auch wirklich keinen winzigen Fleck auszulassen – selbst den Ehering nahm sie vor ihren Bräunungsaktionen ab. Karsten stritt jedes Mal mit ihr, wenn er sie dabei entdeckte, wobei er in seiner Rage die Sache mit dem Ring, die ihn hätte stutzig machen können, nicht einmal bemerkte. Er meinte, die Nachbarn könnten sie so vollkommen unbekleidet und in purer Nacktheit entdecken. Und das wäre doch unschicklich. Von wegen, hatte sie immer triumphiert. Sie müsste sich nicht schämen, sie hätte eine einzigartige Figur. Was Karsten wiederum nicht leugnen konnte. In deren Erhalt landete ja auch ein Teil seines Geldes, unter anderem für einen Personal Coach.

An jenem ersten Abend in Tunis hatte es zwischen Marion und Khaled gefunkt. Die folgenden Tage waren sie unzertrennlich. Er zeigte ihr die Stadt von ihren beeindruckenden Seiten, sie schlenderten durch den Basar, der mit seinen Düften und Farben und außergewöhnlichen Anblicken alle Sinne betörte. Farbenfrohe Stoffe, köstliche Leckereien, einzigartige Schmuckkreationen ... Jeden Wunsch schien er ihr von den Augen ablesen zu können, dabei bestritt er sämtliche Ausgaben aus eigener Tasche.

Einmal ritten sie auf Kamelen in der Wüste, fast in den Sonnenuntergang hinein, und sie wünschte sich, dieser Moment würde nie enden. Das gemächliche Tier unter Marion gab gluckernde Geräusche von sich, wohl das Wasser, das es zur Reserve in seinem Körper hatte, wie Khaled später erklärte. Sie aber ließ sich in dieses faszinierend-unwirkliche Naturschauspiel fallen und genoss jede Sekunde. Später auch die Zärtlichkeiten des Mannes, die er behutsam ausgeweitet hatte, um endlich zu seinem Ziel zu kommen. Aber es war inzwischen ebenso das ihre.

Tunis war lange her. Seitdem aber lebte Marion in dieser glückseligen Wolke und im Grunde immer von Treffen zu Treffen. Sie behauptete Khaled gegenüber, dass sie ihren Mann bei einem Autounfall verloren hätte, was glaubhaft klang. Sein Mitleid währte allerdings nur kurz.

Ihren Mann Karsten schaltete sie mehr oder weniger aus ihrem wirklichen Leben, wie sie es für sich nannte, aus. Selbst seine gelegentlichen Gewaltausbrüche, wenn er zu tief ins Glas geschaut hatte, ertrug sie mit mehr Gelassenheit. Schloss sich einfach in ein Zimmer ein und wartete ab, bis er aufhörte zu randalieren und zu fluchen und irgendwann irgendwo einschlief. Später schien er sich ja nie daran zu erinnern. Jedenfalls tat er stets, als sei überhaupt nichts gewesen. Während es ihre Aufgabe war, die entstandenen Schäden wieder zu beheben. Warum hatte sie sich auch auf diesen Choleriker eingelassen?! Ihre Mutter hatte sie von Anfang an vor ihm gewarnt. Alle wussten schließlich, dass er wegen gefährlicher Körperverletzung schon einmal vor Gericht gestanden hatte und nur durch seinen gewieften Anwalt mit einer Bewährungsstrafe davongekommen war. Aber Liebe machte ja bekanntlich blind. Und so wie Justitia musste sie wohl auf beiden Augen blind gewesen sein ...

Marion riss sich aus ihren Erinnerungen, als Khaled das Auto zielsicher durch den lauten und unübersichtlichen Verkehr steuerte. Keiner schien sich hier an irgendwelche Regeln zu halten. So gerne sie daheim auch selbst am Lenkrad saß, hier verkniff sie sich einen Vorschlag, Khaled einmal abzulösen. Auch wäre es wohl ungebührlich gewesen.

Sie streifte mit ihren Augen irgendwann den Fußraum des Fahrzeugs, ihr fielen seine schäbigen Sandalen auf, die von undefinierbarer Farbe waren. Ein paar neue Schuhe sollten in diesem Urlaub unbedingt drin sein, entschied sie innerlich. Für die Arbeit würde er sich immer vor Ort im Hotel mit der entsprechend hochwertigen Garderobe einkleiden, zu Hause aber würde er die Freiheit genießen, nicht in Schlips und Anzug gehen zu müssen. Eine vertretbare Auffassung, fand Marion, aber ein wenig übertrieb er da mit der Lässigkeit schon.

Inzwischen hatten sie sich auf ein Treffen in Monastir geeinigt, vor allem, weil dort in der Nähe seine Familie zu Hause war. Für jeden hatte sie wieder kleine Geschenke mitgebracht. Für seinen Vater Yasser, die Mutter, die Großmutter und für die Geschwister. Immer nur winzige symbolische Dinge, um das Reisegepäck nicht zu sehr zu belasten, dafür aber in großzügige Euroscheine gewickelt, die unendliche Dankbarkeit und leuchtende Augen erzeugten.

Marion lehnte sich entspannt in ihrem Sitz zurück und träumte schon von der gemeinsamen Teezeremonie in dem gekachelten Raum mit den dicken Teppichen auf dem Boden, jeder im Schneidersitz auf einem Kissen, vor allem aber von dem Danach.

Alkohol

Monika trällerte bei dem Lied von Herbert Grönemeyer mit, dessen frühe CD „Bochum" sie gerade eingelegt hatte, tanzte barfuß durch das große Wohnzimmer und hielt dabei ein noch etwas gefülltes, sehr voluminöses Rotweinglas in der Hand, dessen schwappender Inhalt sich bedrohlich dem Rand näherte. „Sanitäter in der Not", „Fallschirm" und „Rettungsboot" betonte sie lautstark beim Mitsingen, wohl wissend, dass niemand sie im Haus hören konnte. Dann schüttete sie das Getränk in sich hinein und bewegte sich zu der Flasche hin, die auf dem Couchtisch stand. Noch war sie zu einem Drittel voll.

Sie ließ sich auf das Sofa fallen und legte die Füße hoch, dabei schaute sie aus dem überdimensionalen Fenster auf den gepflegten Garten. Am Tag zuvor erst war der Gärtner da gewesen, hatte die Hecke geschnitten, ein paar Büsche in Form gebracht, da und dort Unkraut gejätet, Rindenmulch aufgestreut und den Rasen gemäht. Alles sah perfekt aus, auch die braunen Stellen in den Buchsbäumen waren verschwunden. Sollten sie sich nicht wieder erholen, müssten sie vielleicht ausgetauscht werden, hatte der Gärtner erzählt und auf eine grassierende Krankheit hingewiesen. Es bestand aktuell aber kein weiterer Handlungsbedarf.

Vielleicht sollte sie bei dieser passenden Gelegenheit, wo die Familie außer Haus war, mal das Leergut entsorgen, nahm sie sich vor, hob den Oberkörper, griff zur Flasche und schenkte nach. Ach was, das hatte Zeit. Mindestens eine Woche waren die Männer planmäßig auf der Weser unterwegs. Eine Art Abenteuerurlaub für große Jungs. Martin, Karsten und ihr Gatte Hans-Jürgen. Eine uralte Männerfreundschaft, wie sie nur in Kinder- und Jugendjahren entsteht und gefestigt wird und dabei die Jahrzehnte überdauert. Niemand erwartete von den Frauen, dass sie etwa dabei mitmachten und diesen ganz besonderen Kreis störten. Zumindest nicht bei dieser gemeinsamen sportlichen Aktivität.

„Ihr seid dann doch sicher wieder bei einer eurer Wellness-Aktionen", hatte Hans-Jürgen beim Abschied gesagt. „Und lass dich von den Mädels nicht wieder zu so viel Alkohol verführen! Du verträgst doch immer nur höchstens ein Glas ..."

Dabei hatte er ihr in die Wange gekniffen. Wenn sie daran dachte, spürte sie den Schmerz immer noch. Pah, Wellness, von wegen. Den Freundinnen Renate und Marion hatte sie erklärt, sie wolle sich um eine alte Tante im Osten kümmern, die eine große Gärtnerei mit Apfelplantage in der Nähe der Sächsischen Schweiz besaß, direkt mit Blick auf die Elbe. Da wäre mal irgendwann eine nicht unbeträchtliche Erbschaft zu erwarten, und so was müsse man eben von Zeit zu Zeit pflegen. Vollstes Einverständnis war da von beiden gekommen. Sie hätten garantiert nicht anders gehandelt. Nur ein paar von den leckeren Äpfeln erbaten sich beide. Das würde kein übermäßiges Problem sein. Biobauern gab es in der ostwestfälischen Region genug. Da würde sie schon ein paar ungewöhnliche Exemplare einer alten Sorte auftreiben, wo nicht einer exakt dem anderen glich, wie im Supermarkt, sondern auch mal eine kleine, schorfige Stelle aufwies, dafür aber im Geschmack unschlagbar war. Vielleicht einen leckeren Boskop. Und für die Tante, die es tatsächlich gab, musste ein längeres Telefonat ausreichen.

Dann hatte sich Monika nur um die Jüngste kümmern müssen, die noch nicht aus dem Haus war. Ein Besuch bei der Oma auf Sylt ging immer. Da gab es überhaupt keine Widerrede. Keiner schöpfte Verdacht. Alles bedurfte nur einer perfekten Organisation. Und das war sowieso Monikas Metier als Mitarbeiterin in einer Eventagentur. Jonas, der Große, studierte inzwischen in London und verbrachte gerade seine Semesterferien in Deutschland bei einem Freund im Süden. München oder Stuttgart. So etwas hatte er jedenfalls gesagt, wenn sie sich recht entsann.

Monika trank auch nicht regelmäßig. Es gab sogar Wochen und Monate, in denen sie jeden Tropfen Alkohol ablehnte, ihn regelrecht verabscheute und sich bei jeder passenden Gelegenheit auch entsprechend abfällig dazu äußerte, von wegen, wie könne man nur, und dafür habe sie ja überhaupt kein Verständnis ... Bis dann dieser Moment nahte, in dem sie gedanklich nicht mehr davon loskam. Dann sah sie überall Wein- und Schnapsflaschen, Reklame von glücklichen, gut aussehenden Menschen in edler oder sportlicher Garderobe, die unbeschwert ihren Sekt zu sich nahmen und mit Schnapsfläschchen in der Hand voller Elan Berge erstürmten. Oder die leckeren Pralinen mit der hochprozentigen, selig machenden Füllung.

Sie bevorratete sich stets sorgsam und wählte den Zeitpunkt gründlich. Bislang war ihr noch niemand auf die Schliche gekommen. Und als Hans-Jürgen mal leere Weinflaschen gefunden hatte, schimpfte sie lautstark auf den Gärtner und die Handwerker, die etwas an den Elektroleitungen repariert hatten. Das erklärte alles, auch die schlampige Arbeitsweise, die Monika immer wieder nachweisen konnte. Und Hans-Jürgen wechselte das Thema, obwohl er nicht glauben mochte, dass die Männer mal eben so nebenher während der Arbeit ausgerechnet Wein tranken. Ein Bier, das hätte er schon verstanden ...

Diesmal standen die Kisten mit den geleerten Flaschen bereits in ihrem Auto. Morgen, ganz bestimmt morgen wollte sie zu einem etwas entfernter gelegenen Container, in der Nähe einiger anonymer Hochhäuser vom Stadtteil Bärenkämpen, fahren und sie dort sortengerecht hineinwerfen. Die perfekte Mülltrennung war ein Muss in der Familie. Egal, wie hoch der Promillestand gestiegen war.

Jetzt aber, nachdem sie den Rest in der Flasche ausgetrunken und kurz in die einsetzende Dämmerung gestiert hatte, lief sie in den Keller und suchte sich aus ihren speziellen Vorräten in einer Ecke, in der sonst mit ziemlicher Sicherheit niemand stöberte, ihren Favoriten hervor. Ihre Bewegungen waren noch relativ koordiniert. Monika hielt eine Flasche ins Licht der Deckenlampe und strahlte bei diesem Anblick. Tja, der Traminer konnte jetzt gut passen. Sie hatte sich entschieden, griff fester zu und machte sich auf den Rückweg. Kurz vor der Treppe entschloss sie sich zur Umkehr. Wie weit würde wohl diese Flasche reichen, um in einen berauschten, erlösenden Schlaf zu fallen? Wenn sie später noch Nachschub benötigte, wollte sie nicht eventuell die steile Treppe hinabfallen. Das war ihr schon einmal passiert, und sie musste sich mit ziemlicher Mühe herausreden, woher denn die vielen blauen Flecke und Abschürfungen kamen, und wieso so etwas geschehen konnte. Also bevorratete sie sich mit zwei weiteren Flaschen und stieg mit den drei Exemplaren aus dem etwas muffig riechenden Raum nach oben.

Dabei machte sich ein boshafter Gedanke in ihr breit: Quartalssäufer. Das war hart. Monika schüttelte sich. So eine Bezeichnung traf doch überhaupt nicht auf sie zu, und außerdem teilte man Trinker in derartige Kategorien, wie solche, die sich in Abständen ihre speziellen, heftigen Trinkzeiten nahmen oder jene, die stets im Alltag ihren Pegel beibehalten mussten, gar nicht mehr ein. Sie hatte sich mal dazu im Internet schlaugemacht. Nicht etwa aus eigener Betroffenheit, sondern eher aus allgemeinem Interesse. Anschließend hatte sie jede Menge anderer Seiten aufgerufen – zur Mode, zum Trend, zum Garten, zum Essen, zum Reisen –, um die Spur zur Alkoholseite in den Hintergrund rücken zu lassen. Und wenn Hans-Jürgen doch einmal fündig werden würde, dann hatte sie auch dafür schon eine Entgegnung parat. Dass sie nämlich eigentlich für ein spezielles Kuchenrezept nach einer Schnapssorte hatte suchen wollen und urplötzlich doch auf so einer abwegigen Seite gelandet sei – ha, ha. Selbst ihr unverfängliches Lachen hatte sie dafür schon drauf und mal kurz trainiert. Man konnte ja nie wissen und musste für alles gewappnet sein.

Irgendwann in diesen Tagen klingelte das Telefon. Die Mutter von Cornelia war dran. Die Familien gehörten denselben Clubs und Vereinen an, die Frauen spielten gelegentlich Bridge miteinander. Zeitweilig hatte es sogar so ausgesehen, als könne es etwas mit einer familiären Verbindung werden. Die Kinder waren eine ziemlich lange Zeit auf der Schule miteinander gegangen und hatten sich eines Tages sogar verlobt. Etwas altmodisch, wie Monika gefunden hatte. Aber warum nicht. Sogar eine richtige Feier hatten die beiden ziemlich eigenständig in die Wege geleitet und organisiert: Cornelia und Jonas. Selbst in der Tageszeitung hatten sie das Ereignis inseriert. Mit großem Brimborium, also alles in allem. Hundert Gäste waren es bestimmt, wenn nicht noch mehr.

Monika hatte bei jener Feier irgendwann das Zählen aufgegeben und nur für immer mehr Nachschub an Essen und Getränken gesorgt, weil sie sich natürlich als Hausherrin und Mutter verantwortlich fühlte. Wobei ja eigentlich die Eltern der künftigen Braut für solche Aktionen zuständig waren; oder irrte sie sich da? Egal, als Jonas sie darum gebeten hatte, hatte sie keinen Augenblick gezögert und sofort zugesagt, alles zu managen. Sich selbst gestattete sie keinen Tropfen Alkohol, sonst wäre alles vielleicht in einem Fiasko geendet. Das musste sie vermeiden, auch um den guten Ruf der Familie zu wahren.

Eine Weile lief dann in der Beziehung der beiden Verlobten alles gut. Mal nächtigten sie bei ihnen, mal bei den Eltern des Mädchens. Doch irgendeines Tages hatte sie ihren Sohn Jonas heulend in seinem Zimmer vorgefunden und nach langem Bohren herausbekommen, dass sich seine Cornelia entlobt und nahtlos mit seinem besten Freund Matthes zusammengetan hatte.

„Hast du was von den Kindern gehört?", erkundigte sich Maren, und ihre Stimme klang besorgt.

Monika riss sich zusammen, um artikuliert zu sprechen. Eine Flasche Wein hatte sie zu dem Zeitpunkt schon geleert und die zweite des Tages gerade entkorkt.

„Wieso? Ich denke, die machen mit der Clique ihren Abenteuerurlaub und wollten da auch mal völlig auf Technik verzichten. Sich gewissermaßen entschleunigen, wie das heute so schön heißt. Was ich für eine unheimlich gute Idee halte. Das sollten mal mehr Leute tun ..."

Die Sache mit den Ferien ihres Sohnes in Süddeutschland hatte sie gerade verdrängt. Beim Wort Technik stolperte ihre Zunge, und sie hüstelte.

„Bist du erkältet? Du klingst so komisch!", wollte Maren jetzt wissen.

„Kann sein. Vielleicht habe ich mir einen Virus eingefangen", meinte Monika und hoffte, das Gespräch würde bald beendet sein.

„Du glaubst also, wir sollten uns keine Sorgen machen?", fragte Maren, nun schon etwas entspannter.

„Ach was, die Truppe wird sich schlichtweg amüsieren und nicht im Traum daran denken, ihren alten Eltern eine Nachricht zu schicken. Gönnen wir ihnen doch den Spaß. Wir waren schließlich auch mal jung!", entgegnete Monika, mit einem Schlag ziemlich nüchtern. Wobei es ihr vollkommen egal war, ob sich dieses Biest Cornelia amüsierte oder nicht. Sie verstand sowieso nicht, warum ihr Sohn Jonas immer noch zu Matthes hielt – nach dem Vertrauensbruch in der Freundschaft. Außerdem begegnete er auf diese Art und Weise immer wieder seiner einstigen Angebeteten, die kurze Zeit später sogar eine zweite Verlobung – nun eben mit Matthes – durchzog. Da verstehe noch einer die jungen Leute! Man verlobte sich doch nicht so mir nichts, dir nichts heute mit diesem und morgen mit jenem. Das war fast schon inflationär.

„Alles klar", ging Maren zum Ende des Gespräches über. „Dann wünsche ich dir einfach gute Besserung. Kannst dich ja momentan nicht mal richtig verwöhnen lassen, wenn ich das korrekt in Erinnerung habe. Sind eure Männer nicht mit den Booten unterwegs?"

„Genau. Alle Welt macht Urlaub!"

„Tschüss also und nochmals gute Besserung!"

„Danke ..."

Dir auch, hatte Monika noch nachsetzen wollen, aber im richtigen Augenblick die Taste zum Beenden des Gespräches gedrückt.

Tapetenwechsel

Die letzte Renovierung lag schon fast zwei Jahre zurück. Renate hatte sich bereits seit Monaten unwohl gefühlt, nachdem sie erste Gebrauchsspuren an einer Wand entdeckt hatte. Irgendjemand aus der Familie musste eine Mücke oder ein anderes Insekt an der Flurwand erschlagen haben. Und dann vielleicht eine Spur von Schimmel in einigen Ecken. Sie hatte nicht nur ein Auge, sondern auch eine Nase dafür. Außerdem war sie eine langfristige Organisatorin und Planerin, wie Martin immer meinte – in allen Dingen des Lebens.

Die einstige Ausbildung als Hauswirtschafterin hatte Spuren hinterlassen und sie sehr geprägt, selbst wenn sie nicht sonderlich stolz darauf war. Aber zu ihrer Zeit war die Sache mit dem Abitur und einem anschließenden Studium eben noch nicht für so viele angesagt, und bei ihren Eltern schon gar nicht.

„Wenn du mal heiratest, brauchst du den ganzen Schwindel nicht", hatte sie noch ihren Vater im Hinterkopf. Damit war der Wunsch nach einer weiteren Ausbildung auch abgetan. Was sollte sie ihre Zeit mit Lernen vertrödeln?!

Ganz so abwegig war die Sache mit dem Zuviel an Feuchtigkeit in dieser Gegend nicht. Es regnete meist reichlich, und der fette, schwere Boden nahm die Nässe zwar auf, behielt sie aber auch bei sich. Gelegentlich verwandelten sich die Wiesen in ausgedehnte Seenlandschaften, und die Wege dazwischen waren kaum noch begehbar. Nicht nur Altbauten hatten mit den Auswirkungen zu kämpfen, auch in neuen Häusern schlich sich rasch die Feuchtigkeit ein. Da konnte man tun, was man wollte: isolieren, dämmen, lüften ...

Am besten war die rechtzeitige Beauftragung von Fachleuten, die mit ihren Mitteln und Möglichkeiten für eine neue Optik sorgten. Folgerichtig setzte sich Renate mit dem Malermeister ihres Vertrauens ins Benehmen und beauftragte ihn mit der Umsetzung einer nächsten Aktion. Streng vertraulich zunächst, denn es sollte eine Überraschung für Martin werden. Er wäre ihr bei ihrem Vorhaben sowieso nur in den Arm gefallen, von wegen, es wäre noch lange nicht nötig, und sie hätten doch gerade erst eine Menge Geld für frische Farbe ausgegeben ... Du mit deinem ewigen Perfektionismus, hatte sie ihren Mann im Ohr und sah dabei seinen abfällig heruntergezogenen Mund. Als ob etwas Schlechtes am Perfektionismus dran sein könnte! Den zumindest hatte die gediegene Hauswirtschaftsausbildung begründet.

Renate schüttelte energisch den Kopf, und die Haare flogen dabei kurz auf, um sich gleich wieder formgerecht anzulegen, so als wäre nichts geschehen. Nur einzelne Exemplare standen ein wenig elektrisiert ab.

Das Wohnzimmer mit der angrenzenden offenen Küche war auf jeden Fall dran. Sie schnüffelte in den Raum und roch förmlich den Wrasen, der sich von der Zubereitung der Speisen auf Wände und Möbel legte. Das war ja eklig, dachte sie. Man sollte nicht mehr kochen, das wäre die einzige Lösung ... Aber auch keine Idee, wischte Renate den abwegigen Gedanken gleich vom Tisch. Was die anderen Räume anging, so konnte das dann ja Schritt um Schritt eingeplant werden. Wobei der Flur eigentlich auch dringenden Handlungsbedarf forderte! Vielleicht ging das auf einen Ritt, hoffte Renate. Sie würde sich schon durchsetzen mit all ihren Projekten, dessen war sie sich sicher. Martin maulte zwar ein kleines Weilchen, gab aber stets nach. Sie musste nur die nötige Geduld haben und stoisch durchhalten, dann erreichte sie alles, was sie wollte.

Renate sah schon die warmen, mediterranen Farben vor sich, mit denen sie diesmal das Haus zu gestalten dachte. Und neue Gardinen mussten unbedingt her. Die alten, die auf dem Fußboden schleiften, würden absolut nicht mehr zur neuen Farbgebung passen. Außerdem erschienen sie ihr inzwischen sehr unpraktisch. Immer verhedderte man sich beim Saugen und Wischen darin. Welcher Idiot hatte sich auch mal diesen unordentlichen Trend einfallen lassen?! Auch für diese Dekoration hatte sie ihren Lieblingsladen. Einen bewährten Raumausstatter, der schon mehrere Generationen lang in der Stadt seine Geschäfte betrieb.

Als es an der Tür klingelte, verzog sich Renates Gesicht zu einem Strahlen. Beim Blick auf die Wanduhr entdeckte sie, dass es soeben acht Uhr geschlagen hatte. Sie lief durch den Flur und öffnete. Davor stand der Malermeister mit zwei seiner Gesellen, die beiden jeweils einen Schritt hinter ihm und schon mit den nötigen Utensilien in den Händen: Farbeimer, Pinsel, Trittleiter ...

„Guten Morgen, liebe Frau Müller. Da sind wir. Pünktlich wie die Maurer, ha, ha …", begrüßte sie der Chef.

„Auch Ihnen einen wunderbaren guten Morgen, meine Herren. Das ist schön, dass Sie exakt wie verabredet hier sind. Dann dürften wir alles, wie geplant, im vorgesteckten Zeitrahmen schaffen …"

Wir ist gut, dachte Malermeister Rogge und runzelte die Stirn. Die Holde wird wohl kaum einen Pinsel in die Hand nehmen wollen. Aber er entgegnete freundlich lächelnd: „Genau, Frau Müller. Zeit ist Geld, und das will doch niemand von uns vergeuden, nicht wahr?!"

Einen Moment zögerte Renate, weil sie eine Spur Ironie in der Stimme des Meisters entdeckt zu haben glaubte, aber dann schüttelte sie kaum merklich den Kopf. Ironie war ja nun eine eher seltene Eigenschaft unter den Hiesigen. Sie war schließlich zugezogen, aus der Hansestadt Hamburg, und wusste, worum es ging. Ihr konnte niemand etwas vormachen. In ihrem tiefsten Innersten sehnte sie sich nach der alten Heimat zurück, nach der Alster, nach dem Dialekt, nach der würzigen, frischen Brise, fast hätte sie dort einst auch in eine Werftdynastie eingeheiratet … Und erst kürzlich hatte sie deshalb voller Wehmut ihre Blauphase durchgemacht. Das gesamte Haus Ton in Ton von allem, was die Farbe Blau hergab: Hellblau, Türkis, Blaugrün, Blaugrau, Metallicblau, Mittelblau, Dunkelblau, Blauschwarz … Dazu – mal als fingerspannenbreite Borte aufgemalt, mal als Accessoires behutsam eingesetzt – Muscheln, Leuchttürme, Möwen. Von Letzteren gab es hier zwar auch welche, aber die waren natürlich kein Vergleich mit der Vielfalt dieser Vogelart in ihrer

Geburtsstadt. Wobei sie sich diese Gestaltung dann doch sehr rasch übergesehen hatte, was vielleicht auch daran lag, dass zu viele Erinnerungen bei ihr hochkamen und sie belasteten. Zum Beispiel jene an den einzigen Erben aus reicher Familie und die Vision von einer möglichen Zukunft mit ihm!

„Dürfen wir denn nun eintreten?", erkundigte sich der Chef. „Meinen Männern werden die Arme lahm, und das wollen wir doch nicht ...?"

Renate trat einen Schritt beiseite und lud die Herren mit einer ausschwingenden Geste ihrer Rechten zum Betreten des Hauses ein.

„Na, ich will Ihnen wohl kaum im Wege stehen. Es ist alles vorbereitet. Einen Kaffee habe ich Ihnen auch schon hingestellt. In der Thermoskanne dort", wies Renate mit dem Zeigefinger ihrer Linken auf den sorgfältig mit Folie abgedeckten Tisch. „Außerdem ein paar Kekse für den kleinen Hunger zwischendurch."

„Ich sehe schon", sagte Malermeister Rogge, „Sie haben alles perfekt vorbereitet. Weggeräumt ist ebenfalls schon, wir haben überall Zugriff."

Er ließ seine Blicke prüfend schweifen.

„Na ja, wir sind auch inzwischen ein eingespieltes Team, liebe Frau Müller."

„Sie sagen es, mein Bester. Dann legen Sie einfach los. Ich halte mich im angrenzenden Büro meines Mannes auf, muss noch ein paar Dinge für die Steuer erledigen. Ach ja, wenn man sich nicht um alles allein kümmert ... Falls Fragen auftreten sollten, melden Sie sich einfach, bevor etwas nicht in meinem Sinne sein könnte. Wir wollen doch keineswegs unnötige Nacharbeiten verursachen ..."

„Natürlich. Geht klar. Alles so, wie Sie es wünschen, Frau Müller."

Der Malermeister biss sich auf die Lippen, um keinen unpassenden Kommentar von sich zu geben. Eines stand fest. Familie Müller war ein super Kunde, gezahlt wurde äußerst pünktlich, das Trinkgeld war reichlich. So viel nahm er mit kaum jemandem ein. In aller Regel brauchten die Leute viele Jahre, ehe sie mal wieder einen Fachmann zum Renovieren kommen ließen. Der eine oder andere tat es allein und war stolz auf seine krummen Tapetenbahnen mit den blasigen Unebenheiten darin oder auf die unbeabsichtigt changierende Farbe, die beim Abtönen nicht gründlich genug umgerührt worden war. Allerdings stellten sich auch diese Herrschaften irgendwann mit einem Auftrag ein, spätestens dann, wenn sie Schwierigkeiten bekamen, eine Leiter hochzusteigen und vielleicht gar über Kopf zu arbeiten. Er hatte da allerdings schon Sachen erlebt, darüber wollte er gar nicht weiter nachdenken.

Was zählte, das war das Hier und Jetzt. Also Familie Müller mit dem durchaus lukrativen Auftrag der Verschönerung des gesamten Hauses. Das nämlich hatte ihm die Frau schon unter dem Siegel der Verschwiegenheit anvertraut. Sie wollte nur mal wieder den Auftakt mit diesen größten zusammenhängenden Räumlichkeiten des Objektes machen und, wenn es die Zeit zuließe, eventuell noch den Flur.

Na, dachte Jörg Rogge, mit der möchte ich auch nicht verheiratet sein. Das wäre mir dann nun zu viel des Guten.

Kurz fiel ihm ein, dass er daheim dringend mal ein paar Eimer Farbe auftragen sollte. Aber wie das so war, dazu kam er nur in sehr langen Abständen, wenn wiederum seine Frau so intensiv nervte, dass er nicht mehr anders konnte.

„Ist wie beim Schuster mit den abgetretenen Schuhen, dem Zahnarzt, der bei seinen eigenen Zähnen zögert, oder der Friseurin, bei der die Farbe beziehungsweise die Dauerwelle herausgewachsen sind", hatte sie gerade neulich mit hochrotem Kopf wie ein Rohrspatz geschimpft. „Wenn uns mal jemand besuchen kommt, die müssen alle sonst was von uns denken! Mir ist das schon richtig peinlich!"

Jörg Rogge zuckte die Schultern und streifte damit diese Erinnerung von sich ab.

Er lief durch den Raum und nahm dabei jede Ecke in Augenschein. Dann gab er seinen Mitarbeitern Anweisungen, und sie fingen an, die Fenster und die Türen mit Kreppband abzukleben sowie schützende Folie darüber zu ziehen. Im Grunde war das hier ein Kinderspiel, wenn jemand so perfekte Vorgaben lieferte. Sogar die RAL-Nummern hatte Renate Müller lange im Vorfeld herausgesucht. Der Malermeister bückte sich und öffnete einen der großen Farbeimer. Sicher war es besser, die Hausherrin noch einmal zu befragen, ob alles zu ihrer Zufriedenheit war.

„Frau Müller?!"

Es dauerte nur wenige Sekunden, dann stand Renate mit fragendem Blick vor ihm.

„Hier bin ich. Was wollen Sie denn wissen?"

„Ach", sagte Jörg Rogge und lächelte dabei, „eigentlich ist alles klar. Wir haben die Farben nach Ihren Wünschen angerührt, die waren ja mit der Nummernangabe absolut eindeutig. Genau genommen kann man gar nichts falsch machen. Aber schauen Sie doch besser noch einmal, ob es Ihnen tatsächlich so passt."

Er griff sich einen Pinsel und zog schwungvoll einen Strich über die Wand.

„Das hier mal zur Probe, damit Sie auch sehen, wie die Farbe sich verändert, wenn sie trocknet. Es wirkt ja auf der Wand auch immer alles ganz anders als in der Vorstellung. Nicht wahr?!"

Renate schaute kritisch und stemmte die Arme in die etwas breiten Hüften.

„Ja, es sieht schon einigermaßen aus. Warten Sie noch mit dem weiteren Vorgehen, bis ich mich davon überzeugen kann, wie es sich letztendlich verändert."

„Dann nehmen wir doch erst mal einen Kaffee", schlug der Malermeister geduldig vor, und seine beiden Mitarbeiter ließen sofort ihre Arbeit liegen und begaben sich ebenfalls zu dem mittig arrangierten Tisch, um den Renate drei alte Plastikstühle gruppiert hatte, die vor ewigen Zeiten mal im Garten als praktische Sitzmöbel gedient hatten und für solche Sonderfälle nun im Schuppen bereitstanden. Martin wollte sie immer mal zur Mülldeponie mitnehmen, um sie zu entsorgen, aber jedes Mal konnte sie ihm rechtzeitig dazwischenfunken, im Hinterkopf den Einsatz bei einer nächsten, baldigen Renovierung.

„Gute Idee", meinte Renate, griff zur Thermoskanne, drückte auf den Hebel am Deckel und schenkte den drei Männern die Becher voll.

„Milch, Zucker und Süßstoff habe ich Ihnen hingestellt. Sie bedienen sich ja sicher selbst damit."

„Besten Dank", sagte Jörg Rogge. „Ich gebe ein kurzes Signal, wenn es mit der Farbe so weit ist, dass Sie das Endergebnis besser abschätzen können."

Renate Müller zog sich wieder in das Arbeitszimmer zurück und vertiefte sich weiter in die Internetseite, die sie gerade aufgerufen hatte. Die Sache mit der Steuer hatte sie zuvor nur angegeben, weil das einfach bedeutsamer und beschäftigter klang. Eine Bloggerin gab Tipps zur trendigen Inneneinrichtung, zu Farben, Materialien und Kombinationen. Doch, das gefiel ihr schon richtig gut. Ob es mit der mediterranen Richtung jetzt eine optimale Entscheidung gewesen war, grübelte Renate und klickte weiter. Ja, genau, redete sie sich innerlich zu: In den Farbtönen hatten wir es noch nicht oder wenn doch, dann war es lange her.

Sie hatte sich eine Tabelle angelegt, in der die Jahre der Renovierungen und die jeweiligen Gestaltungsarten festgehalten waren, mit allerlei Stichpunkten zu den Details und Accessoires. Nebenbei rief sie ihre Übersicht auf. Tatsächlich. Mediterran war schon vor zehn Jahren mal ein Thema gewesen. Mist. So kurz hintereinander hätte sie es eigentlich gar nicht haben wollen, wo sie doch die konsequente Abwechslung liebte. Aber nun war es zu spät. Außerdem entdeckte sie ein paar Unterschiede in den Kleinigkeiten. Der Zeitgeschmack änderte sich eben im Laufe der Jahre. Es würde ganz bestimmt toll werden, redete sie sich gut zu, zog aber dabei die Stirn kraus.

„Frau Müller", ertönte es aus dem Wohnzimmer.

Renate erhob sich. Nein, kein Rückzieher. Sie war sich sicher, was sie wollte. Mediterran. Auch und weil Marion immer so von ihren Aufenthalten in Tunesien schwärmte, von denen allerdings ihr Mann nichts wissen sollte, und sie und Monika in der Freundinnenrunde stets zu Stillschweigen verpflichtete. Weshalb er nichts erfahren durfte, das verstand Renate nicht. So eine inzwischen äußerst preisgünstige Tour für die Gesundheit in einem speziellen Hotel mit allerlei Anwendungen, dagegen sprach doch überhaupt nichts. Sie würde sich ja wohl kaum mit einem Einheimischen einlassen. Davon hatte Renate auch erst unlängst gelesen. Auf Facebook gab es sogar Warnungen vor einzelnen Männern, die sich an Urlaubsliebschaften nur bereicherten. Ein regelrechtes Geschäft zum Beispiel in Ägypten, aber durchaus auch in anderen Ländern des Kontinents und darüber hinaus. Meist wurde dann die große Liebe inszeniert und vorgetäuscht, dass Familienangehörige krank wären und man dringend finanzielle Hilfe benötigte. Smartphones, Autos, Wohnungen wurden von deutschen Frauen gekauft. Renate verdrehte die Augen. Wie konnte man nur so blauäugig sein? Ab fünf Partnerinnen auf längere Dauer würde es sich rechnen, war ihr noch in Erinnerung aus dem Bericht geblieben. Jede von ihnen überwies dann immer das nötige Geld fürs Leben. Über Skype sah man sich dann zwischen den Zeiten vor Ort. Und auch ältere Kaliber bekamen einen schönen, jungen Lover ab. So ein Schwachsinn, Marion fiel doch nicht auf eine derartige Masche herein. Schließlich kam sie durchtrainiert und wie das blühende Leben von ihren Aufenthalten zurück. Das konnte nur eine kleine Wellnessauszeit bringen, beschloss Renate für sich.

Außerdem spielte Geld in der Familie eher keine Rolle, das hatten die Schulzes schließlich mehr als ausreichend. Insofern hätte es ja nicht einmal die preisgünstige Variante nach Tunesien sein müssen, aber Marion schätzte wohl die kurze Flugzeit und das dortige Klima. Und die tollen Fotos, die Marion immer von ihren Ausflügen mitbrachte. Exotische Gewächse, wunderhübsche Kinder, farbenprächtige Basare. Tja, auch auf die Fotos musste ihr Mann verzichten, weil Marion das geheim hielt. Renate begriff die Freundin nicht wirklich.

Und es war überhaupt die Frage, ob sie eine echte Freundschaft verband. Jedenfalls keine im Vergleich zu den Männern, die wie Blutsbrüder anmuteten. Unzertrennlich, auch wenn schon so viel Wasser die Weser hinuntergeflossen war.

„Passt Ihnen das so?", holte sie der Malermeister aus ihren Gedankengängen.

Renate betrachtete das trockene Ergebnis und nickte. Es war jetzt sowieso nicht zu ändern. Und vielleicht konnte sie im nächsten Jahr oder eher ein weiteres Jahr später über eine gänzlich andere Farbgebung nachdenken. Zum Glück war so etwas ja keine Aktion für alle Ewigkeiten.

„Dann dürfen wir also fortfahren?", erkundigte sich Jörg Rogge, der jetzt doch etwas mühsam seine Ungeduld verbarg, während seine Mitarbeiter wortlos auf die beiden schauten.

„Ja", erteilte Renate nun den Auftrag. „Dann legen Sie mal los. Ich freue mich auf das Ergebnis und ziehe mich vorerst zurück. Bis nachher. Wenn etwas ist ... Sie wissen ja, wo Sie mich finden."

Der Malermeister nickte nur und verdrehte die Augen, als sich Renate abgewendet hatte. Allerdings so, dass es seine Mitarbeiter nicht sehen konnten. Er wollte nicht, dass sie eine derartige Situation vielleicht einmal gegen ihn ausspielten. Man war sich da nie sicher. Und Zurückhaltung in Kundenfragen war das oberste Gebot. Das hatte er schon immer so gehalten, und auch sein Vater war mit dieser Vorgabe stets gut gefahren und der Großvater ebenso.

„Worauf wartet ihr denn noch?", spornte er nun seine Mitarbeiter an, die sich umgehend ihren schon vorab abgesprochenen Aufgaben widmeten. Auch der Meister selbst schritt zur Tat.

Entlobung

Cornelia rekelte sich wohlig in der Sonne, die ihren Zenit erreicht hatte. Die junge Frau lag splitterfasernackt am Ufer auf einem kleinen Wiesenstück, unter ihr eine kuschelige Decke in knalligem Rot. Ihr blondes Haar hatte sie in einem Knoten hochgebunden, damit die bräunenden Strahlen auch jeden Teil ihres Körpers erreichen konnten.

Zwischendurch erklangen anerkennende Pfiffe von vorüberfahrenden Booten. Sie lächelte dabei, blieb aber auf dem Bauch liegen, den Kopf auf ihren verschränkten Armen, an der linken Hand funkelte ein kleiner Diamantring. Den hatte ihr Matthes geschenkt, später allerdings auch mal den Preis dafür verraten mit der Aussage: „Stell dir mal vor, was ich für dich investiert habe." Das hatte dem Schmuckstück ein wenig den Zauber geraubt. Aber schön sah der Ring dennoch aus. Cornelia drehte unbeschwert die Hand in der Sonne und ließ den Stein im Licht funkeln. Sie trug ihn ja im Grunde ihres Herzens doch sehr gern.

Ach, Semesterferien waren eine wunderbare Erfindung. Jetzt, zu Beginn, wollte sie auch überhaupt nichts von irgendwelchen Lehrbüchern, Tests und Klausuren wissen. Eigentlich hätte sie schon pauken müssen, aber diese eine Woche wollte sie sich wenigstens gönnen und mal so richtig abschalten.

Unlängst erst hatte sie noch in ihrer vorlesungsfreien Zeit zusätzlich an einem Workshop teilgenommen unter dem Motto „Chirurgie zum Mitmachen". Als ob sie durch das Studium selbst nicht schon genügend am Hals hätte. Aber sie versprach sich einerseits mehr praktisches Wissen und andererseits ein größeres Netzwerk schon mal im Hinblick auf die berufliche Zukunft. Kein Vergleich mit oberflächlichen Facebook-Kontakten. Hier hatte man am Campus Seite an Seite gestanden mit Kommilitonen verschiedenster Universitäten, dazu Chirurgen, Urologen und Anästhesisten aus Minden, Bad Oeynhausen und Lübbecke. Einfach toll. Und noch besser als in den Jahren zuvor, wie sie sich von den anderen hatte erzählen lassen. Ein super Test, ob der Bereich Chirurgie erstrebenswert sein könnte ... Erst gab es eine theoretische Einführung, dann teilte man sich in Gruppen auf, die jeweils typische Arbeitsfelder kennenlernen durften. Cornelia erinnerte sich ans Nähen und Knoten, das ihr spielend von der Hand gegangen war, anders als den meisten männlichen Studenten. Eine Schweineschwarte diente dabei als realitätsnahes Übungsobjekt. Und dann Reanimation, Sonographie, die hohe Schule der Chirurgie unterm Mikroskop ... Außerdem das Legen von Urinkathetern und das Einbringen von Thoraxdrainagen. Letzteres sah sie wieder vor sich, wie sie am Brustkorb eines Schweins probehalber herumhantierte. Zwar fiel der kleiner aus als bei einem ausgewachsenen Menschen, aber die Bedingungen waren schon durchaus gut vergleichbar. Erst der Schnitt in die rosige Haut, dann das Öffnen des Brustkorbs. Sie hörte immer noch das Knacken der Knochen, als sie die OP-Schere ansetzte. Und das dann alles später unter enormem Zeitdruck, um so rasch wie möglich den Drainageschlauch in die Lunge einzuführen und dort ordentlich zu fixieren ... Aber ob das später mal die richtige Richtung für sie sein würde, dazu hatte Cornelia noch keine Entscheidung gefällt. Manches brauchte auch extreme Kraftanstrengungen, ein super gutes Auge und eine absolut ruhige Hand.

Wobei ihr zwischendurch die Erscheinung ihres Professors durch die Gedankenwelt blitzte – eine groß gewachsene, grau melierte Gestalt. Er machte ihr ziemlich deutlich den Hof, bot ihr individuelle Hilfe an, wenn schriftliche Arbeiten bevorstanden, was sie auch liebend gern nutzte. Bevorzugte sie im Vergleich zu den anderen Studentinnen eindeutig, sodass es ihr manchmal sogar peinlich war, wenn auch nur ein wenig. So manche Hürde hatte sie dank seiner Unterstützung schon genommen. Und vielleicht war da sogar mehr drin. Sie sollte sich diese erst jüngst intensivierte gute Beziehung unbedingt warmhalten!

Ihr fiel der Aufenthalt in Berlin ein. Ein Ärztekongress, bei dem ihr Prof eine Rede halten sollte. Nach irgendeiner Vorlesung hatte er sie mal am Rande gefragt, ob sie ihn nicht als Assistentin begleiten wolle. Cornelia hatte nicht einen Augenblick gezögert. Berlin immer. Gar keine Frage. Eigentlich fast egal, mit wem ...

„Ich könnte Sie wirklich gut als Unterstützung benötigen“, hatte Professor Gerhard Grabowski sehr sachlich gemeint, als er seine Unterlagen wieder in seiner großen, dunkelbraunen Aktentasche, die schon deutliche Gebrauchsspuren trug, verstaute. Inzwischen waren sie beide nur noch allein im Vorlesungsraum.

„Sie wissen ja, dass ich mit der Technik gelegentlich meine Probleme habe, und für Sie, liebe Cornelia, stellt das überhaupt kein Hindernis dar, wie ich nun wieder aus guter Erfahrung weiß", hatte der Professor warmherzig gelächelt. „Man erwartet bei dem Kongress meinen Vortrag natürlich mit Beamer. Die Zeiten eines einfach vorgelesenen Textes sind eben leider, leider vorüber. Es wäre mir eine echte Erleichterung, wenn Sie sich eine dienstliche Reise mit mir vorstellen könnten. Es soll auch nicht Ihr Schaden sein ..."

Sie konnte es sich vorstellen, und eine Woche später starteten der Professor und seine Studentin in Richtung Hauptstadt. Mit seinem Daimler war er verabredungsgemäß bei ihr zu Hause vorgefahren, hatte auch die Eltern begrüßt und sich erklärt.

„Ihre Tochter ist eine meiner begabtesten Studentinnen. Sie wird es mal weit bringen", hatte er im Flur versichert, als Maren vor Stolz errötete und ihn noch zum Platz nehmen und einer Tasse Kaffee einlud, was er aber ablehnte, schließlich würde die Zeit drängen, und sie seien dienstlich in der Pflicht. Cornelia hatte sich nur die schon längst gepackte Reisetasche aus ihrem Zimmer geholt, darin allerlei schicke Garderobe zur Auswahl. Man konnte ja nie wissen und sollte für jede Gelegenheit gewappnet sein. Vielleicht würden sie ja auch ausgehen ... Für die Fahrt selbst hatte sie sich ein Kostüm ausgesucht mithilfe ihrer Mutter Maren, die gemeint hatte, so etwas würde bei einer solchen Veranstaltung seriös wirken. Und das wolle sie doch ...

Die Zeit auf der A2 verging wie im Fluge. Der Professor witzelte herum, Cornelia stieg locker darauf ein. Erst als er seinen Wagen vor dem Hotel Kempinski stoppte, beachtete die junge Frau ihre Umgebung wieder aufmerksamer.

„Nanu? Ich denke, der Kongress findet direkt am Brandenburger Tor statt, und wir Teilnehmer sind alle im Hotel Adlon einquartiert?"

Sie schaute fragend.

„Ja, meine Liebe, eigentlich schon. Aber es sind so viele Mediziner angemeldet, dass wir ein Ausweichquartier nehmen mussten. Ich hoffe, Sie sind mir nicht böse?"

Wie sollte sie?! Wenngleich sie dieses Hotel doch etwas angestaubt fand, was den Charme anging. Allein dieser wenig auffällige Eingang. Das Adlon mit seiner zentralen Lage war schließlich eine ganz andere Klasse ...

Professor Grabowski legte ihr einen Arm um die Schultern, was Cornelia nicht unangenehm war. Dennoch schob sie ihn ganz sanft wieder von sich.

„Also shutteln wir immer von einem Ort zum anderen? Das ist auch nicht verkehrt, dann sehe ich mehr von der Stadt", stellte sie sachlich fest.

Zufrieden nickte der Professor.

„Sie können sich jetzt gern ein wenig frisch machen, wenn wir unsere Zimmer bezogen haben, und dann treffen wir uns im Foyer in einer halben Stunde. Wir liegen absolut perfekt in der Zeit", sagte er.

Cornelia rekelte sich bei diesen Worten ihres Professors in dem bequemen Sitz. Das klang alles vielversprechend ...

Ein Hausdiener hatte in der Zwischenzeit die Beifahrertür geöffnet, bat Cornelia heraus und holte auch das Gepäck aus dem Kofferraum. Gerhard Grabowski drückte ihm den Wagenschlüssel in die Hand und steckte einen größeren Schein in eine Tasche seiner Livree-Jacke, was ein kaum angedeutetes lächelndes Nicken erzeugte.

Das Zimmer selbst übertraf die Erwartungen der jungen Frau. Exklusiv alles, bis ins kleinste Detail. Auf einem runden Tisch stand ein einzigartiges Rosenarrangement. Als Cornelia ihre Nase daran hielt, um eventuellen Duft einzufangen, den es zu ihrem Bedauern nicht gab, entdeckte sie einen kleinen Umschlag darin. Ihre Neugier zwang sie sofort zum Öffnen, und sie stieß darin auf eine Karte, unterzeichnet vom Professor: „... wünsche ich uns einen erfolgreichen Kongress in der Hauptstadt, liebe Cornelia! In steter Zuneigung, Ihr Professor Gerhard Grabowski".

Das hatte schon Stil. Ob die dreißig Jahre Altersunterschied wirklich so ein Hinderungsgrund für eine intensivere Beziehung wären, grübelte sie. Momentan vielleicht nicht, aber der Mann würde ja auch älter werden, und wenn sie eines Tages noch keine fünfzig war, dann hatte sie einen ziemlichen Greis an ihrer Seite. Cornelia schüttelte sich. Ach was, außerdem war er doch glücklich verheiratet, wie er bei seinen Vorlesungen immer mal wieder als Späßchen am Rande beteuerte, um eventuelle Verehrerinnen auszubremsen. Und sie war immerhin verlobt! Sie wollte jetzt und hier einfach nur den Augenblick genießen. Vielleicht gab es ja unter den anderen Kongressteilnehmern einen passablen, etwas jüngeren Mediziner, der infrage kommen konnte. Sie kicherte unverhohlen, hüpfte glücklich durch das große Zimmer, schaute kurz aus dem Fenster auf die belebte Straße und zog sich ins Bad zurück.

Wenig später fand sie sich, wie verabredet, im Foyer ein, wo der Professor schon erwartungsfroh auf einem der schweren Sessel saß und ihr mit weit geöffneten Augen entgegenblickte. Ohne es zu merken, leckte er sich die Lippen. Cornelia tat so, als habe sie das nicht registriert.

„Haben Sie lange auf mich warten müssen?"

„Keineswegs, meine Liebe. In diesem Augenblick habe ich mich niedergelassen, um nun gleich wieder aufzustehen. Wir sollten uns jetzt auf den Weg machen, damit wir pünktlich eintreffen. Wir wollen ja niemanden warten lassen, nicht wahr?!"

Er lachte ein wenig und erhob sich lässig, mit betonter Leichtigkeit. Fast wirkte er jugendlich.

An den folgenden Kongress konnte sich Cornelia später kaum erinnern, nur dass es immer wieder anerkennendes Mustern der Männer und neidvolles der Frauen gab. Beides genoss sie intensiv. Sie ging dem Professor zur Hand, als er seinen Auftritt hatte, und alles klappte wie am Schnürchen.

In einer kleineren Runde saßen sie noch bis spät in den Abend hinein in einem Restaurant vom Hotel Adlon zusammen und fachsimpelten. Cornelia schlug sich tapfer, zumal sich die Herren – vor allem wegen ihr – auch eher in allgemeinem Geplänkel ergingen, jeder von seiner Uni und der jeweiligen Klinik berichtend. Dazu konnte sie durchaus beitragen mit heiteren Begebenheiten aus dem Studentendasein. Woran sich alle ebenfalls sofort erinnerten. Eigentlich wäre sie gern noch in eines der angesagten Szenelokale gegangen, hätte bis in den Morgen hinein getanzt, aber das bot sich mit ihrem Begleiter nicht an.

Als sich die Wege der Kollegen, die ja allesamt im Hause wohnten, und die des Professors mit Cornelia an seiner Seite trennten, nahm sie von ihrer Idee Abstand und hakte sich bei ihm ein, als sie ein Stück weit liefen, ehe sie ein Taxi anhielten, um in Richtung Kempinski zu fahren.

Die Nachtbar am Ku'damm, in der sie dann noch landeten, war indes auch nicht schlecht und die Musik sogar ganz annehmbar, wie Cornelia befand. Außerdem war der Professor ein außerordentlich begnadeter Tänzer. Sie hatte das Gefühl zu schweben, wie er sie über die Tanzfläche führte. Und dazu dieses herbe, betörende Männerparfüm. Ein Glück nur, dass sie mal auf ihre Mutter gehört und jenen Tanzkurs in Minden belegt hatte. Das kam ihr jetzt zugute, alle Standards hatte sie drauf. Irgendwann bat ihr Tanzpartner darum, seinen Schlips lockern zu dürfen.

„Ich glaube, mir wird es zu warm", hatte Professor Grabowski erklärt und den Knoten etwas heruntergezogen.

„Von mir aus können Sie aus diesem Zwang auch ganz heraussteigen und sich von dem guten Stück befreien", hatte Cornelia erwidert und gezwinkert.

Bei den folgenden Tänzen wurden seine Griffe fordernder, wogegen sie sich nicht wehrte.

„Wir sollten dann aber langsam zurück ins Hotel gehen", schlug der Professor vor.

Es war gegen drei Uhr in der Frühe.

Als beide auf der Straße standen, umfing sie die nächtliche frische Luft. Der Sternenhimmel versteckte sich hinter einem leichten Schleier. Kein Vergleich mit daheim, stellte Cornelia fest. Sie schluckte ein wenig, bekam sich dann aber wieder in den Griff. Etwas schwankend lief sie an der Seite ihres Professors. Der bot ihr galant seinen Arm an, was sie dankbar annahm.

Im Hotel brachte er sie auf ihr Zimmer, weil sie das nun doch nicht mehr allein gefunden hätte. Der Alkoholgenuss des langen Abends zeigte seine Wirkung.

„Ich glaube, ich habe einen Schwips", sagte Cornelia und fiel in den Sessel, der neben dem Tisch mit dem Rosenarrangement stand. Dann streifte sie sich die hochhackigen Schuhe ab und drehte ihre Füße im Kreis.

„Danke übrigens noch für die wunderschönen Blumen. Das hätte gar nicht sein müssen. Wir sind doch nur so kurz hier ..."

Der Professor hatte sich bei ihren Worten über sie gebeugt und küsste sie. Cornelia ging darauf ein und fühlte sich einfach nur wohl. Mit ihren Fingern fuhr sie durch sein graues Haar, und er atmete heftiger. Dann landeten beide auf dem breiten Bett, und die Nacht schritt zügig voran.

Als Cornelia am anderen Morgen erwachte, lag Professor Grabowski in ihren Armen.

Ups, was war denn da passiert?, fuhr ihr eine Frage durch den Kopf, und sie versuchte, die Nacht zu rekonstruieren. Aber es gelang ihr nicht mehr vollständig. Die letzte wache Erinnerung bezog sich auf den innigen Kuss, danach fehlte ein Stück Film.

Sobald der Professor munter wurde, fing er an, ihren Körper erneut ganz sanft zu streicheln, was Cornelia aber abwehrte. Sollte sie vorher etwas gestattet haben, so war ab jetzt erst einmal Schluss damit. Man sollte es doch nicht übertreiben und gelegentlich Grenzen setzen, entschied sie sich ...

„Ich glaube, wir sollten zum Frühstück runtergehen. Die ersten Vorträge beginnen doch bald", schlug sie vor und schob sich eine Strähne hinter ein Ohr.

„Ach ja", seufzte der Professor. „Diese Mahnung an den eigentlichen Grund unseres Aufenthaltes habe ich jetzt wohl gebraucht, Conny."

Dann erhob er sich und zog seine Sachen über.

„Ich dusche nur kurz in meinem Zimmer. Bis gleich. Sagen wir mal ... in zwanzig Minuten. Ich klopfe an deiner Tür."

Cornelia nickte nur und zog sich die Decke bis über die Schultern. Einen wohligen Moment in diesem prachtvollen Umfeld wollte sie sich noch gönnen.

An diesem Tag waren die beiden nur Zuhörer des Kongresses. Gegen 18 Uhr machten sie sich erneut auf den Heimweg nach Minden, und er setzte sie vor ihrer Haustür ab. Cornelia hauchte einen Kuss auf seine Wange.

„Danke, Gerhard!"

Dann stieg sie aus und ließ ihn allein.

Im Beisein anderer Leute duzte der Professor sie ab diesem Ereignis nie, nur wenn sie allein waren, was äußerst selten geschah. Sie redeten auch nie über jenen Aufenthalt in Berlin. Irgendwie war Cornelia sich unsicher, ob sie mehr oder ein weiteres Mal riskieren wollte, obwohl er sie ziemlich intensiv dazu aufforderte. Mit Gesten, mit Blicken. Manchmal im Leben war es besser, man beließ es bei einer Situation, genauso, wie sie war. Und dieses Gefühl, Männer zappeln zu lassen, tat ihr auch enorm gut ...

Cornelia fuhr ein Lächeln übers Gesicht. Das Leben konnte so phänomenal schön sein, trotz irgendwelcher nichtiger Streitigkeiten! Sie erhob ihren Oberkörper ein wenig, griff nach der Tube mit Sonnencreme, öffnete den Verschluss und drückte ein paar Zentimeter auf ihren linken Unterarm. Dann verteilte sie alles auf ihrer Haut mit ganz langsamen, genießenden Bewegungen.

Wolltest du nicht mal abschalten, forderte sie sich innerlich auf und war wieder im selben Augenblick bei Matthes und seinen Vorstellungen von den Dingen des Lebens. Der allerdings schien da ganz anderer Meinung, was die Ferienzeit anging. Er verplante jede Stunde des Tages und wollte ununterbrochen etwas unternehmen. Ihr schien es, als hakte er den Besuch von Highlights auf einer inneren Liste regelrecht ab. Sogar ein paar Freunde hatten sie begleiten sollen, was sie ihm aber zum Glück ausreden konnte. Vor allem Jonas begegnete sie äußerst ungern nach allem Bisherigen.

Am Morgen hatte es einen heftigen Streit gegeben, als Matthes sie in ihrem Zelt mit einem zärtlichen und begehrlichen Kuss geweckt hatte und sie entdeckte, dass es erst sieben Uhr in der Frühe war.

„Hast du noch alle Tassen im Schrank?“, hatte sie ihren Verlobten angefahren und sich wütend auf die andere Seite gedreht.

„Was ist das denn für ein Ton?“, hatte Matthes daraufhin gemault und sich mit gerunzelter Stirn aufgerichtet.

„Ich dachte, wir kuscheln jetzt noch eine kleine Runde, dann gibt es Frühstück und anschließend schauen wir uns die nette Gegend an. Es gibt hier einige Sehenswürdigkeiten, die ich mir schon immer mal angucken wollte."

„Ohne mich!"

Leise hatte Cornelia das geknurrt, aber Matthes hatte sie sehr wohl verstanden, und ein Streit brach vom Zaun, der alle vorherigen um Längen schlug.

Schließlich drehte Cornelia ihren Ring vom Finger und warf ihn auf Matthes. Das Schmuckstück landete zwischen den Sachen, und er ging auf die Knie, um danach zu suchen. Als er ihn in seinen Händen hielt, sah er seine Freundin mit großen, traurigen Augen an.

„Willst du das hier jetzt wirklich?"

Er wies auf den Ring, den er in seine geöffnete Hand gelegt hatte.

„Von mir aus. Du nervst! Jetzt lass mich einfach in Ruhe und zieh Leine, wenn dir danach ist. Ich bin noch hundemüde. Ich weiß ja nicht, was du hast, aber ich habe Ferien, und die will ich genießen."

Cornelia zog die Decke über ihren Kopf und rührte sich nicht mehr. Matthes warf den Ring daneben, wandte sich ab und ging davon.

Kurze Zeit darauf machte sich Matthes auf seinem Motorrad auf den Weg, um ein Stück weseraufwärts nach Hameln zu fahren. Die Stadt hatten doch beide auf ihr Programm genommen. Er verstand seine Freundin einfach nicht mehr. Woher diese Unlust und dieses Gehabe? Ob da mehr war, als er jetzt vermutete, ob es gar einen anderen gab. Vielleicht doch noch einmal mit Jonas eine Affäre, aus alter Verbundenheit ...

Matthes beschleunigte sein Fahrzeug und sauste eine baumbestandene Allee entlang, als ob der Teufel hinter ihm her wäre. Ein Blitzer nahm ihn in seiner rasanten Fahrt auf, was er nicht registrierte.

In Hameln selbst lief er unkonzentriert durch die Stadt, schaute sich das Rattenfängermuseum an und nahm ein paar Prospekte mit, die er später Cornelia zeigen wollte. Vielleicht konnte er sie dadurch doch noch bewegen, sich das alles mit ihm gemeinsam anzusehen.

Das würde sich schon wieder einrenken, redete er sich ein. Sie war nur manchmal sehr spontan, was er eigentlich an ihr liebte. Aber die derzeitige Apathie war überhaupt nicht sie, wie er sie kannte. Sicher war das Studium anstrengend. Gar keine Frage. Und was sich ein Medizinstudent so alles in den Kopf einpauken musste, das war schon der blanke Wahnsinn. Er war nur froh, sich für Betriebswirtschaft entschieden zu haben. Aber das alles konnte eine Persönlichkeit doch nicht dermaßen verändern.

Matthes beschloss, sich wieder auf den Weg zurückzumachen, zu ihrem Uferidyll. Gestern erst hatten sie sich doch noch geliebt in dem kleinen Zelt, dass es fast eingestürzt wäre ... Bestimmt hatte sich Cornelia wieder besonnen, würde sich entschuldigen. Er würde sie umarmen und küssen, auch auf den teuren Ring an ihrem Finger einen Kuss hauchen, und alles wäre gut.

Matthes sah sich kurz orientierend in der Fußgängerzone um. Dann schlug er den Weg zu seinem Parkplatz ein. Er wurde schneller und schneller. Die letzten Meter rannte er zu seinem Motorrad. Fast atemlos schwang er sich darauf, startete es und brauste davon.

Er entdeckte Cornelia so nackt, wie Gott sie geschaffen hatte, und ihm verschlug es die Sprache. Auch hörte er gerade noch Pfiffe von einem vorbeifahrenden Boot. Nein, das war dann doch zu heftig. Er spürte, wie sein Herz raste. Dann lief er zu ihr hin, stellte sich direkt in die Sonne und warf einen Schatten auf sie.

„He, was soll denn das?", wollte Cornelia wissen, die schon einige Minuten zuvor das Dröhnen des Motorrads gehört hatte. So klang nur das Fahrzeug von Matthes. Sie fühlte sich also völlig sicher, als er sich ihr näherte.

„Bist du denn irre, Conny?", fragte Matthes noch mit relativ leiser Stimme. Seine Stirn war in tiefe Falten gelegt.

„Wieso?"

Cornelia hatte sich inzwischen umgedreht, den Oberkörper erhoben und die beiden Hände nach hinten auf den Boden gestützt. Die Brüste standen für jedermann sichtbar keck in der Luft.

Matthes sah bestürzt um sich. Aber momentan war kein Fahrzeug auf dem Wasser in der Nähe. Er beugte sich zur Decke und griff ein Badetuch, um es Cornelia überzuwerfen. Darunter kam ihr knallig roter Bikini zum Vorschein, auch die beiden Teile nahm er mit zwei Fingern. Jetzt hielt der junge Mann in einer Hand das Tuch, in der anderen das zweiteilige Garderobenstück.

„Du ziehst dir sofort was über oder bedeckst wenigstens deine Blöße", forderte er sie auf und ergänzte: „Hast du überhaupt kein Schamgefühl?"

„Was fällt dir denn ein? Seit wann hast du mir was zu sagen ...? Klingst ja wie mein Vater!“

Der Streit vom Morgen wurde an dieser Stelle aufgegriffen und fortgesetzt. Was aber jetzt folgte, das waren böse Worte. Nicht mehr zurückzunehmen so wie die einmal abgeschossenen Pfeile. Den Verlobungsring, den Matthes sich von seinem Finger abgezogen hatte, behielt er in seiner Hosentasche.

Irgendwann hatten beide keine Kraft mehr, sich Böswilligkeiten zuzuwerfen. Matthes hüllte sich in Schweigen und fing an, seine Sachen zu packen.

„Das war's dann wohl?“, fragte Cornelia zwischendurch.

„Das war's. Ich fahre heim. Du findest ja mit Sicherheit eine andere Lösung, so wie du gebaut bist!“

Matthes biss sich auf die Lippen. So endgültig wollte er sich eigentlich gar nicht geäußert haben. Ihm standen Tränen in den Augen, aber das wollte er nicht zulassen. Hier und jetzt vor seiner ersten richtigen Freundin zu heulen.

Später schob er mit aller Langsamkeit das Motorrad mit seinem Gepäck von ihrem von der Landseite aus versteckt gelegenen Zeltplatz hinweg. Immer noch darauf wartend, sie möge hinter ihm hergerannt kommen, ihn rufen. Aber vergebens.

Dann schlug er mit seiner Maschine zunächst den direkten Weg nach Minden ein, bis er nach etlichen Kilometern stoppte, im Kreis fuhr und seinen Gedanken nachhing.

Es war schon weit nach Mitternacht, als er noch einmal zu dem gemeinsamen Lagerplatz fuhr. Als er aber sein Motorrad geparkt hatte, verließ ihn der Mut.

Conny würde ihn nur wieder vor den Kopf stoßen, wenn er sie jetzt aus dem Schlaf riss. Denn mit Sicherheit würde sie schon längst im Zelt liegen. Ach was, redete sich Matthes innerlich zu, das bringt jetzt nichts. Vielleicht sollten wir beide einfach mal eine Weile auf Abstand machen. Und hinterher funktioniert unsere Beziehung möglicherweise viel besser. So was sollte es doch geben? Jedenfalls hörte man immer davon. Matthes seufzte in die sternklare Nacht. Dann schob er sein Motorrad wieder zurück auf die Straße und setzte es in Bewegung.

Der Morgen dämmerte schon, als er daheim eintraf. Seine Mutter kam gerade von der Toilette, als er die Haustür wieder hinter sich geschlossen hatte. Er hörte noch die Spülung rauschen.

„Na, war es schön mit Cornelia?", wollte sie wissen, fuhr sich durch die zerzausten Haare, drückte ihm einen Kuss auf die Stirn, wartete aber keine Antwort ab. „Ich leg mich sofort wieder hin. Hatte gerade so einen tollen Traum, in dem du auch vorgekommen bist. Bis zum Frühstück dann, Matti."

Matthes schlich ins Obergeschoss und warf sich mit den Sachen auf sein Bett. Dann starrte er die Decke an und fand keinen Schlaf. Er hätte auf seinen Freund Jonas hören sollen, der ihn gewarnt hatte. Das war alles von Anfang an nur schiefgelaufen. Wieso hatte er sich auch ausgerechnet in die Verlobte seines besten Freundes verlieben müssen ...

Waldeinsamkeit

Alexander hatte das Gespräch mit Jessica im Ohr. Jetzt nur nicht die Nerven verlieren, dachte er. Dann griff er sich einen Zettel und einen Stift.

„Bin zu einem dienstlichen Einsatz unterwegs. Die Zentrale hat gerade angerufen. Macht euch keine Sorgen. Bussi. Papa", schrieb er darauf und malte noch einen üblichen dicken Smiley dazu. Sollte eines der Kinder munter werden und seine Abwesenheit bemerken, dann würde es die Notiz auf dem Küchentisch finden und wieder beruhigt ins Bett gehen. So verfuhren sie schon seit einiger Zeit, seitdem kein Babysitter mehr für die Mädchen nötig war. Sie waren groß genug, um allein auf sich aufzupassen.

Der Hund von Wolfhard wäre nicht schlecht, dachte Alexander kurz und lächelte bei dieser Idee. Der schlug ja wohl bei jedem an, der sich dem Anwesen näherte. Als Wachpersonal sicher ideal, aber wer sollte sich in seiner Familie konsequent um so ein Tier kümmern. Vielleicht später einmal ...

Alexander erhob sich und lief durchs Haus. Er ließ ein kleines Licht im Arbeitszimmer als Notbeleuchtung an. Auch das hatte schon gelegentlich geholfen, um Tina und Lena zu beruhigen, die dann gedacht hatten, er würde immer noch arbeiten. Und wenn sie mal kurz auf die Toilette mussten, dann wollten sie ihn nicht unbedingt stören, sondern verschwanden schlaftrunken gleich wieder im Bett. Aber so ein Zettel war stets ein Muss. Schließlich erwartete er auch von den Mädchen, dass sie sich ordentlich abmeldeten, wenn sie unterwegs sein wollten. Meist klappte es bei allen mit dieser Form der Kommunikation. Ansonsten gab es das Handy, und eine SMS war immer drin.

Er zog die Haustür vorsichtig hinter sich ins Schloss, um keinen Krach zu verursachen, steckte den Schlüssel hinein und drehte ihn einmal herum. Das sollte reichen. Dann begab er sich zu seinem Auto, setzte sich hinein und startete das Fahrzeug. Inzwischen war es schon zwei Uhr geworden. Alex gähnte. Auch das noch, viel lieber hätte er sich hingelegt und wenigstens noch ein paar Stunden Nachtschlaf genossen. Aber das konnte er diesmal wohl vergessen.

Alexander wählte die Strecke über den Mittellandkanal hinweg Richtung Todtenhausen. Offensichtlich lagen andere Leute um diese Zeit im Bett, er war allein unterwegs. Wo war nur dieses Wäldchen, von dem Dennis mal erzählt hatte? Alexander grübelte. Noch in Südhemmern, als er nach Specken abbog, fiel es ihm schon ein: Heisterholz. Da ging Minden dann bereits in Petershagen über. Und das Areal war verdammt groß.

Alex stand Schweiß auf der Stirn, als er von der B 61 abfuhr und am Parkplatz in der Nähe vom dortigen Forsthaus ankam. Doch: Heisterholz und Forsthausparkplatz. Das hatte Dennis mal gesagt, und Alex entrang sich ein tiefer, beruhigter Seufzer, als er seinen Pkw parkte. Direkt neben dem von Dennis.

„Bingo", flüsterte Alexander. „Da habe ich wohl richtig kombiniert. Zumindest das Auto haben wir schon einmal gefunden."

Er atmete tief durch, griff sich die große Taschenlampe, die er bereits zu Hause im Fußraum auf der Beifahrerseite deponiert hatte, stieg aus und verschloss sein Fahrzeug. Auf seiner Seite prüfte er noch einmal die Türen, Macht der Gewohnheit. Ein Automatismus, der ihm überhaupt nicht mehr bewusst wurde.

Pechschwarz lag die Nacht über dem Wald. Kein Stern war am Himmel zu sehen. Alex betätigte die Taschenlampe, die sich mit einem wankenden Strahl durch die Bäume bewegte, während er loslief.

„Dennis", rief Alexander. Er erschrak fast vor seiner eigenen Stimme.

„Dennis!"

Sein Ruf wurde energisch und lautstark. Hoffentlich fand er seinen Kollegen. Er schickte ein Stoßgebet zum Himmel, was sonst gar nicht seine Art war. Dann wurde er wieder mit seinen Rufen laut.

„Hallo, hier ist Alex. Junge, wo steckst du denn? Lass uns reden."

Der Wald hüllte sich weiter in Schweigen. Selbst die Tiere schienen sich zur Ruhe begeben zu haben. Kein Laut, kein Knacksen von Ästen, nichts, einfach nichts. Er war der Einzige, der hier Unruhe verursachte.

Alexander lief und lief, rief wieder und wieder. Erfolglos. Zwischendurch hielt er seine Taschenlampe auf die Armbanduhr. Der Zeiger war schon weit nach drei Uhr gerückt. Wann ging die Sonne auf?, überlegte Alex. Irgendwann nach vier Uhr. Spätestens dann würde er einen besseren Überblick bekommen. Wenn es dann mal nicht zu spät war.

„Dennis", schrie Alexander mit enormer Kraft. Lange würde er das kaum noch durchhalten. Er hatte sich viel zu dünn angezogen und fror, obwohl er sich zügig bewegte. Sicher hatte auch die Situation selbst eine Grundkälte in ihm aufsteigen lassen.

Er schwenkte die Taschenlampe durch das Unterholz. Sollte Dennis mit dem Gedanken gespielt haben, sich aufzuhängen, dann mussten auch die Bäume passen. Nicht zu klein, nicht zu groß. Ein stabiler Ast, von unten so erreichbar, dass man eine Schlinge daran knüpfen konnte. Alexander wurde übel bei seinen kombinierenden Gedankengängen, die sich wie von selbst zusammentaten.

Plötzlich erhellte der Strahl der Taschenlampe eine kleine Lichtung, auf der jemand kauerte.

Alexander verharrte im Schritt.

„Dennis? Bist du das?", erkundigte er sich mit leiser Stimme. Zunächst kam keine Antwort. Aber Alex blieb noch einen Moment auf dem Pfad stehen. Nur das Licht der Lampe hielt er weiterhin auf die Person gerichtet. Er wollte sie auf keinen Fall wieder verlieren.

„Dennis?"

„Ich tauge zu gar nichts. Nicht mal umbringen kann ich mich ..."

Die Worte kamen leise, zögernd und klangen gebrochen. Es schien nicht die Stimme von Dennis zu sein, und doch war sie es.

Alexander fiel ein Stein vom Herzen. Egal, was jetzt noch passierte. Er hatte seinen Kollegen gefunden. Lebendig. Alles andere ließ sich bestimmt klären. Man musste einfach nur darüber reden, dann würde es gleich leichter zu ertragen sein.

„Mann, du hast uns vielleicht einen Schrecken eingejagt", sagte Alexander und bewegte sich auf Dennis zu. Im Lichtschein entdeckte er jetzt den Spanngurt über seinem Kollegen. Fest an einen Ast gebunden und in eine baumelnde Schlinge gelegt. Das war wohl wirklich Rettung in letzter Sekunde, dachte Alex und legte Dennis jetzt eine Hand auf die Schulter.

„Du musst doch ganz durchgefroren sein. Ist nicht sonderlich warm heute Nacht."

„Hm."

„Komm. Hier haben wir beide doch nichts verloren."

Dennis blieb in der Hocke und hatte sein Gesicht in beiden Händen vergraben.

So langsam wurde Alexander ungehalten. Was um alles in der Welt sollte das denn hier? Konnte Dennis sich nicht mal zusammenreißen? Dabei fiel ihm schlagartig ein, wie miserabel es ihm gegangen war, als er von Olgas Ehebruch und den Details erfahren hatte. Von einem Selbstmordversuch war er da eigentlich auch nicht weit entfernt gewesen. Es gab eben Situationen im Leben, die einem ausweglos erschienen. Er wurde wieder ruhiger und atmete langsam ein und aus, ganz bewusst.

„Lass uns zurück zu den Autos laufen. Ich glaube, allein finde ich den Weg aus dem Wald gar nicht mehr heraus. Komme mir ein bisschen wie Hänsel und Gretel vor ..."

Die Bemerkung sollte Dennis aufheitern. Zumindest erhob er sich, seine Schultern hingen herunter, der Kopf ebenso.

„Ich bin so ein Waschlappen."

„Wer sagt denn so einen Blödsinn?", fuhr Alexander ihn nun an. Selbstmitleid okay, aber doch nicht solche dämlichen Selbstanklagen.

„... meine Schwiegermutter ..."

Aha, dachte Alex. Das war eines der Probleme. Laut aber sagte er:

„Ach, Schwiegermütter! Das ist doch immer dieselbe Leier. Nie können wir es ihnen recht machen, selbst wenn wir uns auf den Kopf stellen und sie mit Geschenken überschütten. Ich könnte dir da Dinger erzählen ..."

So extrem war Edwina zwar nicht, aber das musste er seinem Kollegen ja nun auch nicht verraten.

„Wir machen uns jetzt mal auf den Heimweg", schlug Alexander vor, griff Dennis am Arm und zog ihn von der Lichtung. Einen kurzen Blick nur warf er auf den Spanngurt. Der sollte da oben mal weiter baumeln. In der Dunkelheit jedenfalls würde er ihn nicht lösen wollen. Bestimmt war er schon stramm gezogen nach ersten vergeblichen Versuchen von Dennis.

Alexander nahm sich vor, die Stelle im Gedächtnis zu behalten und an einem der nächsten Tage noch einmal vorbeizuschauen, um den Gurt zu entfernen. Nicht dass jemand anderes auf die blödsinnige Idee kam, sich hier das Leben zu nehmen. Oder Dennis gar einen weiteren Ausflug zum vorbereiteten Ort unternahm. Also vielleicht doch eher nachher ein weiterer Abstecher an diese Stelle?!

Eigentlich müsste sein Kollege in die fachlichen Hände eines kompetenten Mediziners. Aber in der Dienststelle garantiert nicht. Das würde vielleicht auch das berufliche Aus für Dennis bedeuten. Was er ja wohl kaum wollte. Oder?

Sie mussten unbedingt reden.

„Soll ich deine Frau mal anrufen und sie beruhigen?", erkundigte sich Alex.

Dennis nickte nur.

Alexander betätigte sein Smartphone. Schon beim ersten Signal war Jessica in der Leitung.

„... und???"

„Alles in Ordnung, Jessica", beteuerte Alexander. „Wir haben uns gerade getroffen. Deinem Mann geht es gut. Der wollte offensichtlich nur mal an die frische Luft ... Wir werden uns mal noch kurz unterhalten, und dann bringe ich ihn zu dir. Kannst dich ruhig aufs Ohr hauen."

„Danke", hauchte Jessica. „Ich umarme Dennis und schicke ihm einen Kuss ..."

Dann brach die Verbindung ab. Ob nun Jessica sie beendet oder das Netz einfach mal eine Störung hatte, war nicht auszumachen. Es war Alexander auch völlig egal in diesem Augenblick.

„Deine Frau sendet dir einen Kuss", erklärte er.

„Danke."

„Das hat sie eben auch zu mir gesagt."

Dennis schaute zu Alexander.

„So, und nun schnurstracks zum Parkplatz, und dann bringe ich dich nach Hause ..."

„Ich könnte doch auch mit meinem Auto fahren ..."

„Kommt gar nicht infrage. Nichts wirst du. Das holen wir morgen, ach nein, heute im Laufe des Tages ab!"

„Wenn du meinst ..."

„Genau. Ich meine. Dein Chef ordnet an."

„Dann kann ich ja wohl nicht widersprechen."

„Geht auf keinen Fall."

Alex stieß Dennis, der leicht auswich, in die Seite.

„Willst du drüber reden?", wollte Alexander jetzt wissen.

„Ich denke schon ..."

Wenig später saßen die beiden Männer in Alexanders Auto. Alex hatte den Wagen gestartet und die Heizung aktiviert. Beide waren inzwischen ziemlich durchgefroren.

Die Uhr nahm ihren Lauf, der Morgen dämmerte, und Dennis erzählte. Von seiner Ehe, die nicht so lief, wie er sich das vorgestellt hatte, von dem Wohnen im Haus der Schwiegereltern, das er als Fluch empfand, von dem Kleinen, der ständig heulte, ein Schreikind, das ihm den letzten Nerv und alle Freude raubte, selbst als Vater fühlte er sich wie ein Versager ...

Alex verkniff sich zwischendurch ein Gähnen. Schlaf konnte er in dieser Nacht wohl vergessen. Geduldig hörte er zu, bis der Morgen seine volle Helligkeit brachte.

„So, Dennis. Jetzt fahr ich dich heim, und dann muss ich zu mir, um meine Mädchen für die Schule fertig zu machen. Die werden denken, ich bin versackt ..."

„Um Gottes willen", sagte Dennis. „Machen sich denn deine Kinder jetzt nicht Sorgen um dich?"

„Ich habe ihnen einen Brief auf den Tisch gelegt", antwortete Alex und beide Männer dachten an den Abschiedsbrief von Dennis daheim bei seiner Frau.

Heimkehr

Martin schloss mit gerunzelter Stirn die Haustür auf. Es war zweimal abgeschlossen, und auch das Auto von Renate stand nicht in der Garage, dafür war das Tor sperrangelweit offen. Hatte er seiner Frau nicht wieder und wieder gesagt, sie solle alles ordentlich verschließen, wenn niemand zu Hause war? Er stellte seinen Rucksack im Flur auf den Fußboden. Der kippte um, aber das war Martin egal. Zuerst musste er sich Gewissheit verschaffen. Um zu kontrollieren, ob der Durchgang zum Nebengelass gesichert war, lief er raschen Schrittes die wenigen Meter und klinkte an der Tür. Zu.

„Ein Glück aber auch", flüsterte er vor sich hin und fasste sich erleichtert auf die Brust. Wenigstens war so der schnelle Zugriff auf sein Eigentum nicht möglich. Renate machte es Einbrechern aber gelegentlich auch einfach. Unlängst erst hatte die Terrassentür offen gestanden, und da war sie sogar zu ihrer Freundin Marion gefahren, was bekanntermaßen dauern konnte ... Frauen!

Martin seufzte und schnupperte um sich herum. Das roch so eigenartig. Zunächst konnte er sich keinen Reim darauf machen, lief durchs Haus, durch die Zimmer, in die Küche und schließlich ins Bad. Er musste schon die ganze Zeit dringend pinkeln. Eigentlich war er versucht, das im Stehen zu erledigen. Immerhin konnte seine Frau ihn nicht auf frischer Tat ertappen. Aber dann zog er doch seine Hose herunter und setzte sich hin. Sie hatte ein Gespür dafür, wenn er gegen die angeordneten Gepflogenheiten verstieß. Oder es ging mal ein Tropfen daneben, den sie dann entdeckte? Blödsinn. Martin schüttelte den Kopf, so was passierte doch nur alten Männern, und er war schließlich im allerbesten Alter. Noch lange keine Aussichten auf diese und andere Peinlichkeiten, die die zunehmenden Jahre so mit sich bringen konnten.

Seine Gedanken kreisten noch um den eigentümlichen Geruch, bis ihm die Ursache endlich einfiel. Maler. Es roch nach frischer Farbe. Und natürlich sah es da und dort auch anders aus als vorher, aber weil er diese Alleinaktionen seiner Frau kannte und sie äußerst häufig geschahen, hatte er sich schon an den laufenden Wechsel gewöhnt. Das einzig Beständige in dieser Familie schien eben der Wechsel zu sein, jedenfalls was die malermäßige Instandsetzung anging. Also, dachte Martin, als er die Toilettenspülung betätigte, dann will ich mal alles begutachten. Sicher fragt Renate später danach, und wenn ich das mal wieder übersehen habe, dann ist sie sofort eingeschnappt. Und das konnte dauern. Außerdem nervte eine schweigsame Ehefrau enorm, mehr noch als eine redselige. Am besten war die Flucht nach vorn. Loben. Einfach nur eine Anerkennung für die tolle Eigeninitiative und die wundervolle Umsetzung. Das Stichwort wundervoll setzte Martin gleich auf seine Merkliste. Egal wie es aussah oder ob es ihm gefiel. Wundervoll war ein schönes Adjektiv zur Einschätzung der malermäßigen Veränderung.

Martin lief durchs Haus, stellte fest, dass alles manierlich aussah und ihm sogar, wenn er ehrlich zu sich war, recht gut gefiel, jedenfalls besser als die vorherige Variante mit dieser rührseligen Seemannskiste – damit hatten sie doch gar nichts am Hut. In dem aktuellen Fall jetzt musste er später nicht einmal hochstapeln.

In der Küche befüllte er die Kaffeemaschine mit frischem Wasser, einem Filter und dem Pulver. Wenig später genoss er diesen würzigen Duft, der nun den anderen überlagerte. Dann lief er noch einmal ins Badezimmer zurück und holte sich aus dem Medikamentenschrank eine Aspirintablette. Die bohrenden Kopfschmerzen hatten ihn nicht verlassen, seitdem er am Ufer nach dieser durchzechten Nacht aufgewacht war.

Sollte er seine Frau jetzt anrufen, um sie zu informieren, dass er wieder daheim war? Martin verwarf die Idee. Vielleicht legte er sich einfach einen Augenblick aufs Sofa, mit einem kalten Waschlappen auf der Stirn. Renate war sicher zum Friseur oder zur Kosmetik, bei einer ihrer Freundinnen: Marion oder Monika ...

Monika hörte ein Fahrzeug vor der Haustür. Ein letzter prüfender Blick in die Runde. Nein, alles war wieder an seinem Platz. Niemand würde Verdacht schöpfen. Es sah so aus wie immer. Ordentlich. Monika lief in den Flur, wühlte in ihrer Handtasche und holte sich einen Pfefferminzbonbon heraus. Sie hatte einen schalen Geschmack im Mund. Das würde bestimmt helfen. Dann öffnete sie die Haustür, verschränkte die Arme und schaute ihrem Mann Hans-Jürgen entgegen.

Also, Erholung sah aber anders aus, stellte sie für sich fest. Die Freunde hatten sich wahrscheinlich wieder die Nächte um die Ohren gehauen, waren nicht zum Schlafen gekommen, und das würde er nun wieder alles nachholen wollen, indem er allabendlich schon gegen halb zehn im Bett verschwand. Von wegen, Frauen würden ihren Schönheitsschlaf brauchen! Die Männer waren das, ganz klar. Monika fühlte sich gut drauf. Einen Tag zuvor hatte sie ihren Alkoholpegel schon heruntergefahren, damit der Absturz nicht zu abrupt wurde. Sie kannte sich genau und wusste mit ihrem Geheimnis umzugehen.

„Hast du mich schon erwartet?", erkundigte sich Hans-Jürgen mit leiser Stimme.

„Würde ich sonst hier stehen?", entgegnete Monika. „Da können wir zusammen ein Tee trinken, wenn du magst?!"

Sie machte den Weg ins Haus frei, als Hans-Jürgen mit seiner großen Tasche an ihr vorbeilief und ihr wie üblich einen Kuss auf die Stirn hauchte.

„Ich bin froh, wieder daheim zu sein", sagte er dabei.

„Ach was", antwortete Monika, „das Gefühl dauert bestimmt nicht lange, und dann plant ihr eure nächsten Unternehmungen. Ich kenne euch doch durch und durch. Mag ja sein, dass es bei eurem Zusammensein auch mal zu Unstimmigkeiten kommt. Aber sobald ihr getrennt seid, habt ihr allesamt Entzugserscheinungen ..."

Wie kam sie jetzt nur auf dieses Wort: Entzugserscheinungen. Monika schloss die Haustür und ging in die Küche, um den Wasserkocher für den Tee aufzusetzen. Ein Darjeeling würde es sein, wie immer. Kaffee schlug ihr zu sehr auf den Magen, erklärte sie stets in der Öffentlichkeit.

Bei einem bekömmlichen Tee konnte das überhaupt nicht passieren.

Während sie darauf wartete, dass das Wasser aufkochte, hingen ihre Gedanken in der Beziehung der Männer. Das war schon ziemlich symbiotisch, was die drei verband. Wobei es doch immer eine schwierige Kiste zu dritt war, wie Monika aus eigener Erfahrung wusste. Zwei Freunde, ja, das funktionierte, aber ein weiterer dazu, das gab immer irgendwelche Querelen. Wobei in dem Fall ja vor allem Hans-Jürgen und Karsten das engere Pärchen waren. Im Sportverein hatte es schon Gemauschel gegeben mit irgendwelchen Sponsorengeldern, und ihr Mann musste die Wogen glätten. Daran konnte sich Monika noch gut erinnern, wie sie ein Telefongespräch zwischen beiden aufgeschnappt hatte. Hans-Jürgen, der Kassenwart, und Karsten, der Vereinsvorsitzende. Manchmal, so dachte Monika, hatte sie das Gefühl, die beiden mussten darüber hinaus noch eine Leiche im Keller haben. Dabei stahl sich ein hämisches Grinsen in ihr Gesicht. Wahrscheinlich gleich neben den Weinvorräten ... Das Wasser war gerade kochend heiß aufgebrodelt, der Schalter hatte sich automatisch abgeschaltet, und Monika goss die beiden Tassen auf, in denen Teebeutel hingen. Gewohnheitsmäßig stellte sie die Zeituhr, ein rundlicher Koch mit weißer Mütze und dickem Holzlöffel in der Hand. Drei Minuten.

Als Monika mit dem duftenden Tee ins Zimmer kam, stand Hans-Jürgen am Fenster, die Hände auf dem Rücken, und blickte in den Garten. Er hing seinen Gedanken nach, die immer wieder abdrifteten. Sobald das geschah, zog er sich den jüngsten Weserdrachencup ins Gedächtnis und damit den Sieg ihrer Mannschaft, mit einer hundertstel Sekunde vor Black Wave aus Hannover. Das Zielfoto hatte entschieden! Dieses Erfolgserlebnis überdeckte alles und versetzte ihn wieder und wieder in Euphorie. Er sah sich erneut im Boot mit Martin und Karsten sitzen, eine Trommlerin aus der Gruppe gab lautstarke Anfeuerungen, und vom Ufer wurden sie natürlich durch die Zuschauermenge unterstützt. Vor allem das letzte Stück hatte er noch Augenblick für Augenblick vor sich, wie sie unter der Weserbrücke durchgefahren waren, dort wendeten und sich schließlich stromaufwärts kämpften. Ab der Schiffmühle wurde es richtig hart. Fast wären ihnen vor Kraftanstrengung die Paddel aus den Händen gerutscht. Und obwohl er Handschuhe getragen hatte, entstanden Blasen. Den Schmerz fühlte er nach wie vor, obwohl alles längst verheilt war. Aber er tat gut, und es war für ihn ein Gefühl, lebendig zu sein. So wie die gesamte Langstreckenregatta ein prägendes Erlebnis war, schon vom Start des Verfolgungsrennens an. Den größten Teil stromabwärts, während die Landschaft rasch vorüberzog. Später gab es die abendliche Party mit einem tollen Kulturprogramm. Und wie alle Jahre war das ein richtiges schönes Familientreffen. Von der Begeisterung zehrte die ganze Truppe.

„Dein Tee wird kalt", sagte Monika emotionslos.

Hans-Jürgen drehte sich um, lief zum Tisch und setzte sich hin, um nach der Tasse zu greifen.

„Danke."

Er trank die Tasse halb leer und beide schwiegen.

Ein paar Querstraßen weiter saßen Renate und Marion im Wohnzimmer und plauderten angeregt, als Karsten das Haus betrat.

„Bin wieder da!", rief er vom Flur aus.

„Schön", kam die Antwort von Marion, die sich aber nicht erhob, sondern auf dem Sessel sitzen blieb.

„Ich glaube, ich brauche dringend eine Dusche", erklärte Karsten, sich den Frauen nähernd.

„Na, das kann ich mir aber unschwer vorstellen", sagte Marion halblaut zu ihrer Freundin, die dabei grinste.

„Was hast du gesagt, Schatz?"

„Dass das eine gute Idee ist", lenkte Marion ein. „Seid ihr denn alle drei wieder wohlbehalten zurück?"

Karsten hatte sich schon ein paar Schritte entfernt, kehrte aber noch einmal um und schaute auf die Frauen.

„Ja, was denkst du denn. Martin und Hans-Jürgen werden wahrscheinlich schon ein ausgiebiges Bad nehmen, wie ich die beiden kenne."

„Von eurem Abenteuer kannst du ja später noch erzählen", schlug Marion vor.

„Und du von deinem", ergänzte Karsten, woraufhin Marion ein nervöses Zucken ihres rechten Auges bekam.

„Klar, wir tauschen uns ganz gemütlich aus", antwortete sie. „Aber lass dir ruhig Zeit, wir beide hier haben noch ein paar Kleinigkeiten zu bereden."

Renate nickte wortlos. Immerhin wollte sie ihrer Freundin detailliert berichten, wie alles mit der Renovierung abgelaufen war. Bislang war sie dazu überhaupt noch nicht gekommen, und alles hatte sich um Marion gedreht. Wie immer. Die Freundin parlierte und ließ keinen zu Wort kommen. Irgendwann musste sie ihr das auch einmal sagen, aber es war nicht so einfach, unter Freundinnen eine Kritik anzubringen. Nicht jede vertrug sie, manche bekam alles in den falschen Hals, und Renate ahnte, dass auch Marion nicht begeistert davon sein würde.

Karsten hatte gar nicht richtig zugehört. Es interessierte ihn nicht wirklich. Er wollte nur unter die Dusche und all den Dreck abspülen. Seine Sachen verstreute er auf dem Fußboden und stieg unter die Brause. Er stellte das Wasser auf ziemlich heiß, so heiß, wie er es gerade ertrug, und ließ es über seinen Körper laufen. Während der Dampf aufstieg, hing er seinen Gedanken nach.

Währenddessen saßen die beiden Frauen noch im Wohnzimmer, und Renate kam endlich dazu, ihre Geschichte von dem erfolgreichen Einsatz des Malermeisters und seines Teams anzubringen. Ein Stein war ihr dabei vom Herzen gefallen. So konnte sie sich eine eventuelle Kritik an der Freundin auch sparen. Wenig später verabschiedete sie sich, um zu Martin nach Hause zu fahren. Marion hatte zuletzt noch versprochen, sich in Kürze das neu gestaltete Heim von Renate anzuschauen.

Als Marion später die schmutzigen Sachen von Karsten wegräumte und gleich für die erste Waschmaschine sortierte, fischte sie auch in den Hosentaschen herum, damit nicht etwa alte Taschentücher oder Taschenmesser oder etwas Ähnliches drinblieben. Im Laufe ihres hausfraulichen Daseins hatte sie schon allerlei Tascheninhalte mitgewaschen, die es nicht unbedingt wohlbehalten überlebten. Wobei früher so ein Zellstofftaschentuch total zerbröselte und überall als Flusen an den Sachen hing, während es heute im Anschluss fast noch einmal zu benutzen war. Eine deutliche Qualitätssteigerung, grinste Marion bei diesem Gedanken vor sich hin.

Dabei entdeckte sie plötzlich einen goldenen Ring in der Gesäßtasche ihres Mannes. Sie hielt ihn gegen das Licht, ließ den apart geschliffenen Diamanten funkeln und lächelte. Da wollte er ihr doch bestimmt eine Freude bereiten, vielleicht als Versöhnung für den letzten cholerischen Ausbruch, den Karsten hatte? Nette Idee und gut gemeint, diese Überraschung. Wobei sie sich eigentlich ihren Schmuck lieber selbst aussuchte, und bei dem hier fehlte die schützende Verpackung. So was steckte man doch nicht einfach in die Hosentasche ... Aber in so einem Fall wollte sie wohl den guten Willen respektieren.

Wohin damit?, grübelte Marion. Ich kann ihn ja schlecht in der Hosentasche lassen, mitwaschen und später alles zusammen wegpacken! Dann entschied sie sich, das glänzende Stück in den Beutel mit Karstens privaten Dingen zu tun. Ausweis, Geld, Schlüssel, Handy bewahrte er immer in einer separaten, wasserdichten Tasche mit Reißverschluss auf, um nichts zu vergessen und alles immer gleich wiederzufinden. Insofern passte der Ring dort bestens hin. Sicher war er nur versehentlich in der Hosentasche gelandet.

Wo mochte Karsten ihn wohl gekauft haben? Stadtausflüge waren doch eher selten bei diesen Bootstouren angesagt oder hatten die Männer diesmal auch ein touristisches Ausflugsprogramm mit eingeplant gehabt? Egal. Sie würde es sicherlich irgendwann erfahren. Bis dahin wollte sie ihn nicht drängen. Manchmal konnte Karsten ein richtig liebender Gatte sein. Er musste sich nur die entsprechende Mühe geben. Und finanziell war sie mit ihm schon bestens abgesichert, da musste sie sich keinerlei Sorgen machen. Wenn er mal starb, dann bekam sie eine nicht unerhebliche Witwenrente, von dem übrigen Vermögen mal ganz abgesehen. Marion lachte leise vor sich hin.

Schatzsucher

Konrad stand breitbeinig mit den nackten Füßen im Wasser, hatte den Schirm seiner Mütze in den Nacken geschoben und legte die Rechte über die Augen, um gegen das Sonnenlicht besser zur Porta Westfalica schauen zu können. Hoffentlich passierte heute auch wieder etwas Tolles. Er dachte an den jüngsten Einsatz eines Mehrzweckschiffes, als er mit seiner Mutter und der kleinen Schwester hier langspaziert war. Die beiden waren weitergelaufen, und er blieb wie angewurzelt stehen und blickte auf die Geschehnisse. Ein Mann namens Richard hatte ihm alle Fragen beantwortet und seine Mutter nach einer Weile aus der Ferne gewunken, er möge sich wieder zur Familie gesellen. Aber nicht, ehe nicht die letzte Unklarheit beseitigt war!

Die MS Weser und die MS Alpe waren dafür da, um Mittellandkanal und Weser in Schuss zu halten, als Aufsichtsboote die Strecken zu kontrollieren oder etwas zu reparieren. Das mit der Peilanlage an Bord fürs Messen der Wassertiefe und das Aufspüren von Hindernissen, das hatte besonderen Eindruck bei Konrad hinterlassen. Oder die Sache mit dem Deckprahm, ein flaches zusätzliches Schiff ohne eigenen Antrieb, aber dafür gegebenenfalls mit Ladekran und Greifer darauf, um Baggerarbeiten auszuführen. Dann gab es noch den Buhnenbau, mit dem sie an jenem Tag gerade beschäftigt waren und wohin sich dieser

Richard dann wieder freundlich verabschiedet hatte. Mit der Bemerkung, da würde wohl jemand auf ihn warten.

„Konrad!", erklang jetzt der Ruf seiner Mutter.

Der Junge rührte sich nicht, stand mit festen Beinen an seinem Platz und blickte konzentriert in die Ferne. Dann wechselte er die Richtung und inspizierte das Flussufer.

„Konrad!"

Das klang energischer, und er beschloss zu reagieren, zumindest mündlich.

„Was ist denn los, Mama?!", rief er mit einem leicht genervten Unterton.

„Komm mal kurz zu mir. Du kannst mir eben behilflich sein."

Sie kniete auf der ausgebreiteten Patchworkdecke und positionierte die mitgebrachten Sachen. Der Kinderwagen mit Julia stand daneben.

„Manno", flüsterte Konrad, machte sich dann aber auf den Weg zu seiner Mutter. Immer gab es was mit der kleinen Schwester. Bestimmt packte Mama das mal wieder nicht mit dem Ausklinken aus dem Fahrgestell. Typisch Frauen. Keine Ahnung von Technik. Der Junge steckte eine Hand in die Hosentasche und stellte sich direkt an eine Seite der Decke, ohne sie mit den Füßen zu betreten. Er hatte Dreck an den nassen Füßen und wollte die Unterlage nicht beschmutzen.

Ramona blickte auf.

„Prima. Hilf mir mal mit dem Wagen deiner Schwester. Du weißt doch, dass ich das allein nicht so leicht hinbekomme, mein Großer!"

Das klang sehr einschmeichelnd, und der Junge erlag den freundlichen Worten.

„Klar, Mama. Null Problemo! In mir hast du einen starken Mann an deiner Seite."

Ramona verkniff sich ein Lachen und beide packten am Kinderwagen an, um die Kleine in ihrem Bettchen direkt am Boden auf der Decke zu platzieren. Kaum stand alles wie gewünscht, blickte die Mutter kritisch auf ihren Sohn, zog ein Tempo aus der Tasche ihrer weiten, bunt gemusterten Sommerhose und hielt es Konrad hin.

„Spuck mal drauf. Meine Spucke magst du ja nicht. Du hast da was im Gesicht ..."

Widerwillig kam Konrad dem nach, sammelte das Gewünschte im Mund und setzte einen Spuckefladen auf das weiße Papiertuch. Ramona ballte es zusammen, sodass die Feuchtigkeit an einer Spitze über ihrem Zeigefinger lag und wischte damit auf einer Wange ihres Sohnes herum. Kommentarlos und ergeben hielt er dabei still.

„Darf ich jetzt wieder auf Schatzsuche gehen?", erkundigte er sich, nachdem Ramona das Tempo in ihrer Tasche hatte verschwinden lassen.

„Nur deshalb bin ich doch hier!", fügte Konrad noch an.

„Klar, mein Süßer. Aber bleib in Reichweite. Und geh nicht zu weit ins Wasser, damit du dir deine Sachen nicht nass machst. Wobei ..."

Ramona musterte ihr Kind.

„... kannst aber eigentlich auch alles bis auf deine Badehose ausziehen. Das ist ja heute so ein tolles Wetter und wunderbar warm ..."

Badehose, pah, fuhr es Konrad durch den Kopf. In dem dämlichen Teil würde er sich doch nicht in der Öffentlichkeit blicken lassen. Das war eindeutig eine Mädchenhose, die Mama ihm da im Kaufhaus Hagemeyer neulich ausgesucht hatte. Dabei hatte ihm ein ganz anderes Exemplar gefallen, aber das wäre zu teuer gewesen. Die hier kostete zehn Euro weniger. Aber so was trugen keine Jungs. Punkt! Also am besten in den Sachen bleiben, die darüber waren.

„Ach, nein, ins Wasser wollte ich eigentlich gar nicht", wich der Zehnjährige aus.

Jetzt schaute die Mutter ihn besorgt an.

„Beug dich mal runter zu mir. Du wirst doch nicht etwa was ausbrüten. Eine Erkältung? Jetzt im Sommer? Das wäre überhaupt nicht gut! Um die Jahreszeit dauern die meist richtig lange und verlaufen mit schwereren Symptomen."

Konrad neigte seine Stirn in Griffhöhe, und Ramona legte den Handrücken darauf. Beruhigt zog sie ihn wieder zurück.

„Kein Grund zur Panik. Alles normal temperiert. Dann viel Erfolg bei der Schatzsuche, Konny."

Der Junge zuckte kurz zusammen. Mamas Kosename für ihn war auch nicht gerade sehr männlich. In der Schule zogen sie ihn manchmal damit auf und bezeichneten ihn als Tussi. Er war doch aber kein Weib.

Betont langsam schlenderte Konrad wieder zum Ufer zurück, diesmal nicht Richtung Glacisbrücke, sondern nach Norden. Dabei hatte er auch die Sonne im Rücken und konnte besser erkennen, was sich so alles an interessanten Dingen am Ufersaum bot.

Mit dem linken Fuß stieß er einige kleinere Steine vorwärts. Griff sich ein paar flache Exemplare von ihnen und schleuderte sie über die Wasseroberfläche. Als es ihm nicht gelang, sie mehrfach darüber hüpfen zu lassen, wie es der Vater immer schaffte, verlor er die Lust und gab auf. Dann suchte er nach einem Stock, mit dem er besser vorsortieren konnte. Wenig später fand er ihn und stocherte nun im Untergrund herum. Zwischendurch hockte er sich hin und begutachtete seine Funde. Vielleicht war ja eine schöne Versteinerung dabei ...

Irgendwann rief seine Mutter wieder.

„Konrad!“

Er erhob sich und lief hüpfend zu ihr. Jetzt konnte so ein Ruf nur etwas Leckeres bedeuten.

„Hast du Hunger oder Durst?“, wollte Ramona wissen.

„Beides“, entgegnete der Junge kurz angebunden und mit breitem Lächeln.

„Dann hätte ich natürlich was für dich im Angebot. Wie wäre es denn mit einem Mineralwasser und einem Butterbrot?“, spannte sie ihn auf die Folter, wohl wissend, dass ihr Sohn das nur in äußersten Ausnahmefällen trank und Butterbrote ausgesprochen langweilig fand.

„Nein, Mama, wie kommst du denn darauf?“

„Ach, da muss ich mich wohl geirrt haben“, lächelte Ramona und griff zu der Safttüte mit einem dazugehörigen Strohhalm. Sie hielt das Getränk hoch.

„Passt das?“

„Absolut, Mama, du bist die Beste!“

Konrad packte zu und ließ sich kurz auf der Decke nieder, um den Strohhalm in das dafür vorgesehene Loch zu bohren und Weiteres abzuwarten, die Füße ordentlich daneben ausgestreckt. Währenddessen wühlte die Mutter weiter in ihrer großen Korbtasche.

„Wo war es denn gleich ...?"

Konrad beugte sich zu ihr hinüber.

„Soll ich suchen helfen?"

„Ach nein, da ist es ja."

Ramona zog eine Tüte mit Milch-Haselnuss-Schnitten hervor. Daraufhin schob sich ein breites Strahlen in das Gesicht von Konrad.

„Oh, dass du an meine Lieblingswaffeln gedacht hast ..."

Er langte nach der Tüte und riss sie auf.

„Aber nicht alle mit einem Mal", lenkte die Mutter ein. „Kannst dir ja noch zwei Stück als Wegzehrung mitnehmen."

„Prima Idee", sagte Konrad kauend und griff sich zwei Minitütchen, um sie in seiner Hosentasche verschwinden zu lassen. Dann machte er sich erneut auf den Weg und lief wieder Richtung Autobrücke. In deren Hintergrund zeigte sich malerisch die Fischerstadt. Davor hob sich jetzt der Junge mit seinem blau-weiß gestreiften Matrosenshirt und den kurzen Jeans ab. Die Mütze war noch in derselben Position mit Schirm im Nacken.

Konrad baute kleine Dämme und sammelte dafür allerlei Angetriebenes. Stück um Stück lief er noch weiter, der Badestrand lag schon etwas zurück.

Plötzlich entdeckte er etwas im Wasser, das seine Aufmerksamkeit erregte. Ein unförmiges, großes Stück in blauer Plastikfolie. Darin war bestimmt ein Schatz eingewickelt, beschloss er umgehend und ging darauf zu. Das Teil hatte sich am Ufer verfangen und trieb nur immer ein wenig mit einem Ende mit der Strömung mit, verharrte und schlug wieder zurück.

Konrad musterte die braunen Klebestreifen auf dem Paket. Da hatte sich aber jemand Mühe gegeben. Er grübelte. Allein würde er das hier wohl nicht klären können, zumal er sein Taschenmesser vermisste. Das wurde ihm von seiner Mutter am Morgen abgenommen, weil er sich erst tags zuvor verletzt hatte. So ein winziger Schnitt am Zeigefinger der linken Hand. Das war doch kein Drama. Aber Mütter machten aus jeder Mücke einen Elefanten ...

Konrad erhob sich und schlenderte zu seiner Familie zurück.

„Nanu?“, blickte Ramona erstaunt von ihrem Buch auf. „Bist du schon fertig mit Schatzsuche und hast deine Goldbarren gefunden?“

„Wahrscheinlich“, sagte Konrad ernst.

„Wieso wahrscheinlich?“, wollte die Mutter wissen, legte das Lesezeichen in ihr Buch und klappte es zu.

„Da hinten“, Konrad wies mit seinem Kopf und geheimnisvollem Blick in die entsprechende Richtung, „da liegt etwas, was wir ganz dringend untersuchen müssen. Ich wollte das Paket schon öffnen, aber du hast mir ja mein Taschenmesser abgenommen ... Komm einfach mal mit mir mit!“

Ramona schaute um sich. Direkt nebenan lag eine weitere junge Frau mit Kleinkind auf einer grün karierten Decke. Ramona erhob sich.

„Ob Sie freundlicherweise mal ganz kurz auf meine Jüngste aufpassen könnten? Mein Großer hat was gefunden ...", wandte sie sich an die Nachbarin.

„Keine Frage. Mach ich doch gern", sagte die junge Frau und hielt ihrem Knirps eine Rassel hin.

Gemächlich lief Ramona zum Wasser vor. Mit einer Hand fühlte sie tastend über ihr Dekolleté. Ob sie etwa einen Sonnenbrand bekommen hatte? So ein Mist aber auch. Bei den Kindern dachte sie laufend daran, sie zu schützen, cremte sie ununterbrochen ein und verteilte immer nur die Reste auf ihrem Körper. Ich sollte wohl mal wieder mehr an mich denken, grübelte sie, streckte einen Fuß aus und erspürte mit den Zehen die Wassertemperatur. Na ja, das musste vielleicht nicht sein ... Sie empfand es als ziemlich kühl und blickte zur Strandbar. Nein, ein Besuch war weder dort noch am Kiosk nötig, auch wenn der Große gelegentlich quengelte. Ramona hatte alles dabei, was die kleine Familie bei Hunger und Durst brauchte. Außerdem gab ihre Haushaltskasse auch nicht so viele zusätzliche Ausgaben her. Da musste schon an einigen Stellen genau überlegt werden, wofür man das Geld ausgab. Zum Beispiel bei der Badehose von Konrad, wo das billigere Modell völlig ausgereicht hatte, wenngleich er mit einem teureren Exemplar liebäugelte. Und nun trug er das gute Stück zwar, aber unter seiner normalen Hose. Totaler Blödsinn. Also vielleicht doch ein Fehlkauf? Der Junge würde wahrscheinlich bald wieder herausgewachsen sein. Ein Blick von Ramona streifte erneut die Strandbar. Vielleicht war das auch eher was für jüngere Leute, die ihren Cocktail „Sex On The Beach" in der Hand mit einem Blick auf die Weser oder gar in den Sonnenuntergang hinein genießen wollten. Dann schalt sie sich für diesen Gedanken. Sie war doch auch noch jung. Nicht einmal dreißig. Die Zeiten eines einmaligen Eimertrinkens auf Mallorca waren längst vorbei, außerdem hätte sie sich diese ekelerregende Erfahrung lieber sparen sollen. Der Weg hier an den Weserstrand war überschaubar kurz, ohne aufwendige Flugzeiten, und das Umfeld richtig klasse, beschloss Ramona. Außerdem spielte das Wetter an diesem Tag perfekt mit.

Als Geräuschkulisse erklangen jetzt die Rufe von der Beach-Volleyball-Anlage. Dort hatten sich vor einer halben Stunde zwei Mannschaften gebildet.

„Mama, wo bleibst du denn?", rief Konrad ihr leicht genervt zu.

„Bin gleich bei dir, mein Schatz", sagte die Mutter und dachte noch daran, wie toll doch dieser Weserstrand war, der 2012, wenn sie sich recht entsann, von den Weserfreunden angelegt worden war. Jedenfalls war Konrad bei ihren ersten Besuchen noch ziemlich klein, und an die Lütte war noch gar nicht zu denken. Außerdem konnte sich inzwischen die Wasserqualität der Weser durchaus sehen lassen. Baden ging bedenkenlos, und der Sand war so schön weich am Ufer, ermöglichte einen problemlosen Zugang zum Fluss. Und dann gab es ja hier noch die tollen Messen im Mai und im Oktober, Konzerte ... Etwas wehmütig dachte Ramona an ihre Zeit auf Kanzlers Weide: vor dem Mutterdasein.

„Wenn wir nicht aufpassen, dann löst sich das Paket eventuell und treibt weiter die Weser entlang. Möglicherweise bis an ihre Mündung in Bremerhaven und schließlich in die Nordsee ... Dann wäre es weg, mein Schatzpaket, auf immer und ewig!“

Konrad trat von einem Fuß auf den anderen. Am liebsten hätte er seiner Mutter noch alles erzählt, was er gerade zum Fluss gelesen hatte. Dass die Weser nämlich der einzige Strom Deutschlands sei, der ausschließlich inländisches Einzugsgebiet berührte und neben Nordrhein-Westfalen zuvor Hessen und später Niedersachsen und Bremen durchstreifen würde. Außerdem in voller Länge eine Bundeswasserstraße sei, von alles in allem wohl 432 Kilometern Länge, wenn er die Zahl richtig behalten hatte. Aber er hatte das Gefühl, dass das jetzt nicht hierher passte und die Mutter nur wieder was von „neunmalklug“ kommentieren würde. Das wollte er sich ersparen.

„Gibt es da nicht zwischendurch irgendwelche Wehre, die es aufhalten würden?“, wollte die Mutter wissen und schaute verhalten neugierig auf das längliche, ziemlich große Paket. Da hatte doch bestimmt wieder mal nur jemand seinen Müll im Fluss entsorgt. Wie auch ansonsten in der Landschaft an allen möglichen und unmöglichen Stellen. Aber komisch sah es schon aus in dieser Verpackung mit den braunen Klebestreifen darum. Fast wirkte es lebendig ...

Plötzlich blieb Ramona der nächste lockere Satz im Hals stecken. An einer Ecke war ein Stück aufgerissen, und etwas vom Inhalt kam dabei zum Vorschein. Das sah aus wie ein Fuß. Nein, das würde doch nicht etwa ... Der Junge, dachte die Mutter nur. Das ist nichts für ihn. Sie riss sich zusammen und sagte zu Konrad mit ernster Stimme:

„Lauf mal zu unseren Sachen und bring mir mein Smartphone."

„Wieso das denn, Mama?", wollte Konrad wissen.

„Frag nicht. Tu es einfach!"

Das klang so, als wäre Widerspruch vollkommen sinnlos. Konrad kannte die Tonlagen seiner Mutter und wusste sie genau zu deuten. Der Junge steckte seine Hände in die Hosentaschen und hüpfte Richtung Strand. Was das nun aber auch wieder sollte? Sie hätten doch jetzt erst einmal ein wenig ins Innere dieses Strandguts schauen können.

Einen Augenblick später war er bei seiner Mutter und hielt ihr das Gerät hin.

„Danke, Konny!"

Sie betätigte die 110.

Komisch, dachte Konrad, Mama ist so käsig im Gesicht. Dann hörte er, wie seine Mutter sich mit Vor- und Zunamen vorstellte und erklärte, dass sie ein Paket gefunden hätten, in dem sich offensichtlich ein Toter befand. Jetzt stand ihm der Mund offen, und die Augen wurden immer größer. Wow! Das also war sein Schatz?! Na ja, nicht direkt Gold und Edelsteine, aber eine Leiche war doch auch wichtig. Die würde bestimmt irgendwo von jemandem vermisst werden.

„Ja, wir bleiben vor Ort! Bis gleich."

Ramona beendete das Gespräch und ließ ihre linke Hand mit dem Smartphone sinken.

„Mensch, Mama, das ist ja ein Ding", sagte der Junge sachlich, hatte sich über das Paket gebeugt und nun auch den herausragenden Körperteil bemerkt. Dann stemmte er die Arme in die Hüften und schien zu überlegen.

„Weiß du, eigentlich sieht das aber komisch aus. Wenn da ein Mensch drin ist, dann hat der eine ganz merkwürdige Figur?“

„Wieso?“, erkundigte sich die Mutter, wollte es aber nicht wirklich wissen.

In der Ferne war schon eine Sirene zu hören. Die Dienststelle der Polizei in der Marienstraße lag auch gar nicht so weit weg. Ramona erinnerte sich daran, dass ihr Sohn mal davon berichtet hatte, wie sie vor Jahren noch mit der Kindergartengruppe alles besichtigt hatten. Inklusive der Zellen, wo betrunkene Randalierer ihren Rausch ausschliefen. Das hatte sich dem Kind besonders eingeprägt und jedes Mal, wenn sie an dem Gebäude vorbeifuhren, wies es darauf hin.

„Schau doch mal, Mama“, Konrad zeigte auf den oberen Teil. „Hier müsste doch der Kopf sein. Aber das ist ja viel zu breit. Und insgesamt müsste es auch ein außerordentlich kleiner Mensch sein. Also kein Erwachsener. Dafür aber ist der Fuß zu groß. Vielleicht ein Liliputaner.“

Er wollte sich schon am Strand hinlegen, um die Länge zu vermessen, aber die Mutter bremste ihn.

„Wir müssen hier jetzt ganz vorsichtig sein. Es gibt bestimmt Spuren, die gesichert werden müssen ... Außerdem sagt man für Kleinwüchsige nicht Liliputaner, das ist abwertend und diskriminierend.“

Das leuchtete Konrad nicht wirklich ein.

„Bei Gullivers Reisen heißt das Land der Däumlinge Liliput, und die Einwohner sind dann nun einmal die Liliputaner, kleine Menschen. Und das ist richtig toll beschrieben, überhaupt nicht abwertend!“

Konrad war direkt sauer geworden, wie seine Mutter ihn nun wegen eines solchen Wortes, von dem doch in einem seiner Lieblingsbücher zu lesen war, zurechtwies. Dann aber blickte er auf das Polizeiauto, das sich ihnen näherte, und vergaß diese Nebensächlichkeit.

„Na endlich", entfuhr es Ramona, die ihren Sohn jetzt an die Hand nahm. Eine Diskussion über Formulierungen wollte sie mit ihm in dieser Lage nun überhaupt nicht führen. Er ließ es mit sich geschehen, obwohl er sonst diese Babynummer nicht mehr ausstehen konnte. Aber außergewöhnliche Situationen erforderten außergewöhnliche Reaktionen.

„Du hast ja eine eiskalte Hand", erschrak er. „Gib mal die andere her, ist die auch so kalt?"

Ramona reichte ihrem Sohn beide Hände, er nahm sie zwischen die seinen und rieb sie, um sie zu wärmen. Fast wären ihr vor Rührung Tränen gekommen. Mit Macht hielt sie sie zurück.

„Sie haben diesen Fund eben bei uns gemeldet?", wollte Dagmar Scholz wissen, nachdem sie sich vorgestellt hatte.

Ramona nickte und erklärte noch einmal die bisherigen Geschehnisse. Dann wollte die Polizistin auch von Konrad erfahren, was bis zu dem Moment passiert war, bis er auf das Paket stieß.

Ausführlich berichtete der Junge von seiner Schatzsuche, der beeindruckenden Aussicht auf die Porta Westfalica und den Strom Weser überhaupt, dann von seinem Fund. Schließlich holte er kurz Luft und setzte eine Frage nach:

„Gibt es da eigentlich Finderlohn?"

Dagmar hatte alle Mühe, um nicht in Lachen auszubrechen. Der Junge war wirklich köstlich.

„Nein. Den gibt es nur bei Gegenständen ..."

„Oder wenn man Hinweise zu einem Verbrecher hat und der dann gefasst wird!", fügte Konrad an.

„Genau, dann auch. Allerdings heißt es dann nicht Finderlohn, sondern eine Belohnung mit einem gewissen Geldbetrag wird ausgesetzt."

Dagmar wandte sich wieder der Mutter zu.

„Wir haben Ihre Personalien und setzen uns wieder mit Ihnen in Verbindung. Ihre Aussagen müssen wir auch noch zu Protokoll nehmen. Ansonsten sollten Sie vielleicht jetzt nach Hause fahren. Hier benötigen wir Sie jedenfalls nicht mehr. Wir müssen das Areal auch weiträumig absperren. Mein Kollege kümmert sich ja schon darum."

Ramona nickte nur.

„Geht es Ihnen auch gut oder brauchen Sie einen Arzt?", wollte Dagmar noch fürsorglich wissen.

„Nein, geht schon. Danke."

Dann drehte sich Ramona um, und Konrad lief an ihrer Seite her, diesmal von sich aus nach der Hand seiner Mutter greifend.

„Junge, Junge, wenn ich das in der Klasse erzähle. Die werden aus allen Wolken fallen. So was hat noch keiner von den anderen erlebt ..."

Eigentlich wollte Ramona dem Jungen gleich ins Wort fallen und ihm das verbieten. Aber es hätte wahrscheinlich sowieso nichts gebracht. Dieses Ferienerlebnis musste er allen mitteilen, sonst würde er platzen. Ganz bestimmt würde er zu Hause gleich zu seinem Freund nach nebenan gehen und ihm davon berichten.

Konrad half seiner Mutter beim Zusammenpacken der Sachen, in Gedanken war er schon beim Ausmalen des eben Erlebten für seine Schilderung bei allen, die es interessierte. Gemeinsam hatten sie auch den Kinderwagen wieder komplettiert. Der Heimweg verlief schweigsam, nur die Kleine krähte fröhlich und gestikulierte wild mit den Händchen.

Spuren

Heike kniete am Weserufer und begutachtete das Paket. Der nasse Sand hinterließ feuchte Spuren auf ihren Knien. Na super, dachte sie, ich möchte das jetzt aber nicht auswickeln müssen. Sie war kurz nach Dagmar und dem Kollegen eingetroffen, eigentlich auf dem Weg zur Spurensicherung bei einem Einbruch auf dem rechten Weserufer in einer kleinen Villa, aber das hier war nun deutlich dringender. Der Einbruch lief ihr nicht weg und wurde nicht vom Wasser weggespült.

Wann soll ich das hier alles nur auswerten?, fragte sich Heike und zog die Stirn kraus. In ihrem Arbeitszimmer türmten sich gerade die Tüten und Kisten mit gesichertem Material. Die Sommergrippe grassierte unter den Kollegen, und irgendwie wechselte man sich in der Dienststelle immer nur in Notbesetzungen ab.

Im Grunde war sie dann sogar froh, wenn eine Verabredung mit einer guten Freundin platzte. Am Sonnabend vor vierzehn Tagen erst hatte sie alles für ein Mädels-Dinner zu zweit vorbereitet. Leckere Sachen beim Feinkosthändler in der Stadt neben dem Hauptpostamt eingekauft und dann allerlei gezaubert. Doch dann rief Petra eine halbe Stunde vor dem verabredeten Termin an und erklärte, sie hätte sich den Magen verdorben und würde immer nur zwischen Toilette und Bett pendeln. Das würde ja gar nicht gehen, hatte sie ihr erklärt, ihr gute Besserung gewünscht, sich das Dinner allein reingezogen und später noch in einen Bericht geschaut, den sie für die Arbeit beenden wollte.

Und unter der Woche war sie mit Zenja verabredet gewesen, weil sie eigentlich gemeinsam zu einer Lesung in der Ameise Kulturhügel wollten. Aber dann kam noch in der Dienststelle eine Nachricht per WhatsApp mit den Worten: „Panikattacke, muss meiner Tochter helfen. Lesung ein andermal. Sorry". Allein hatte Heike keine Lust auf Kultur gehabt, also war sie einfach an ihrem Schreibtisch geblieben, um an den unendlichen Bergen zu arbeiten. Später hatte sich herausgestellt, dass Zenja schon auf dem Weg in die Stadt gewesen war, unterwegs aber einen Notruf ihrer Tochter erhielt. Die hatte gemeinsam mit ihren Freundinnen Generalprobe für das Outfit zur Hochzeit, die drei Tage später bevorstand. Und plötzlich steckte „das Kind" im Brautkleid fest. Keine der anwesenden Frauen war in der Lage beziehungsweise hatte den Mut, den festgeklemmten Reißverschluss zu öffnen. Man könnte ja was kaputt machen! Letzte Chance: Anruf bei Mama! Zenja war natürlich sofort zur Rettung hinzugeeilt und bekam alles mit ganz viel Geduld hin: das Beruhigen aller Anwesenden und die Lösung des Gordischen Knotens. Aber das kostete natürlich Zeit, und an den geplanten gemeinsamen Besuch der Veranstaltung war nicht mehr zu denken.

Irgendwann in ihrem Leben würde sie all die vertanen Chancen nachholen, schwor sich Heike und zog sich aus ihren Grübeleien.

„Warum ist denn Alex noch nicht da?“, wandte sie sich an Dagmar.

„Der müsste gleich eintreffen. Es war nur in diesem Fall Eile geboten, und er hat uns zunächst geschickt. Und ein Notarzt war ja dann nicht mehr angebracht.“

„Hm.“

Sehr befriedigend erschien Heike diese Auskunft nicht. Eine Leiche, verpackt zu einem Paket am Ufer des Flusses, und der Herr Hauptkommissar hat erst noch was anderes zu tun? Das würde sie jetzt aber nicht mit Dagmar klären, sondern sicherlich aus Alexander herausbekommen.

Heike erhob sich, nachdem sie festgestellt hatte, dass die Leiche ziemlich fest am Ufer verankert war. Die konnte nicht so einfach losschwimmen.

Im Hintergrund hatten sich am inzwischen mit rot-weißem Flatterband abgesicherten Areal etliche Neugierige eingefunden. Da und dort entdeckte Heike gezückte Smartphones, sah, wie die Auslöser für Aufnahmen gedrückt wurden, und ein Groll stieg in ihr auf.

„Habt ihr nicht um Verstärkung gebeten?“, ranzte sie Dagmar an. „Das geht doch gar nicht!“

Mit einem Kopfnicken wies sie in Richtung der Zuschauermenge.

„Ja, schon, aber du weißt doch, was in der Dienststelle los ist ...“

Stimmt, das wusste Heike. Aber es war noch lange kein Grund, nicht alle Hebel in Bewegung zu setzen, um hier sofort und gleich für den nötigen Abstand zu sorgen. Jetzt entdeckte sie im Hintergrund auch ein Auto der Presse mit entsprechender Aufschrift auf der Seite.

Mensch, Alex, wo bleibst du denn?, fluchte Heike innerlich. Und als habe er es gehört, tauchte in dem Moment Alexander Rosenbaum auf. Dennis an seiner Seite.

„Sorry, Heike, wir sind noch vom Riechmann aufgehalten worden."

„Ach nein???"

Alex und Heike tauschten Blicke, die mehr als ernst waren. Da hättet ihr mal Prioritäten setzen müssen, du und unser Kriminaloberrat, fuhr es Heike durch den Kopf.

„Würdest du dich dann mal eben um den Pressetypen kümmern, der da gerade im Anmarsch ist?"

„Klar. Mach ich doch. Bin gleich wieder bei dir."

Alexander drehte sich kurz um, lief zu dem Mann mit dem großformatigen Fotoapparat und redete auf ihn ein. Der machte dann noch einige Aufnahmen aus der Ferne und stieg wieder in sein Auto.

„Ich habe ihn auf unsere Presseerklärung verwiesen, die in Kürze folgt ... In dem Fall können wir sicher sowieso nicht zu sehr ins Detail gehen, das wäre ja Täterwissen und gehört nicht in die Öffentlichkeit. So, und jetzt erzählt mir doch mal, was hier passiert ist?", wollte Alexander wissen, nachdem er sich wieder zu der kleinen Gruppe gesellt hatte.

Dagmar übernahm die Erläuterungen, und Heike ergänzte aus ihrer Sicht.

Dann tauchte Professor Engelbrecht auf, in sportlicher Kleidung, aber mit einem Köfferchen in der Hand.

„Tut mir leid, meine Herrschaften", warf er in die Runde, als er das Ufer erreicht hatte. „Ich war gerade auf dem Tennisplatz, als mich die Nachricht ereilte. Aber den Fall hier wollte ich mir jetzt mit dieser authentischen Lage nicht entgehen lassen! Bin wohl etwas unpassend für dieses Ereignis angezogen."

Aber nicht für den Ort, lag es Alex auf der Zunge, doch die Bemerkung behielt er für sich.

„War mal wieder jemand der Meinung, eine entsorgte Leiche in einem Fluss würde sich spurenlos in nichts auflösen? Hatten wir das nicht vor einer Weile im Mittellandkanal bei Hannover und bei uns hier auch vor etlichen Jahren ...?", brummte der Gerichtsmediziner vor sich hin, während er neben dem Paket kniete.

„An Ihre Spuren kommen Sie schon noch, meine Liebe", wandte er sich an Heike, die danebenstand. „Jetzt würde ich ganz gern mal etwas intensiver in den Inhalt dieser Verpackung schauen."

Mit einem scharfen Messer trennte er braune Klebestreifen voneinander und schnitt auch im Bereich des Fußes den blauen Plastiksack weiter auf. Dann beschloss er: „Ich glaube, wir sollten einfach alles mitnehmen und in Ruhe in der Pathologie anschauen. Irgendwie fühle ich mich hier so beobachtet ..."

„Stimmt", sagte Alex. „Geht mir genauso. Man weiß auch nicht, ob nicht irgendwelche Gaffer das mit Ferngläsern beobachten oder gar filmen, und nachher finden wir alles im Internet, vielleicht als Video auf YouTube ..."

„Dafür fehlt bloß noch die Drohne eines interessierten Bürgers, die über uns kreist und alles aufnimmt. Und später können wir uns unseren Fundort hier, mit netten Bemerkungen versehen, egal wo im World Wide Web, anschauen", ergänzte Heike.

Die anderen in der Runde schauten erstaunt auf sie, aber keiner kommentierte diese Äußerung weiter. Jeder machte sich seine Gedanken. Alex wollte gleich etwas zum Drohneneinsatz bei der Polizei einwerfen, der durchaus hilfreich sein konnte, aber er ließ es bleiben. So eine Diskussion brachte hier nichts. Es ging um andere Dinge.

„Eigentlich hätten wir auch die Weser weiträumig absperren sollen", dachte Alexander laut.

„Bringt nichts, lieber Kollege", schüttelte Professor Engelbrecht den Kopf. „Wenn ich das nach erstem Augenschein richtig deute, ist schon verdammt viel Wasser die Weser hinuntergeflossen, seit unser Fund verpackt worden ist und sich schließlich hier platziert hat. Wir sollten von einem Tötungsdelikt ausgehen. Ein Unglück ist eher unwahrscheinlich."

Letzteres sollte ein Scherz sein, aber da das niemand vom Gerichtsmediziner gewohnt war, kam auch kein Lachen auf.

„Und mehr wollen Sie uns an dieser Stelle natürlich nicht verraten?", erkundigte sich Alexander stattdessen ernst.

„Genau. Wie immer. Sie kennen ja das Prozedere. Lesen Sie meinen Bericht. Aber ich beeile mich natürlich. Obwohl ich eigentlich Urlaub habe ..."

„Dann hätte doch Celine ...", warf Alex ein.

Der Professor schüttelte den Kopf.

„Es gibt Dinge, die ich nur ungern delegiere. Deshalb hinterlasse ich auch immer meine Handynummer für den Notfall."

„Da geht es Ihnen wie mir", ergänzte Alexander und warf einen Blick auf Dennis, der sich gerade mit Heike unterhielt.

Kurze Zeit darauf war das Paket in Richtung Mindener Klinikum zur dortigen Pathologie abtransportiert. Am Strand zeugte lediglich noch das Absperrband vom Geschehen. Zwei Polizisten waren in der Nähe postiert, um die Leute davon abzuhalten, das Areal zu betreten. Dagmar hatte mit einem Kollegen die Personalien der Badegäste erfasst, falls es später noch Rückfragen geben sollte. Noch war Heikes Arbeit nicht bis ins Detail erledigt.

Sie kniete allein weiter auf dem Boden und nahm ihn Zentimeter für Zentimeter in Augenschein. Dazu zückte sie immer wieder ihren kleinen Fotoapparat und erstellte Rasteraufnahmen für die spätere Zuordnung. Da und dort fingerte sie kleine Dinge aus den Steinchen heraus und tat sie in ihre Tütchen.

Wobei es eher unwahrscheinlich war, dass sich an diesem Ort mehr Hinweise zur Tat befanden, überlegte sie. Denn die war garantiert an einer ganz anderen Stelle des Flusses passiert. Bestimmt fand sich dort Aufschlussreiches zum Geschehen. Kein Mord oder Totschlag, oder was immer es war, geschah, ohne eindeutige Spuren zu hinterlassen. Da konnten die Täter noch so pingelig sein.

Heike schaute Richtung Porta Westfalica. Idylle pur, dachte sie. Aber eben nicht in allen Einzelheiten und gelegentlich sehr trügerisch. Die Sonne hatte sich schon weit Richtung Horizont geschoben. Noch strahlte sie aber über das Gebirge hinweg über die Landschaft.

Als Alexander wieder in der Dienststelle ankam, traf er im Eingangsbereich auf den Pressesprecher Kai Schmökel und Kriminaloberrat Reinhold Riechmann, beide ins Gespräch vertieft.

„... Reaktionszeit unserer Einsatzkräfte ... könnte besser sein ...", hörte Alex von seinem Vorgesetzten. Für einen Augenblick war er versucht, an beiden Männern einfach vorbeizugehen und sich zu seinem Schreibtisch zu begeben. Aber das hätte möglicherweise einen unguten Eindruck hinterlassen.

„Hallo", grüßte Alex halblaut. An das eher in der Region übliche „Moin" konnte und wollte er sich nicht gewöhnen.

„Ach, das ist gut, dass wir uns rein zufällig jetzt und hier begegnen", sagte Reinhold Riechmann und schaute aufmerksam auf Alexander. „Ich habe schon von dem Paket in der Weser vernommen. Sie sind ja vorhin ziemlich überstürzt aufgebrochen, als wir mitten im Gespräch waren. Ohne Erklärung ..."

Durch wen die Information geliefert worden war, das äußerte er nicht, sondern fuhr gleich fort:

„Wir müssen unbedingt reden!"

„Gern", meinte Alex und machte sich weiter keine Gedanken über den gut funktionierenden Buschfunk. „Die ersten Details könnte ich berichten, und dann stimmen wir uns am besten über eine vorläufige Presseerklärung ab."

Jetzt nickten alle drei gleichzeitig und strebten dem Eingang an der Schleuse zu.

Ist schließlich auch kein Gesprächsthema zwischen Tür und Angel, dachte Alex, als er hinter den beiden herlief, die sich immer noch über die deutlichen Unterschiede zum Eintreffen am Einsatzort nach einem Notruf in Ostwestfalen-Lippe austauschten.

„Alles eine Frage der Personalökonomie“, stellte der Dienststellenleiter fest.

Der Kreis Minden-Lübbecke lag mit guten 14 Minuten vom Anruf bis zur Einsatzmöglichkeit im Mittelfeld. Alexander kannte sich in der Thematik aus und ihm war schon klar, dass eine Viertelstunde Wartezeit im Einzelfall als sehr lang empfunden werden konnte. In der eher ländlichen Region kamen ja zum Teil auch die sehr langen Anfahrtswege hinzu. Beim Rettungsdienst war es klar, dass sie nach acht Minuten vor Ort sein sollten, die sogenannte Hilfsfrist. Das war auch in 90 Prozent der Fälle zu schaffen. Für die Polizei gab es da keine gesetzlichen Vorgaben, wie rasch sie im Notfall eintreffen sollten. Hier spielten vielerlei Dinge eine Rolle: Anzahl und Art der Einsätze, Personalstärke und jeweilige Verfügbarkeit, Wetter, Stau ... War etwas dringend, bekam es natürlich Priorität. Und bei einem Einbruch war recht rasch mit den Einsatzkräften zu rechnen. Anders als bei Ruhestörung in lauschigen Sommernächten, wo bis weit in den Morgen hinein lautstark gefeiert wurde – was Nachbarn gelegentlich aufbrachte. Bei Dutzenden solcher Meldungen hintereinander weg konnte es schon geschehen, dass Polizisten erst eine Stunde nach dem Anruf vorbeischauten. Schließlich musste so etwas der Reihe nach abgearbeitet werden ...

„Das bringt dann die ganze Statistik durcheinander“, sagte Kai Schmökel und Reinhold Riechmann öffnete die Tür zu seinem Büro.

„Dann ziehen wir uns mal für ein kurzes Gespräch zurück“, sagte er und ging vor.

Alexander trat zuletzt in den Raum, schloss die Tür hinter sich und nahm Platz. Erwartungsvoll schauten ihn der Pressesprecher und der Leiter der Dienststelle an.

„Wir sollten die entsprechende Meldung an die Presse so schnell wie möglich rausgeben. Vorhin war schon ein Fotograf an der Weser und wollte Aufnahmen von unserem Fundort machen ...“, berichtete Alexander.

„Was Sie hoffentlich vereitelt haben?“, warf Reinhold Riechmann ein.

Alexander schluckte kurz und verkniff sich einen zu aggressiven Kommentar.

„Ich habe auf unsere in Kürze folgende Erklärung verwiesen. Das hat geholfen.“

Zufrieden nickten die beiden und lauschten den Worten von Alexander zur Lage am Fundort.

„Wir sollten zunächst nur sehr knapp darauf verweisen“, meinte Kai.

Logisch, dachte Alex, weil alles andere Täterwissen verraten würde, und das will ja niemand in dieser Phase. Und es hatte zu viele Zuschauer gegeben, als dass man auf eine Meldung hätte verzichten können. So etwas verbreitete sich wie ein Lauffeuer, vor allem über die sozialen Medien. Aber er sagte nichts dazu, sondern nickte nur freundlich.

„Mehr Details dann zu gegebener Zeit“, ergänzte Reinhold Riechmann. „Dann will ich Sie mal nicht weiter von Ihrer Arbeit abhalten.“

Alexander und Kai erhoben sich und verließen den Raum.

„Schick mir deine Meldung dann mal noch zu“, bat Alex.

„Geht klar“, sagte Kai und lief jetzt in die andere Richtung.

Alexander grübelte noch über ein jüngstes Gespräch mit Kai, in dem sie sich über interne Probleme ausgetauscht hatten. Neuerdings wurde immer mal wieder die Forderung nach Bürgerwehren laut, vor allem dann, wenn aus zwingenden Gründen ein Wachstandort wegfiel oder die Öffnungszeiten ausgedünnt wurden. Dabei hatte doch inzwischen so gut wie jeder ein Handy oder man konnte Online-Anzeigen aufgeben. Alles machbar und vor allem zeitsparend. Unterm Strich waren sie sich einig. Keiner von ihnen zweifelte am staatlichen Gewaltmonopol und beide hielten es für äußerst sinnvoll, dass alles verboten war, was über den unmittelbaren Selbstschutz hinausging. Natürlich waren viele an mehr Personal interessiert, vor allem die Politiker in Wahlkampfzeiten. Ein beliebtes Thema, um bei den Bürgern zu punkten. Aber man konnte an den Realitäten nicht vorbei. Und die hießen: Schwund von Personalstellen. Man musste also geschickt mit den Kräften haushalten, dafür waren auch allerlei sehr vernünftige Vorschläge aus der Behörde selbst gekommen, von den Beamten und den Angestellten. Alles im Zusammenhang mit dem Projekt „Perspektive Minden-Lübbecke 2023“, das der Landrat als Chef der Kreispolizeibehörde im Vorjahr auf einer Pressekonferenz präsentiert hatte.

Als unlängst mal die Zahlen veröffentlicht wurden, in denen es um die Einwohner pro Planstelle ging, war einiger Unmut aufgekommen. Aber es war doch klar, dass das Polizeipräsidium in Bielefeld als Kriminalhauptstelle zentrale Aufgaben in Ostwestfalen-Lippe wahrzunehmen hatte. Da konnte man das Verhältnis von Polizisten pro Einwohner doch nicht mit den ländlichen Behörden vergleichen ... Ach ja, dachte Alex und seufzte tief, da mischten sich dann in der Öffentlichkeit immer Leute ein, die keinerlei Ahnung hatten, aber dafür Meister im Auf-den-Putz-Hauen waren!

Als Alex an seinem Schreibtisch saß, dauerte es nur wenige Minuten, bis die Mail von Kai eintraf, im Anhang für ihn die Pressemeldung zum aktuellen Fall.

Kurz darauf klingelte sein Handy. Der Anruf kam von seinen Freunden aus Hameln, vom Festnetz. Alex freute sich und nahm das Gespräch an.

„Hallo! Ihr seid mir jetzt zuvorgekommen. Ein Anruf bei euch stand die ganze Zeit schon auf meinem Arbeitsplan. Ist nur immer wieder aus zwingenden Gründen verschoben worden ..."

„Alex?"

Es war Denise und nicht Andreas, wie Alexander angenommen hatte.

„Nanu", sagte Alex. „Ich hatte deine bessere Hälfte vermutet – und laber jetzt einfach los. Wie geht es euch? Alles im grünen Bereich?"

„Nicht wirklich!"

Die Antwort kam sofort.

„Was ist denn los, Denise, du klingst irgendwie merkwürdig, wenn ich das mal so sagen darf. Klappt was mit eurem Catering-Service nicht?"

„Das trifft es schon", antwortete Denise. „Aber die Ursache ist die Krankheit von Andreas. Er hatte wieder einen Rückfall."

„Nein", entsetzte sich Alexander, „das glaube ich einfach nicht. Er machte mir doch bei unserer jüngsten Begegnung einen richtig guten Eindruck, und ich war der festen Überzeugung, dass bei euch alles bestens läuft, seitdem Andreas den Polizeidienst geschmissen hat."

„Das war auch eine vernünftige Entscheidung. Aber die Schatten der Vergangenheit holen einen immer wieder ein."

„Jetzt sprichst du in Rätseln, Denise."

„Ach, Alex", schluckte sie. „Andreas ist wieder in der Klinik gelandet. Hat keinen Schlaf gefunden, kaum noch was gegessen und immer von damals erzählt."

„Von seinem Einsatz in Afghanistan?"

„Genau. Das kann er nicht verwinden."

„Und euer Unternehmen?"

„Sieht gerade nicht sonderlich gut aus. Ich habe mir zwar Hilfe geholt. Aber der Koch ist eben nicht Andreas. Außerdem muss ich ihn bezahlen, und das rechnet sich momentan alles vorn und hinten nicht. Mir sind schon etliche Stammkunden abgesprungen. Die Leute haben heute kein Verständnis und vor allem keine Geduld. Kannst du deinen Freund nicht mal besuchen und ihn aufmuntern?"

„Aber klar, sofort", entgegnete Alexander wie aus der Pistole geschossen. Im selben Augenblick rügte er sich innerlich, dass das ja nun ein kaum haltbares Versprechen war.

„Gib mir mal seine Adresse. Und wann kann man da zu Besuch hin?“

„Mach es am besten so schnell wie möglich“, bat Denise und gab die Anschrift und eine Telefonnummer durch.

„Ich melde mich dann umgehend bei dir“, sagte Alex noch zum Abschied, beendete das Gespräch und stützte seinen Kopf auf. Er war felsenfest davon überzeugt gewesen, dass sein Freund Andreas seine depressive Phase überstanden hatte. Aber vielleicht ging das gar nicht, bei den Erlebnissen, die er gehabt haben musste. Alexander schaute auf seinen Terminplan.

„So ein Mist“, fluchte er leise. Eigentlich passte ein Besuch in der Klinik von Hannover überhaupt nicht.

Professor Engelbrecht schob sich in der Pathologie die Brille auf der Nase zurecht. Mitten in seinem Tennismatch war er unterbrochen worden. Dabei befand er sich auf der Siegerstrecke, sein Vereinskollege lag deutlich zurück: Professor Gerhard Grabowski, mit dem er sich regelmäßig verglich, der neben dem Sport auch ein wunderbarer Gesprächspartner war. Und dann wieder die Pflicht, die gerufen hatte. Außerdem wollte er eigentlich im Anschluss an die Tennisrunde eine größere Tour mit seinem Motorrad unternehmen. Das Wetter war schließlich ideal dafür ... Irgendwann würde er das hier alles beendet haben, sagte er sich, atmete tief ein und aus und begutachtete den kopflosen Fund auf dem Seziertisch. Obwohl der schon ein Weilchen im Wasser gelegen hatte, war er noch relativ gut erhalten. Die Temperatur der Weser lag um diese Zeit etwas über 20 Grad Celsius. Wer dieses Paket gepackt hatte, der hatte ganze Arbeit geleistet. Die blauen Folientüten waren sehr stabil und von außerordentlich guter Qualität. Mit dem Klebeband war jede offene Stelle versehen worden und das mehrfach, um ganz sicher zu gehen. Die eine aufgerissene Ecke am Fuß musste es erst seit Kurzem geben. Wahrscheinlich war das Paket durch die Strömung irgendwo angestoßen und hängen geblieben.

Seine Gehilfen hatte der Pathologe schon in den Feierabend entlassen. Jetzt wollte er nur noch in Ruhe die Einzelheiten durchgehen. Und später seinen Bericht fertig machen, damit die Mordkommission am nächsten Morgen die Vorlage hatte.

Der Professor erhob sich und umrundete den Tisch. Immer mit Blick auf die Leiche beziehungsweise das, was von ihr vorhanden war. Die ganz offensichtlich junge Frau hatte einen roten Bikini getragen, der sich nun seitlich auf einer Ablage befand, daneben ein paar Steine, die das Paket beschwert hatten. Ein entscheidendes großes Stück an diesem Menschen aber fehlte. Der Kopf. Mit brachialer Gewalt musste den jemand vom Rumpf getrennt haben, eventuell auch nach der eigentlichen Tat. Das würde seine Untersuchung noch zutage fördern. Nicht mit einem Schlag, sondern mit mehreren. Tja, so leicht tötete es sich nun auch wieder nicht beziehungsweise entsorgte es sich nicht, dachte Eberhard Engelbrecht. Vor allem nicht, wenn es zum ersten Mal geschah ... War das hier ein erstes Mal gewesen? Unter Zuhilfenahme eines Beils oder einer Axt. Das stand mit ziemlicher Sicherheit fest. Und sobald ihm dieses Tatwerkzeug vorliegen würde, fände er sich bestätigt, würde alles zueinander passen. Auch die Finger der Leiche waren abgetrennt, wahrscheinlich mit demselben Werkzeug und ebenfalls mit mehreren Schlägen an jeder Hand, weil die Schneidlänge für einen einzigen Cut offensichtlich nicht ausgereicht hatte. Eventuell spielte auch noch ein Messer eine Rolle, denn an einer Schulter unterhalb vom Hals befanden sich ein paar Schnittverletzungen.

Ihm fiel in diesem Zusammenhang der Fall eines Kollegen aus Augsburg ein. Sie hatten unlängst miteinander telefoniert. Der hatte es auch mit einer zerteilten, da aber zersägten Leiche zu tun. Und es war der Ehemann, der seine Frau im Schlaf getötet hatte, dann mit einer Säge verkleinerte und in einem schon lange leer stehenden Haus versteckte. Seiner Sache ganz sicher, flog er für ein paar Wochen zum Sexurlaub nach Thailand. Ein Obdachloser hatte später die Tote entdeckt, als er nach einem Nachtquartier suchte. Und dann war der Weg zum Täter nicht mehr weit, nachdem auch der Berufskollege die Einzelteile auf seinem Seziertisch analysiert hatte ...

Professor Engelbrecht fehlten hier nun die entscheidenden Körperteile, die über die Identität relativ rasch hätten Auskunft geben können. Fingerabdrücke vielleicht nicht gleich an erster Stelle. Immerhin handelte es sich um eine junge Frau, irgendwo Mitte zwanzig, von gepflegtem Äußeren. Wenn man jetzt einmal von den Spuren einer offensichtlich heftigen Auseinandersetzung absah. Blutergüsse, Hautabschürfungen. Ein Gebiss hätte eventuell auch Anhaltspunkte geben können. Da unterschieden sich alle Ausführungen der Menschen individuell voneinander. Wenn er auch noch den Kopf auf seinen Tisch bekommen könnte, dann wäre die Sache relativ einfach zu entschlüsseln. Die Einzelheiten diktierte der Pathologe Punkt für Punkt in sein Aufnahmegerät.

Eberhard Engelbrecht hörte jetzt das Ticken der Wanduhr. Sie war schon auf dem Weg der Mitternacht entgegen.

„Mist", flüsterte der Professor. „Ich wollte schon längst daheim sein. Nichts mehr mit Motorradtour durch die malerische Landschaft ..."

Er erhob sich, packte seine Unterlagen zusammen und schob den Leichnam in die Kühlung. Morgen war auch noch ein Tag. Auf dem Heimweg war er fast allein auf den Straßen unterwegs.

Zu Hause angekommen, schlich er sich leise ins Haus, um seine Frau nicht zu stören. Dann holte er sich aus dem Kühlschrank ein kaltes Bier und schenkte es in die Tulpe, die er sich schon bereitgestellt hatte. Mit dem Getränk lief er ins Wohnzimmer, aktivierte die Musikanlage, setzte sich dabei aber Kopfhörer auf, um niemanden zu wecken. Beethoven verhalf ihm in eine andere Welt.

Am anderen Morgen war Professor Engelbrecht der Erste in der Pathologie, er hatte zwar seinen reservierten Parkplatz, hätte aber um diese Tageszeit durchaus die Wahl gehabt. Die Kollegen trafen nach ihm ein, ebenso die Mitarbeiter der Kripo.

„Die junge Frau dürfte etwa 25 Jahre alt gewesen sein und mitteleuropäischer Herkunft. Haarfarbe blond, was ja eher selten vorkommt. Jedenfalls in der echten Version. Und die hier war naturgegeben. Was die nicht ganz so helle Haut angeht, so hat hier eindeutig Sonnenbräune nachgeholfen. Sehr einheitlich, wahrscheinlich hat sie sich ohne Bekleidung den Strahlen ausgesetzt. Solarium nehme ich mal aufgrund der Jahreszeit eher nicht an."

Professor Engelbrecht lief durch den Raum, die Hände auf dem Rücken. Er dozierte, was ein wenig wirkte, als würde er Selbstgespräche führen. Seitlich standen Alexander und Dennis, ein Assistent und Celine Vlachos.

Dann griff er sich ein Seziermesser und deutete auf einzelne Körperpartien, um seine Erkenntnisse zusammenzufassen. Er ging auf die Schnitte mit einem stabilen Werkzeug und scharfer Schneide ein.

„Was ist denn die eigentliche Todesursache?", drängte Alexander.

„Ich gehe mal derzeit davon aus, dass vor dieser Zerstückelung die eigentliche Tat geschehen ist. Eventuell ist sie erstochen worden, wobei sich im vorliegenden Teil keine Einstichstelle befindet. Aber meine bisherigen Untersuchungen deuten in diese Richtung. Sehen Sie mal hier, diese Schnittstellen unterhalb vom Halsansatz – wahrscheinlich sind die mit einem Messer entstanden", erklärte der Professor und fuhr fort.

„Doch zurück zu dem Körper hier. Sehen Sie, an den Händen muss der Täter zweimal angesetzt haben. Bei der rechten Hand gibt es eine Schräge im Mittelfinger, bei der linken Hand sind die Finger mit einem Schlag abgetrennt, dafür der Daumen separat – der wäre in dieser Richtung nicht komplett erfasst gewesen."

Der Pathologe räusperte sich.

„Was den Kopf angeht, so scheint es sich um ein und dasselbe Werkzeug gehandelt zu haben, aufgrund des Halsumfangs wurde natürlich mehrfach zugeschlagen. Möglicherweise befindet sich am fehlenden Teil auch die von mir vermutete Einstichstelle mit einem Messer. Was ich mal einfach annehme ..."

Alexander schaute weniger auf den Leichnam als auf den Professor, um konzentriert seinen Erläuterungen zu folgen. Da war wieder dieser elende Geruch, mit dem er nicht klarkam. Auch die zunehmenden Berufsjahre härteten ihn in dieser Hinsicht nicht ab.

„Außerdem hatte die Tote zuletzt Geschlechtsverkehr. Eventuell mit zumindest zwei Personen. Wir haben verschiedene Spermaspuren gefunden. Nicht viel, was die Untersuchungen erschweren dürfte, aber vielleicht reicht es ja für eine entsprechende Zuordnung. Aufgrund der Blutergüsse und Hautabschürfungen, die nicht postmortal entstanden sind, könnte man eventuell auch von Vergewaltigung ausgehen ...", fuhr Professor Engelbrecht fort, ohne eine Rührung zu zeigen.

Celine war bleich geworden, hatte geschluckt, sich dann plötzlich umgedreht und in die Spüle gekotzt. Die Männer schauten sich erstaunt an, keiner sagte ein Wort.

Dann drehte Celine den Wasserhahn auf, ließ das Erbrochene in den Ausguss gleiten und wischte mit einem Lappen hinterher, bis alles sauber war. Schließlich zückte sie für sich ein Tempo, rieb den Mund ab und warf es in den danebenstehenden Mülleimer. Alle warteten das weitere Geschehen ab und auf eine Erklärung.

„Entschuldigung", war alles, was sie hervorbekam, inzwischen hochrot im Gesicht und mit ein paar deutlichen Schweißperlen.

Professor Engelbrecht hatte die Szene mit gerunzelter Stirn betrachtet.

„Sie sind doch nicht etwa schwanger, meine Liebe? Ansonsten kenne ich Sie doch gar nicht als Mimose, im Gegensatz zu gewissen anderen Leuten ..."

Der Pathologe streifte mit dem Blick kurz Alexander, um fortzufahren.

„Schließlich haben wir hier des Öfteren mit, sagen wir mal, unappetitlichen Dingen zu tun!"

„Vielleicht ...", hauchte Celine und wischte sich mit einem Handrücken übers Gesicht.

Alexander fuhr ein Stich durchs Herz. Genau davon hatte er geträumt. Sie und er und dann später, als verbindendes Element, ein gemeinsames Kind zu seinen beiden Töchtern. Eine moderne Patchworkfamilie. Aber sie hatte ihn nicht gewollt, jedenfalls nicht mit seinem Anhang, was er einerseits verstand, aber andererseits nicht wahrhaben wollte. Man konnte eben in seinem Leben nicht irgendwann wieder beim Punkt null anfangen. Zu ihm gehörten Tina und Lena dazu. Das musste jeder Frau an seiner Seite klar sein. Ohne Wenn und Aber. Alex schüttelte kaum wahrnehmbar den Kopf, dabei fühlte er eine große Enttäuschung in sich aufsteigen. Er jedenfalls war ganz eindeutig nun nicht der Vater dieses entstehenden Lebens. Dann sollte er sich wohl mal von sinnlosen Emotionen in dieser Richtung verabschieden ...

„Tja, meine Liebe", antwortete Professor Engelbrecht, nachdem er einen längeren Moment überlegt hatte. „Dann muss ich vielleicht in der nächsten Zeit auf Ihre Mitarbeit hier verzichten. Was ich sehr bedauern würde!

Allerdings bin ich überfragt, wie das jetzt gehandhabt wird. Den Fall einer Schwangerschaft hatte ich noch nicht unter meinen Kollegen in der Pathologie, trotz der vielen Jahre ... Da greift doch sicher ein Mutterschutz. Klären Sie bitte die Angelegenheit. Am besten gleich jetzt. In dem Zustand, ähm, oder Umstand können Sie ja sowieso nicht arbeiten, wenn ich das recht überblicke."

Für den Professor war die Angelegenheit damit erledigt, und er widmete sich wieder seinem ausführlichen Vortrag. Ergänzte da noch etwas, fügte dort eine Passage in all ihren Einzelheiten hinzu.

„Und die genaue Tatzeit?", wollte Alexander wissen.

Professor Engelbrecht wiegte den Kopf hin und her und atmete kräftig durch.

„Eine Woche vielleicht dürfte es her sein. Wir müssen noch die Ergebnisse von ein paar weiteren Untersuchungen abwarten. Dann kann ich Ihnen das exakt sagen. Dürfte morgen vorliegen! Dann bekommen Sie auch den kompletten Bericht."

Währenddessen zog sich Celine leise zurück, und Alexander blickte ihr immer noch wehmütig nach.

In Dennis entstanden merkwürdige Gedankenverbindungen und seltsame Kombinationen. Hatte er irgendwas übersehen. Gab es da etwas, was er wissen sollte? Er würde sich später bei Heike erkundigen. Die kannte sich eigentlich mit allem aus, beschloss Dennis und konzentrierte sich wieder auf die Situation und den ganz speziellen Fall.

Nach Dienstschluss schaffte es der Gerichtsmediziner diesmal, sich mit seinem Sportpartner Professor Grabowski zu treffen. Sie hatten sich kurz per SMS verabredet, um die unterbrochene Partie fortzuführen. Das Berufliche berührten sie stets nur ganz kurz zu Beginn ihrer Begegnungen. Vollkommen aussparen wollten sie es auch nicht.

Gerhard hatte ein wenig von seiner jüngsten Vorlesung erzählt und sich dann betont locker erkundigt: „Und, was liegt bei dir so aktuell an?“

„Eine kopflose Frauenleiche“, stieß Engelbrecht hervor, während er im Umkleideraum seinen Spind verschloss.

„Oh, das habt ihr doch bestimmt nicht allzu häufig?“, entgegnete Gerhard erstaunt.

Beide Männer verließen während des Gesprächs den Raum und begaben sich ins Freie.

„Nein, da hat sich jemand ziemlich viel Mühe gegeben, die Spuren zu verwischen.“

„Ihr wisst also noch nicht einmal, um wen es sich handelt?“, wollte Gerhard Grabowski wissen.

„Na, das ist nun nicht meine Baustelle“, warf der Pathologe ein. „Aber nein, die Kollegen ermitteln noch. Ich kann nur die Eckdaten liefern. Mitte zwanzig etwa, naturblond, perfekte, sehr schöne Figur und mit einer bemerkenswerten Konstellation von Leberflecken auf dem Bauch, fast wie ein Sternzeichen ...“

Die beiden hatten währenddessen das Spielfeld erreicht. Gerhard Grabowski fiel der Tennisschläger aus der Hand.

„Nanu“, sagte Professor Engelbrecht, „gibst du dich doch schon vor unserem Match geschlagen?“

Hobby

Sie hatten umgehend eine elfköpfige Mordkommission der Polizei Bielefeld und Minden gebildet. „MK Weserstrand“ hatten sie sich genannt. Der Vorschlag war von Dennis gekommen. Alexander hatte sofort zugestimmt. Im Grunde war ihm so ein Name auch völlig schnurz. Wenn es nach ihm gegangen wäre, hätte man die einfach nur durchnummeriert und mit eindeutigen Daten des Jahres versehen. Manchmal war diese Namensgebung auch schlichtweg nur albern.

Die Kollegen kannten sich untereinander aus vorherigen Fällen, insofern ließ sich die nötige Arbeit unproblematisch verteilen, und jeder wusste, was er zu tun hatte. Wobei es Alex lieber gewesen wäre, sie würden die Aufklärung solcher Fälle allein mit der Mindener Truppe schultern, aber dafür reichte die Personaldecke einfach nicht aus, es gab Fragen der Kompetenzen und Hierarchien. Und auf jeden Fall saß ihnen – wie stets – die Zeit im Nacken. Spuren waren nie lange heiß. Insofern ließ er sich auf solche Kooperation ein. Es gab eben Dinge im Leben, die man nicht ändern konnte, was sollte man sich also darüber aufregen ...

Immerhin bestand der harte, perfekt eingespielte Kern der Truppe aus den Läufern, die sich am diesjährigen 24-Stunden-Lauf von Union Minden beteiligt hatten. Alexander war stolz auf sich und seine Idee, dort als Team mitzumachen. Wobei es nicht einfach war, den einen oder anderen dazu zu bewegen. Heike hatte ihm nur einen Vogel gezeigt, als er sie – voller Begeisterung – zum Mitmachen einladen wollte. Mit dem Argument, sie könne beim Training und beim Lauf selbst etwas für ihre Figur tun.

„Ich auf der Aschenbahn des Sportplatzes am Mittelweg? Ich mach mich doch nicht zum Kasper, wenn ich da die Hunderte von Metern laufen soll", hatte Heike mit leichtem Aufbrausen auf seine Anfrage entgegnet und nur die Bemerkung mit der Figur im Hinterkopf, die sich dort bohrend niederließ. War es das, was ihn von ihr fernhielt?

„Sind doch nur 400 Meter, wenn ich das jetzt richtig im Kopf habe, halt die übliche Länge in den Stadien", hatte Alexander erwidert. „Wir könnten doch vorab ein wenig gemeinsam trainieren. Normalerweise fahre ich ja lieber mit dem Rad, aber so ein Lauf, zum Beispiel am Mittellandkanal entlang, das wäre doch was. Ach komm, lass dich doch einfach von mir umstimmen!"

Dabei war ihm noch die aktuelle Geschichte mit dem Radschnellweg OWL eingefallen, der 36 Kilometer lang zwischen Petershagen und Bielefeld angelegt werden sollte. Eine tolle Idee, um schneller von A nach B zu gelangen, wie Alex befand. Sogar vierspurig! Aber Heike holte ihn in die Realität zurück. Sie hatte nur den Kopf geschüttelt. Fast standen ihr Tränen in den Augen, so verletzt fühlte sie sich.

„Nein und nochmals nein, nicht für mich! Such dir ein paar andere Leute zur Verstärkung aus, meine Qualitäten liegen woanders ..."

Es half auch nichts, dass Alex noch versucht hatte, ihr die ganze Geschichte beredt schmackhaft zu machen.

„Da sind ganz viele dabei, nicht nur durchtrainierte Sportskanonen. Niemand blamiert sich. Es geht einfach ums Mitmachen!“

„Dann mach du doch!“

„Mach ich auch“, hatte Alexander etwas eingeschnappt geantwortet und war in einem der nächsten Büros verschwunden, um seine Werbeaktion fortzusetzen.

Die kleine Auseinandersetzung mit Heike hatte ihn zwar ziemlich irritiert, aber das würde sich schon wieder einrenken. Außerdem hatte er überhaupt keine Zeit, sich mit ihren offensichtlich weiblichen Befindlichkeiten auseinanderzusetzen.

Da und dort stieß er auf Gegenliebe, bis ihm das Team von der Menge her ausreichend erschien. Schließlich meldete er die Truppe bei den Veranstaltern an, und schon zum Warm-up für alle am Freitagabend waren sie erschienen, obwohl ihr Startschuss nicht gleich um 18 Uhr, sondern etwas später fiel. Bernd Langer hatte ihm dann auch noch etwas zu den Hintergründen dieser Benefiz-Breitensport-Veranstaltung erzählt. Die Idee stammte aus dem Jahr 1988, und diesmal war es schon die 15. erfolgreiche Auflage von Freitag- bis Sonnabendabend, hintereinander weg, die Nacht und den Tag hindurch, Runde für Runde.

„Ich bin auch schon ewig bei Union Minden dabei“, hatte Bernd erzählt und angefügt, dass von Sponsoren pro gelaufener Runde ein Euro kam, sodass der Spendentopf rasch wuchs. Dessen Inhalt ging nun in diesem Jahr an drei Empfänger: an die Jugendhäuser der Stadt, die Lebenshilfe und den Hospizkreis.

„Klasse", hatte Alex anerkennend genickt. „So was Löbliches muss man unbedingt unterstützen."

Von 14 vorherigen Läufen mit 40.000 Sportlern hatte Bernd noch berichtet, und dass die mehr als 276.100 Runden absolviert hätten. Wer Lust und Laune hatte, konnte noch dazustoßen, als kleinere Mannschaft oder als Solokämpfer, der dann in ein Team integriert wurde.

„Wir sind eben nicht die einzigen Mitwirkenden, denen der Gesundheitssport genau recht kommt", hatte Bernd gemeint. „Hält uns alle fit für den Job und überhaupt. Lauf- und Fitnessgruppen werden ja von etlichen Unternehmen gefördert."

Außerdem hatte er noch vom Rahmenprogramm geschwärmt. In diesem Frühsommer mit Live-Musik, DJ, Fußballturnieren ... Und dann immer das jeweilige Finale mit der Abschlussrunde – einfach spektakulär. Vor allem war die Begeisterung sämtlicher Teilnehmer grenzenlos ansteckend und wirkte auch über die Veranstaltung selbst hinaus. Die ideale Maßnahme für eine Teamfestigung, wie Alex befand. Im Anschluss nach der erfolgreichen Teilnahme hatte er gleich beschlossen, dass das unbedingt wiederholt werden müsste, und alle hatten zugestimmt. Vielleicht wäre dann ja auch Riechmann dabei, der eigentlich mitlaufen wollte, dann aber plötzlich private Verpflichtungen vorgab ...

In der Dienststelle wurde es spät an diesem ersten Tag der „MK Weserstrand", durchaus absehbar, wie immer.

Alexander bemühte am Nachmittag, als er überblicken konnte, dass er keinesfalls pünktlich daheim sein würde, die Nachbarin Hertha Jendritzky. Nach einem vorherigen kurzen Anruf bei den Kindern.

„Darf ich Sie mal wieder um einen Gefallen bitten?", hatte er am Telefon gefragt, froh, dass sie gleich am Apparat war und nicht zuerst der Anrufbeantworter ertönte. Eigentlich hatte ihm die Nachbarin schon mehrfach das Du angeboten, aber es wollte ihm bei dem großen Altersunterschied einfach nicht über die Lippen kommen.

„Natürlich. Immer", hatte Hertha geantwortet. „Ich kann es mir schon vorstellen. Sie werden im Büro aufgehalten und haben große Angst, dass Ihre beiden Töchterchen verhungern müssen. Aber keine Sorge, mein Bester. Hertha ist stets zur Stelle. Ich geh gleich mal zu ihnen rüber."

„Ja, ich habe mit Tina schon gesprochen. Die beiden Mädchen waren gerade bei ihren Schularbeiten. Aber ein schönes gemeinsames Abendbrot, das wäre ganz toll und würde mich beruhigen. Sie könnten sich vielleicht auch nebenher erkundigen, ob beide ihre Hausaufgaben gepackt haben."

„Kein Problem. Ich habe rein zufällig heute einen Möhreneintopf gekocht, mit kleinen Hackbällchen darin, und der schmeckt jetzt aufgewärmt bestimmt richtig gut. Und die besagte Gewissensfrage werde ich ganz diplomatisch stellen."

„Hm. Da würde ich am liebsten stehenden Fußes nach Hause kommen."

„Machen Sie es doch einfach“, lachte Hertha. „Aber ich weiß ja, Dienst ist Dienst. Da lässt sich nichts dran drehen. Viel Erfolg übrigens.“

„Danke“, verabschiedete sich Alex und arbeitete noch das Nötigste ab, was keinen Aufschub bis zum nächsten Tag duldete. Er war nur froh, dass sie diesmal kurz und bündig reagiert hatte und das Gespräch nicht im belanglosen Geplauder ausuferte, wie so oft.

Neulich hatte sie ihm einen Vortrag gehalten zum Abholzen der Bäume auf den Dämmen am Mittellandkanal, und das nur, weil er in einem Nebensatz über den Kahlschlag gemault hatte.

„Da muss ich Ihnen widersprechen, mein Bester“, hatte Hertha ernst eingewandt. „Baumwurzeln und umgestürzte Bäume können nämlich Risse und Krater im Damm verursachen, und das kann kreuzgefährlich werden. Nicht nur am Kanal, auch an anderen Gewässern, zum Beispiel an unserer bezaubernden Weser.“

Kann ich mir vorstellen, hatte Alex nur gedacht und die bedrückende Vision vor sich, wie sich der Inhalt des Kanals über die Landschaft ergoss. Ob er da mit seinem Haus in sicherer Position war? Wahrscheinlich nicht. Immerhin konnte er von dort über die Bastauwiesen hinweg direkt auf den Kanal schauen und die langsam dahinziehenden Schleppkähne sehen und deren tuckernde Geräusche hören.

Außerdem erinnerte er sich in dem Zusammenhang an ein jüngstes Hochwasser, bei dem die insgesamt rund zwanzig Kilometer lange Bastau, die sich von Nettelstedt bis zur Mündung in die Weser in Minden schlängelte, bis fast zur Höhe der kleinen Brücken angestiegen war und die umliegenden Äcker und Weiden flutete. Abgestorbenes und verfaultes Gras, wo später Rinder weiden sollten, und kein Gedanke an die Ernte von Mais und Co. Das Brackwasser stand wochenlang und stank gen Himmel. Und das alles im Naturschutzgebiet Bastauwiesen, das sich über etwa 18 Quadratkilometer zwischen dem Mittellandkanal und der B 65 erstreckte: das größte Naturschutzgebiet im Kreis Minden-Lübbecke und eines der größten Feuchtgebiete in NRW.

Rhein oder Elbe waren natürlich kein Vergleich in Sachen Hochwasser mit der eher zurückhaltenden Weser. Aber dennoch fiel Alex ein, wie ein Mitarbeiter von der Stadtverwaltung unlängst bei einem Treffen im Rathaus über die detaillierten Pläne für den Ernstfall berichtet hatte. Das ging schließlich auch die Polizei etwas an und deshalb hatte sich Alexander eingeladen gefühlt. Der Vortrag war wirklich spannend und dazu die tollen historischen Fotos: 1946 stand selbst in der Bäckerstraße das Wasser, und in der Fischerstadt mussten die Leute aus ihren Fenstern in Boote steigen, um in trockenere Gegenden zu gelangen. Das war zwar lange her, aber ein Jahrhunderthochwasser konnte sich durchaus wiederholen. Weshalb es genaue Einsatzpläne gab, die ständig den aktuellen Erfordernissen und vor allem Erkenntnissen angepasst wurden. Von 30.000 eingelagerten Sandsäcken hatte der Mitarbeiter gesprochen, von denen 3.500 Exemplare schon gefüllt waren und der Rest kurzfristig zu bestücken war. Besonders erschreckend fand Alexander damals die Hochwasserrisikokarte, bei der die halbe Innenstadt als infrage kommendes Gebiet markiert war. Wobei steigende Pegel im Frühjahr und Herbst generell angesagt waren, andere Ereignisse wie spontaner Starkregen eben nicht zu planen waren ...

Aber Alexander kommentierte das alles nicht und wollte auch mit seinem Wissen nicht auftrumpfen, denn Hertha hatte gleich wieder nachgelegt.

„Außerdem müssen für jeden gefällten Baum neue gepflanzt werden. Dafür gibt es nämlich eine Formel, wie viele es jeweils sein müssen. Allerdings nicht am selben Ort. Das wäre ja unsinnig. Man kann das mit einer Straße vergleichen. Da müssen ja die Seiten auch ständig beobachtet und gepflegt werden“, hatte Hertha geplaudert und geplaudert, auch über die Zuständigkeiten in Hille, bis Alexander einen Abschluss fand und sich nach nebenan verabschieden konnte. Nach jenem Gespräch konnte er den Rasenmäher nur noch in den Geräteschuppen schieben, denn ein Regenschauer machte die Fortsetzung seiner Gartenarbeit unmöglich.

Und erst kürzlich wieder hatte sie ihn am Gartenzaun abgefangen, als er die Hecke schneiden wollte. Und dann mit solchen Banalitäten. Ob er denn diesen tollen Schlagercountdown im Ersten gesehen hätte. Ein einzigartiges großes Premierenfest, bei dem Florian Silbereisen moderiert hatte. Einfach bezaubernd, wie immer, vor allem die einzigartige Helene Fischer. Und dann das Comeback der Kelly Family. Die hatten ja so wundervoll gesungen. All ihre unvergessenen Lieder! So viele davon hätte sie mitsingen können und das an jenem Abend auch getan. Diese Folk-Pop-Band war schon legendär. Das hätten auch die anderen in der Rehagruppe bei der Wassergymnastik erzählt. Alle Frauen der Rheumaliga hätten geschwärmt. Sie hoffe nur, er hätte sich dieses einzigartige Fernseherlebnis nicht entgehen lassen. Und dann hätte sie im Schwimmbecken von einer entfernten Verwandten allerlei Neuigkeiten erfahren, zum Beispiel wer gerade wieder verstorben war. Beide Giesebrechts nämlich, die müsse er doch eigentlich auch kennen ... Die Zeit war verstrichen und seine elektrische Heckenschere hatte immer noch tatenlos herumgestanden.

Alex konnte sich nicht mehr daran erinnern, was er geantwortet hatte. Gestolpert war er über den Begriff Rheumaliga und hängen geblieben war bei ihm nur das Kurhaus Pivittskrug von Rothenuffeln, wo er in letzter Zeit seine sonst so regelmäßigen Saunagänge schleifen ließ. Einer seiner Freunde aus der dortigen Truppe hatte sich schon beschwert und nachgefragt, wann er denn endlich mal wieder dabei sein wolle. So etwas würde auch nur dank der Kontinuität für die Gesundheit Gutes tun! Seine Worte in Gottes Gehörgänge, hatte Alex gedacht. Vielleicht hilft ja ein Segen von oben, dass ich auch wieder mehr zur Selbstbesinnung komme ...

Gegen 23 Uhr machte er sich todmüde auf den Heimweg, er war mal wieder fast allein auf den Straßen unterwegs und beschleunigte sein Auto mehr, als dass es erlaubt war. Bei einer Brücke über den Mittellandkanal waren ihm kurz die Augen zugefallen, und er kam zu sich, als das Fahrzeug heftig schlingerte und über die rechte Bordsteinkante fuhr, knapp an einer Laterne vorbei. Mit Mühe bekam Alexander wieder die nötige Gewalt darüber. Das fehlte noch, du Blödmann, schalt er sich innerlich. Willst du mit aller Kraft aus deinen Töchtern nicht nur Halb-, sondern Vollwaisen machen ...

Schweißgebadet kam er daheim an und auch da nicht zur Ruhe. Den schlafenden Mädchen hauchte er nur noch einen Gutenachtkuss auf die Stirnen, dann löschte er das Licht im Kinderzimmer.

Nach diesem schrecklichen Fund am Weserstrand saß Alexander noch lange an seinem Schreibtisch und kritzelte immer wieder etwas auf einen großen Notizzettel. Er würde im Bett sowieso keinen Schlaf finden. Da war er sich sicher. Also konnte er ebenso gleich aufbleiben. Vielleicht später nur zwei, drei Stunden aufs Ohr hauen, damit er nicht die gesamte Nacht durchmachte, das wiederum bekam ihm auch nie und würde nur wieder zu penetranten Kopfschmerzen führen.

Im Internet hatte er sich den Flussverlauf der Weser aufgerufen und malte ihn auf einem Blatt nach, mit dem Hinweis auf jeweils markante Stationen an der Seite.

Blödsinn, fluchte er innerlich. Das macht hier doch alles keinen Sinn, ehe ich nicht weiß, wie lange die Tote schon im Wasser gelegen hat. Dass es sich um eine junge Frau handelte, war klar. Sehr viel mehr hatte Professor Engelbrecht vormittags in der Pathologie noch nicht sagen können. Es fehlte zu viel an dem Körper. Der Kopf und auch die Finger waren mit einem scharfen Werkzeug abgetrennt worden. Aber was für eines? An irgendeinem anderen Ort mussten sich also diese Teile nun finden lassen. Hoffentlich! In dem Zustand war jedenfalls eine Identifikation schier unmöglich. Kein Gebiss, das über einen

Zahnarzt eindeutige Hinweise liefern konnte. Und keine Finger, die Abdrücke gaben, die eventuell schon einmal erfasst worden waren. Vielleicht bei einem Ladendiebstahl. Das kam öfter vor, als mancher annahm.

Was war nur geschehen?, dachte Alex, starrte zum Fenster und hatte jetzt auch noch seinen Freund Andreas parat. Wann sollte er nur den Besuch bei ihm einrichten? Das war alles zum Verzweifeln. Es dauerte eine ganze Weile, ehe er die großformatige Blüte entdeckte. Seine Lieblingsorchidee, ein schon ziemlich alter Frauenschuh, hatte angesetzt und ausgetrieben. Jetzt ragte ein faszinierendes Kunstwerk der Natur in Braun-, Creme- und Grüntönen an seinem Fenster empor und reckte sich gegen die Scheibe.

Nicht mal an meine Hobbys denke ich mehr, überlegte Alex traurig. Da habe ich doch überhaupt nicht bemerkt, wie das Prachtexemplar eine so wundervoll gezeichnete Blüte bekommen hat. Und Tina hat auch nichts verraten ... Seine Jüngste hatte inzwischen die Blumenpflege übernommen, und seit er mitbekommen hatte, wie gewissenhaft und sorgfältig sie das alles erledigte, war es bei ihm völlig in Vergessenheit geraten.

So wie der Kater! Albert erschien in diesem Moment auf der anderen Seite des Fensters und miaute in die Nacht. Dann streckte er seine Pfoten an der Scheibe aus und ließ sie hinunterrutschen, was ein quietschendes Geräusch verursachte. Alex verspürte ein schlechtes Gewissen und dachte daran, dass auch die Nachbarin Hertha Jendritzky vor einer Weile schon mal gemeint hatte, eigentlich könne sie den Kater ja adoptieren, so oft, wie er bei ihr sei, sie ihn füttere, und schließlich sei die Familie ja dermaßen viel unterwegs ...

Alexander erhob sich, lief zum Hinterausgang des Hauses, ließ den Kater hinein, der sofort an seinen Beinen vorbeisauste und sich zu seinem Futternapf begab. Leer.

„Sorry, mein Alter. Es gibt gleich was."

Alexander suchte aus dem Küchenregal eine kleine Tüte aus, öffnete sie und ließ den Inhalt in das Gefäß gleiten, dann zerteilte er alles mit einer Kuchengabel.

„Nun lass es dir mal schmecken", erklärte er, als er den gefüllten Napf Albert vor die Nase stellte. Der schlang in Windeseile alles hinter und schaute mit großen Augen zu Alexander hoch.

„Lass uns mal noch eine Runde nachdenken", schlug Alex vor, und der Kater folgte ihm ins Arbeitszimmer, wo er sich auf dem Schoß seines Herrchens bequem einkuschelte. Normalerweise war der alte rote Ohrensessel tabu für das Tier. Heute machte Alexander eine Ausnahme und streichelte über das weiche Fell seines Katers, dabei schlossen beide die Augen ...

Wenig später war Alexander eingenickt und erwachte erst am anderen Morgen, als Tina vor ihm stand und an ihm rüttelte:

„Guten Morgen, Papa. Wir haben schon Frühstück gemacht. Warum bist du denn nicht ins Bett gegangen? Das muss doch total unbequem sein, so auf dem Sessel zu schlafen? Tun dir jetzt nicht sämtliche Knochen weh?"

Das Mädchen schüttelte mit ernstem Blick den Kopf.

„Ach, Liebes", strich Alex seiner Tochter über das Haar. „Ist schon alles gut so. Ich bin gestern mit Albert auf dem

Schoß eingenickt. Natürlich wollte ich eigentlich ins Bett gehen."

Als er sich erhob, spürte er seinen verkrampften Körper, streckte und reckte sich.

„Das hilft jetzt auch nichts, Dad!", sagte Lena, die den Kopf ins Arbeitszimmer gesteckt hatte. „Leg dich einfach die nächste Nacht wieder wie ein normaler Mensch in deine Heia."

„Stimmt, Kinder", erwiderte Alexander. „Und jetzt habe ich einen Bärenhunger. Prima, dass ihr schon alles vorbereitet habt. Danke."

Er setzte sich an den gedeckten Tisch. Der Kaffee duftete, und sogar die Brötchen kamen aufgebacken aus dem Herd. Die Schwestern hatten an alles gedacht.

Das Leben kann ja so schön sein, dachte Alex, als er einen großen, sehr heißen Schluck aus seinem Pott nahm. Schwarz natürlich, ungesüßt und ohne Milch.

„Schau mal, Papa", hielt ihm Tina die Bestellkarte von einem Pizza-Service vor die Nase. „Falls wir uns mal was zum Abendbrot aussuchen wollen."

„Na ja", wandte Alex ein. „Dazu würde mir jetzt um diese Tageszeit noch nichts einfallen ..."

„Aber darum geht es ja gar nicht", kicherte Tina und wies auf den Begriff Anfahrtskosten.

„Na klar. Die müssen schon mit einkalkuliert werden", sagte Alex.

„Och, Papa. Wer lesen kann, ist deutlich im Vorteil!"

Jetzt griff auch Lena ein.

„Ich habe extra dort das Kreuz gemacht!"

Das Mädchen wies auf die erste Zeile, und Alex las laut:

„Anfahrtskosten – Innenstadt Unterlübbe 1 Euro ... Ha, ha ... Das ist echt der Hammer. Sind wir also von Berlin hierher nur von einer Stadt in die nächste gewechselt."

Er brach in herzhaftes Gelächter aus, und die Mädchen stimmten ein.

„Das ist sicherlich alles vorformuliert, und die Orte werden dann immer nur ergänzt. Macht garantiert ein Computer", erklärte Alex und grübelte weiter, dass er davon gelesen hatte, wie die Technik zunehmend in die Erstellung von Texten eingebunden werden sollte. In der Sport- und Finanzberichterstattung wurde das wohl sogar schon eingesetzt ...

„Und der denkt in unsrem Fall eben nicht mit!", stellte seine große Tochter sachlich fest.

Alexander schob den Besuch bei seinem Freund Andreas in der Klinik von Hannover einfach dazwischen. Ein Anruf bei seinem Vorgesetzten hatte ausgereicht, um die Sachlage kurz zu schildern.

„Sie kommen ja äußerst selten mit privaten Wünschen", sagte Reinhold Riechmann. „Erledigen Sie den Besuch bei Ihrem Freund. Ist ja auch ein ehemaliger Kollege. Ich lasse ihm unbekannterweise beste Genesungswünsche ausrichten!"

Dann hatte Alex noch auf der Station angerufen.

„Aber natürlich können Sie kommen", hatte Schwester Edeltraud gemeint. „Ihr Freund wird sich bestimmt sehr über Ihren Besuch freuen. Er hat schon von Ihnen erzählt."

Das klang sogar vorwurfsvoll. Oder hatte er das jetzt hineingehört? Alexander schüttelte den Kopf und machte sich auf den Weg.

Nach einer guten Stunde zügigen Fahrens über die A 2 kam Alexander an seinem Zielort an. Das Gebäude war von viel Grün umgeben. Er parkte sein Fahrzeug auf einem dafür ausgezeichneten Besucherparkplatz. Dann nahm er den Weg, den ihm die Schwester beschrieben hatte.

In der Hand hielt er eine große Tüte Nüsse, ein Mix verschiedener Sorten und ungesalzen. Das aßen auch die Mädchen ganz gern, und es wurde in der Familie als Nervennahrung akzeptiert. Besser jedenfalls als alle Schokoladenvarianten. Außerdem liebte Andreas Nüsse, das war Alex sofort eingefallen. Und einen schönen Blumenstrauß hätte er höchstens Denise mitgebracht. Bei seinem Freund war er sich unsicher, ob der sich darüber freuen würde.

Die Beschreibung war perfekt. Nach kurzer Zeit hatte Alexander die Station gefunden. Dann suchte er zunächst das Schwesternzimmer.

„Alexander Rosenbaum", stellte er sich vor, nachdem er angeklopft und die Tür geöffnet hatte.

Eine resolute, etwas rundliche Schwester blickte durch ihre starken Brillengläser.

„Wir hatten dann wohl telefoniert. Sie wollen zu Ihrem Freund!"

„Ja", sagte Alex, erleichtert darüber, dass er sich nicht weiter erklären musste.

„Der ist zwar gerade in einer Beschäftigungstherapie, aber ich bringe Sie hin. Ich habe mir ja sagen lassen, dass

Sie beruflich sehr eingespannt sind und bei der Kripo arbeiten. Schön, dass Sie sich jetzt die Zeit genommen haben. Er braucht einen Menschen, den er gut kennt und mit dem er reden kann."

Schwester Edeltraud musterte Alexander unverhohlen von oben bis unten.

„Dafür sind Sie sicher der richtige Mann", beschloss sie, erhob sich und ging voraus.

„Wie lange haben Sie sich denn nicht gesehen?", erkundigte sich die Schwester.

„Oh, das ist schon ein kleines Weilchen her", sagte Alex. „Leider!"

„Dann erschrecken Sie nicht. Er hat unheimlich viel abgenommen, und wir bekommen hier auch nicht mehr Kilos auf seine Rippen. Bei aller Anstrengung nicht. Dabei würde ich ihm gern was von mir abgeben."

Edeltraud schaute an sich herunter und verzog das Gesicht zu einem Lächeln.

Dann hatten sie den Therapieraum erreicht. Die Schwester öffnete die Tür und wies durch den Raum hindurch auf den letzten Tisch.

„Da sitzt Andreas."

Alexander schluckte. Wenn ihm die Schwester jetzt nicht dieses Zeichen gegeben hätte, er hätte seinen Freund kaum entdeckt unter den anderen Patienten, die alle irgendwelche Figuren kneteten.

Du reißt dich jetzt zusammen, forderte sich Alexander innerlich auf, und machst einen super Eindruck. Dein Freund benötigt Hilfe und zwar von dir!

Er lief die paar Schritte bis zu dem Tisch.

„He, Andreas, lange nicht gesehen ...“

„... und doch wiedererkannt“, konterte der hagere Mann und blickte mit ausdruckslosen Augen hoch.

Alexander zog sich einen Stuhl an die Seite von Andreas und nahm Platz.

„Willst du deine außerordentlich künstlerische Skulptur hier noch fertig machen oder wollen wir irgendwo zusammen einen Kaffee trinken?“, erkundigte sich Alexander.

Andreas knetete weiter an dem undefinierbaren Teil. Er schien zu überlegen.

„Ich glaube, das hier kann warten“, beschloss er dann und erhob sich mit großer Langsamkeit.

Als beide Männer voreinander standen, breitete Alex seine Arme aus und umschlang Andreas.

„Hier ist gleich um die Ecke eine Cafeteria. Da können wir uns hinsetzen“, schlug Andreas vor und befreite sich aus der Umarmung.

„So machen wir das, mein Bester“, freute sich Alex.

Wenig später saßen beide vor einem Becher. Alexander hatte sich einen Kaffee geholt, natürlich schwarz und ungesüßt. Andreas hatte sich für einen Kamillentee entschieden. Alex war zwar verwundert, schob aber diese Wahl auf die aktuelle Situation. Wahrscheinlich nahm Andreas Medikamente, die sich mit Koffein nicht vertrugen. Und es mussten reichlich Pillen sein, er machte auf ihn einen ziemlich zugedröhnten Eindruck. So apathisch und verlangsamt in jeder Reaktion. Alexander hatte wieder das Bild vor sich, als sie sich vor Jahren mal in Hameln getroffen hatten. In dem dortigen Restaurant hätte er seinen Freund beinahe nicht entdeckt, so sehr hatte er sich verändert. Das war kurz nach dem Einsatz in Afghanistan, der einen völlig anderen Menschen aus ihm gemacht hatte.

Andreas rührte gedankenverloren in seinem Kamillentee, in den er zwei Tütchen Zucker hineingetan hatte. Alex schüttelte sich. Eine echte Geschmacksverirrung, wie er befand. Aber es stand ihm nicht zu, das zu beurteilen.

„Bist du denn hier in guten Händen?", wollte Alex nun wissen.

Andreas nickte.

„Geht so. Die Ärzte geben sich alle Mühe, und die Schwestern sind richtig nett."

„Habe ich schon bemerkt. Ich hatte mit Schwester Edeltraud das Vergnügen. Die geht bestimmt mit Leib und Seele in ihrem Beruf auf."

Andreas nickte wieder, und dann sagte er: „Ich mache mir solche Vorwürfe."

„Wieso das denn?", fragte Alex und runzelte die Stirn.

„Ich habe wieder alles in den Sand gesetzt. Unsere Cateringfirma kann bald dichtmachen. Denise schafft das nicht allein."

„Aber sie hat doch Verstärkung an ihrer Seite. Einen Koch, wenn ich das richtig in Erinnerung habe."

„Tja, aber das ist wie mit Schwester Edeltraud. Man muss seinen Job mit Leidenschaft ausüben. Sonst ist das nichts Halbes und nichts Ganzes."

„Stimmt", bestätigte Alex. „Du bist ja in deinem neuen Beruf total aufgeblüht. Wenn ich da mal an unsere Begegnung denke, als du gerade damit Fuß gefasst hattest ..."

Die Freunde dachten nach, und man hörte Wortbrocken von dem Geplauder anderer Gäste in der Cafeteria.

„Das ist doch aber nur eine Phase hier, aus der du bestimmt wieder rasch rauskommst!", stellte Alexander fest.

Andreas zuckte mit den Schultern und sah grau im Gesicht aus. Er nahm einen Schluck von seinem Tee.

„Was ich für fraglich halte. Wir hatten ja auch einen Kredit aufgenommen, und momentan sind wir im Verzug mit der Rückzahlung. Ein Aufschub war zwar möglich, auch weil ich den Banker gut kenne. Aber lange lässt sich das nicht hinauszögern."

Alexander atmete tief durch.

„Wenn da Not am Mann ist, kann ich euch gern aus der Patsche helfen. Meine Eltern schieben immer mal was für mich und die Kinder auf unser Reservekonto. Um wie viel handelt es sich denn?"

„5.000 Euro!"

„Ach, mehr nicht", sagte Alex erleichtert. „Ich dachte schon, es wäre entschieden mehr."

„Na, wenn du knapp bei Kasse bist, dann ist das eine unerreichbare Summe ..."

„Klar, aber in dem Fall müsst ihr euch keine Gedanken machen. Ich überweise euch das Geld umgehend, und ihr zahlt es mir zurück, wenn ihr wieder flüssig seid."

Andreas blickte seinem Freund dankbar in die Augen und lächelte erstmals seit ihrem Zusammentreffen in der Klinik.

„Du glaubst gar nicht, welche Last mir damit von den Schultern genommen wird", meinte Andreas.

„Hättest du viel eher haben können, wenn du mal den Mund aufgemacht hättest ..."

Jetzt grinste Alex breit und legte seinem Freund eine Hand auf die Schulter.

„Wozu sind Freunde denn da?! Und nun verrate mir aber mal, wieso du wieder in dieses seelische Loch gefallen und hier gelandet bist?“

Andreas legte seine Hände vor sich auf den Tisch und betrachtete sie. Dabei entdeckte Alexander, dass die Fingernägel abgeknabbert waren. Eine dumme Angewohnheit, die sein Freund schon einmal in Jugendjahren hatte. Aber jetzt wieder?

„Weißt du, Alex, eigentlich haben wir versucht, alles auszublenden, was Afghanistan angeht. Aber die Kriege auf der Welt holen uns ja jeden Tag ein. So gründlich kannst du gar nicht vorgehen, dass du die Meldungen aus diesem Land immer ignorierst. Und ansonsten gibt es überall Parallelen.“

Andreas atmete tief ein und aus und fuhr fort.

„Der Auslöser war bei mir ein Foto. Dabei hatte ich gedacht, ich hätte mich im Griff. War auch mit den Beruhigungsmitteln ziemlich weit runter. Mein Arzt meinte, ich könnte sie bald absetzen ... Und dann eben jenes Bild in der Zeitung. Ich hatte im Wartezimmer beim Zahnarzt nur mal kurz durchblättern wollen, konnte mich aber von dieser Aufnahme nicht mehr lösen. Im Hintergrund ein unschuldig blauer Himmel, davor ein Soldat, der fast zu schweben schien und sich offensichtlich die Ohren zuhielt. Um ihn herum eine rot glühende Explosionswolke. Eine US-Militärfotografin hatte in letzter Sekunde – auch vor ihrem eigenen Tod – auf den Auslöser ihrer Kamera gedrückt. Die Soldatin arbeitete für die Streitkräfte in einer Kompanie namens ‚Combat Camera'. Und es handelte sich lediglich um eine gemeinsame Schießübung der afghanischen und der US-Armee. Mit Fotos sollte das dokumentiert und einheimische Armeefotografen angelernt werden. Doch dann explodierte durch einen Unfall eine Mörsergranate, und das Geschehen nahm seinen Lauf. Erst Jahre danach entschied man sich jetzt für eine Veröffentlichung, auch nachdem man sich das Einverständnis der Angehörigen eingeholt hatte. Damit soll nun auf die Gefahren hingewiesen werden, denen Soldaten und in dem Fall auch Soldatinnen gleichermaßen ausgesetzt sind."

Alexander hatte reglos zugehört.

„Und damit ist bei dir die vermaledeite Erinnerung an deinen Einsatz wieder hochgekommen?"

Andreas nickte.

„Ja, obwohl der Bezug gar nicht so direkt ist. Aber irgendwie hat es klick gemacht, und alles war wieder da. Ich hatte nachts erneut quälende Albträume und bin zwischendurch schweißgebadet aufgewacht. Mir war nicht mehr nach Essen und Trinken. Alle Gedanken kreisten nur noch um Afghanistan, das nicht zum Frieden zurückfindet. Die unendliche Armut in diesem Land mit seinen nur 33 Millionen Einwohnern, von denen sich etwa zwei Millionen Menschen mit Drogenanbau, -handel und -verkauf ihren Lebensunterhalt verdienen ..."

„Das ist schon alles tragisch", setzte Alex verständnisvoll dazwischen.

„Außerdem tauchte in meinen Träumen immer das Bild von der jungen Frau in dem kleinen Dorf auf ..."

„Davon hast du ja noch gar nichts erzählt ...“

„Ich hatte es vergessen, vergessen wollen! Wir waren zu einem Einsatz unterwegs und kamen rein zufällig dort vorbei. Von Weitem schon hatten wir eine Runde Männer mit schwarzen Turbanen gesehen, die im Kreis gingen, sich immer wieder bückten und dann etwas auf einen zentralen Punkt warfen. Auch eine lauthals betende Stimme konnten wir vernehmen. Als wir anhielten, hatte uns unser Dolmetscher schon erklärt, was uns dort erwarten würde. Wir stoppten, in der Hoffnung, noch etwas tun zu können, aber wir kamen zu spät ...“

Andreas war beim Reden immer leiser geworden. Dann ging ein Ruck durch seinen Körper, und er erzählte weiter.

„Es war einer dieser Fälle von Steinigungen. Die junge Frau musste in Ungnade gefallen sein. Vielleicht gab es Gerede über Kontakte zu Männern, vielleicht wollte sie auch nicht mit einem ihr zugewiesenen Kerl das Leben verbringen ... Diejenigen, die die Gerichtsbarkeit im Dorf ausübten, ließen ein Erdloch ausheben, steckten die Frau hinein. Dann wurde sie eingegraben, bis nur noch der Kopf hinausschaute. Und auf den waren dann die Steine geflogen, die die Männer mit den Turbanen wieder und wieder aufgehoben hatten. Bis kein Laut mehr zu hören war. Erst dann waren wir an Ort und Stelle. Aber wir hätten ihr wahrscheinlich auch etwas eher nicht mehr helfen können. Als unser Dolmetscher unser Entsetzen bemerkte, meinte er nur sachlich, Gottes Gesetz sei in Anwendung gebracht worden.“

Andreas schlug jetzt die Hände vors Gesicht, und er fing an zu schluchzen. Alex fühlte sich vollkommen hilflos. Dann rückte er mit seinem Stuhl dichter an seinen Freund heran und nahm ihn in den Arm.

„Sorry", zuckte Andreas. „Jetzt auch das noch. Ich habe mich inzwischen zu einer Heulsuse entwickelt."

„Macht nichts", tröstete Alex. „Wer sagt, dass wir Männer nicht heulen dürfen, der hat überhaupt keine Ahnung. Tu dir keinen Zwang an. Was raus muss, muss raus."

Andreas saß noch mit hängenden Schultern, und selbst Alex musste jetzt mit den Tränen kämpfen.

„Ich hab davon gelesen, dass in Afghanistan wieder die Zahl der Steinigungen, Auspeitschungen und Tötungen von Frauen steigt", fing Alexander wieder an. „Mal ganz abgesehen von dem insgesamt kriegerischen Drama in dieser Region. Seit Jahren fließen Milliardenhilfen dorthin. Nach den USA und Japan ist Deutschland der drittgrößte Geber. Zumindest bringen die Mittel was in den Bereichen Gesundheit und Bildung. Aber Korruption ist nach wie vor angesagt, und die radikalislamischen Taliban zeigen ja mit ihren Offensiven, wie instabil das Land ist. Zählt immer noch zu den konfliktreichsten Gegenden, global gesehen. Doch wenn wir die Hilfen senken, dann fliehen noch mehr Leute aus ihrer Heimat. Das ist schon eine verzwickte Angelegenheit."

Andreas nahm seinen letzten Schluck Kamillentee, und auch Alex hatte seinen Kaffee ausgetrunken.

„Das ist ein weites Feld, Andreas. Aber wir beide werden es nicht beackern können. Ich glaube, ich muss mich dann auch wieder auf den Weg machen."

„Natürlich. Du bist ja berufstätig. Jetzt hab ich nicht einmal danach gefragt, wie es dir geht ..."

„Ach, Andreas, mach dir da mal keinen Kopf. Jetzt warst du dran mit Erzählen. Bei mir ist im Vergleich zu dir eigentlich alles unspektakulär."

Beziehungsweise nichts im Vergleich zu deiner quälenden Depression, dachte Alex noch, behielt es aber für sich.

„Mir ist jetzt erst mal sehr viel wohler, was das Geld angeht", sagte Andreas. „Danke, Alex."

„Schon gut. Wenn ich euch helfen kann, dann krieg ich wieder Pluspunkte im Himmel."

„Junge, was habe ich deinen Humor vermisst. Wurde Zeit, dass mich mal wieder einer aufheitert."

„Genau. Deshalb war ich hier. Und jetzt schieben wir ein nächstes Wiedersehen mal nicht auf die lange Bank. Ich habe nämlich einen Riesenappetit auf die Ergebnisse deiner hervorragenden Kochkünste. Und meine Mädels auch!"

„Der Doc hat gesagt, ein oder zwei Wochen soll ich noch hierbleiben."

„Eine Woche reicht! Deine Frau braucht dich auch zu Hause!"

„Da kann ich dir überhaupt nicht widersprechen, Alex."

Noch unterwegs auf der A 2 rief Alexander bei Denise an.

„Schöne Grüße von deiner besseren Hälfte", sagte Alex zum Gesprächseinstieg.

„Ach, Alex. Prima, dass du anrufst. Hat es also geklappt?!"

„Na, logisch. Ich hatte das doch versprochen. Hab deinen Mann mal ein wenig aufgeheitert. Eine Woche will er noch auf der faulen Haut liegen. Dann ist er wieder bei dir. Und in der Zwischenzeit schick mir doch mal eure Kontoverbindung."

„Was?"

„Du hast schon richtig gehört. Eure Kontoverbindung. Ich habe das jetzt mit Andreas abgesprochen, dass ich euch mal zeitweilig über euren kleinen Engpass hinweghelfe", erklärte Alexander und dachte noch: Kann ja nicht angehen, dass die Bank demnächst mit der Zwangsvollstreckung vor eurer Tür steht.

„Ich könnte dich umarmen und dir einen dicken Schmatzer geben", sagte Denise.

„Nichts gegen einzuwenden. Wir schlagen demnächst mal wieder bei euch auf, wenn dein Gatte erneut die Bratpfanne schwingt. Bringe die Mädchen und einen Riesenhunger mit."

Jetzt lachte Denise, und es klang irgendwie befreit.

Alexander beendete das Gespräch und gab Gas.

Gerücht

„Bist du schon vorangekommen?“, erkundigte sich Dennis, als er in der Tür von Heike stand. Sie befand sich an ihrem Schreibtisch, umgeben von braunen und weißen Pappkartons und Tüten mit den verschiedensten Inhalten, alle mit Aufklebern oder Hinweisen zum jeweiligen Geschehen versehen: Was, wann, wo?!

„Womit?“, wollte Heike wissen und schaute von ihrem Computer auf, während ihre Finger noch weitertippten.

„Na, mit den Spuren zu der Toten aus der Weser.“

Heike setzte eine ernste Miene auf.

„Tut mir leid, ich wollte dich jetzt auch gar nicht drängeln. Aber du weißt doch, dass wir jeden Hinweis brauchen ...“, entschuldigte sich Dennis.

„... und das, so rasch es geht. Also, Junge, ich bin doch nicht von vorgestern. Ich sortiere die Sachen hier schon nach Dringlichkeit. Auch wenn das auf den ersten Blick vielleicht nicht so aussieht.“

Dennis schaute über das chaotische Durcheinander.

„Nur das Genie beherrscht das Chaos“, war ihm jetzt eingefallen. Die Bemerkung brachte Heike zum Lachen.

„Stimmt.“

Mit einem Griff hatte sie die große Tüte herangeholt, die ihrerseits nun ein Stück von dem blauen Plastiksack mit den braunen Paketklebestreifen enthielt.

„Ich hab ja gleich losgelegt, nachdem wir wieder in der Dienststelle zurück waren. Ein wenig von dem Sack und etwas Klebestreifen untersucht, den größten Teil davon dann aber doch noch mal ins LKA mit Multiplexantrag geschickt, für Daktyloskopie und DNA. Die Kollegen bekommen mit ihrer Technik sicher noch mehr heraus als ich hier mit meinen überschaubaren Möglichkeiten. Außerdem will ich auch nichts von den Spuren eventuell beschädigen ... Meine sonstigen Einbrecher müssen sich nun natürlich einen Augenblick gedulden! Die werden mir sicher nicht böse sein. Warte mal, ich rufe mir die entsprechende Datei auf ...“

„Wir waren übrigens schon in der Pathologie“, warf Dennis ein.

„Was du nicht sagst. Das hätte ich gar nicht gedacht“, antwortete Heike spontan.

„Aber das musste doch zeitnah passieren“, fiel Dennis nur ein, und er blickte etwas konsterniert.

„Mann, ich hab dich doch nur auf den Arm genommen. Logisch. Pathologie. Einer der ersten Schritte. Von dort habe ich ja auch den Bikini der Kleinen erhalten, um nach weiteren Spuren zu schauen. Ist auch schon auf dem Weg ans LKA. Und, was gibt's von der Gerichtsmedizin ansonsten zu hören?“

Dennis erzählte kurz von dem Vortrag des Pathologen und fasste alles prägnant zusammen. Ans Ende seines Berichtes packte er die Neuigkeit.

„Es sieht so aus, als ob Celine schwanger ist. Sie musste sich während unseres Treffens in der Pathologie übergeben. Ziemlich peinliche Angelegenheit. Und Alex hat dabei sehr merkwürdig dreingeschaut. Weißt du Näheres?“

So, jetzt war es heraus. Auch er wollte einmal seine Neugier befriedigen.

Heike atmete tief ein und aus, ein und aus. Dann brach es aus ihr heraus.

„Das geht dich einen Scheiß an. Und jetzt mach dich vom Acker, und halte mich nicht von der Arbeit ab.“

Dennis zuckte wie unter Peitschenhieben.

„Mensch, Heike, das hab ich jetzt nicht gewollt. Tut mir leid. Meine Frage sollte dich doch nicht irgendwie verletzen. Sorry.“

Heikes Atem ging langsamer, und die Vernunft bekam wieder die Oberhand. Dennis stand wie ein begossener Pudel neben ihrem Schreibtisch, und sie hatte sich wie eine Furie aufgeführt. Völlig unangemessen, befand sie.

„Ist an mir, mich zu entschuldigen. Ich weiß momentan aber auch nicht, wo mir der Kopf steht. Alle wollen was von mir und am liebsten gleichzeitig. Irgendwann geht es dann mal mit einem durch. Du warst eben mein Blitzableiter. Das sollte nicht sein. Tut mir wirklich leid, Dennis, dass es jetzt dich getroffen hat.“

„Alles klar, Heike. Jedenfalls bist du jetzt erst mal auf dem Laufenden, was die Pathologie angeht, und zu der Sache mit Celine kann ich eigentlich auch mal Alex direkt befragen, oder ich lass es sein.“

Er drehte sich um und rief noch ein „Moin“ in den Raum.

„Besser wäre es, wenn du das sein ließest“, brummte Heike in sich hinein.

Ihre Gedanken wanderten zu Alexander und den gemeinsamen Erlebnissen, vorrangig ja mit den Töchtern, aber ein Mal, ein einziges Mal auch nur miteinander, vor etlichen Jahren ... Ihre Augen bekamen einen Tränenschleier, und der klare Blick auf den Computerbildschirm wurde für einen längeren Moment unmöglich.

Austausch

Alexander sah auf das Display seines Telefons: Vanessa. Sofort stellte sich sein schlechtes Gewissen ein. Er hatte seine Lieblingscousine in Berlin seit Monaten nicht angerufen, zwar häufiger daran gedacht, aber nie war er dann schließlich dazu gekommen.

„Hier Hase!“, ertönte es am anderen Ende.

„Ich weiß“, sagte Alex. „Hab ich gerade gesehen, Häschen. Und eigentlich wollte ich dich schon lange angerufen haben ...“

„Ja, ja. Immer keine Zeit, der liebe Herr Hauptkommissar!“, konterte Vanessa.

„Exakt, Nessy. Und es tut mir auch furchtbar leid, und genau genommen gibt es gar keine Entschuldigung dafür!“

Alex klang ziemlich betroffen.

„He, nun mach mal nicht so viel Zirkus darum. Ist schon gut. Wir verlieren uns nicht aus den Augen. Da kannst du sicher sein. Zumindest unsere Kinder haben ja engeren Kontakt über WhatsApp. Bin über alles informiert, was so bei euch abgeht“, erzählte Vanessa.

„Wirklich?“, erstaunte sich Alexander.

„Ja. Deine Große hat sich gerade erst mit unserem Ältesten ausgetauscht. Wir waren doch im vorigen Jahr mal in Chicago, und da hat unser Sohnemann Feuer gefangen, gleich Kontakte geknüpft und verbringt nun die Ferien bei einer Gastfamilie. Später will er mal in ein Schuljahr dort hineinschnuppern, für ein paar Monate oder länger. Mal schauen, was sich da arrangieren lässt ... Und vor allem, was wir dafür finanziell aufwenden müssen!"

Und was soll mir das jetzt sagen in Bezug auf meine Töchter, fragte sich Alex, unterbrach aber seine Cousine nicht in ihrem Redefluss.

„Wie ich dich kenne, denkst du gleich an Al Capone und die Mafiamachenschaften ...", warf Vanessa ein und brach in ein Gelächter aus.

„Hm, es lag mir eigentlich auf der Zunge, aber ich wollte bloß nicht gleich zu direkt sein."

„Na, das ist ja mal ungewöhnlich. Du und nicht direkt. Darf ich das im Kalender anmerken?"

„Kannst du gern", entgegnete Alex und kam nun zu seiner Frage, nachdem er mit einem Blick auf die Uhr festgestellt hatte, dass er eigentlich schon längst seinen Computer hochgefahren haben sollte. „Will meine Lena etwa auch zu Al Capone? Die ist doch noch viel zu jung für so einen Austausch und dann noch so weit weg. Sie würde bestimmt vor Heimweh eingehen ..."

Vanessa lachte erneut am anderen Ende.

„Höre ich da eine gewisse väterliche Angst heraus, und kannst du vielleicht nicht loslassen?"

„Doch nicht mit ... Moment mal. Lena ist jetzt dreizehn Jahre alt. Hat sie da nicht noch jede Menge Zeit für solche auswärtigen Erlebnisse?"

„Falls du dich erinnern solltest, so wird unser Großer demnächst fünfzehn. Unser Sohn nervt uns gerade damit, dass er seinen Führerschein unbedingt schon mit 16 Jahren machen will. Angeblich hätten das Verkehrsexperten befürwortet, die herausgefunden haben sollen, dass die jungen Leute sicherer fahren, wenn sie länger in Begleitung Erwachsener am Lenkrad sitzen. 20 Prozent weniger Unfälle soll es dann geben. Was aber konkret heißt, mein Mann oder ich, wir dürfen dann so lange Beifahrer spielen, bis Tobias dazu offiziell allein berechtigt ist. Tolle Idee! Was sollen wir denn noch alles machen?! Aber das ist auch wieder ein ganz anderes Thema ...“

Vanessa holte kurz und deutlich hörbar Luft.

„Und dann hat er sich aus dem Internet jetzt eine Übersicht rausgesucht, was man in welchen Berufszweigen verdient. Hat sich eine Liste angelegt, was daraus folgend für ihn infrage kommt und was gar nicht.“

„Das nenne ich mal eine originelle Idee der Berufswahl“, sagte Alex. „Aber eigentlich hat dein Sohn doch völlig recht. Ans spätere Gehalt sollte man auch irgendwie denken. Von dem hängt wieder mal eines Tages die Rente ab ...“

„Na, du denkst ja schon weit voraus in die Zukunft. Ich glaube nicht, dass Tobi sein eigenes Seniorendasein bereits im Auge hat.“

„Und welche Berufe stehen da nun in welcher Spalte?“, wollte Alexander wissen.

„Ganz einfach. Friseure, Kosmetiker, Kellner, Zahnarzthelfer, Floristen, Pflegepersonal ... hat er in der Negativspalte aufgelistet. Die haben allesamt die niedrigsten Gehälter im Vergleich. Ein Altenpfleger hat im Schnitt nur 24.657 Euro brutto im Jahr, ein Fluglotse dafür 67.588

Euro binnen zwölf Monaten. Klare Entscheidung. Unser Sohn hat nun Fluglotse, Pilot, Gehirnchirurg in seiner Positivspalte. Junge, habe ich ihm schon gesagt, da hättest du vielleicht etwas eher mehr für die Schule tun müssen ..."

„Ich finde, es geht doch in erster Linie nach den Talenten und den Neigungen", betonte Alexander. „Wobei sich die meisten jungen Leute ja ohnehin in der Verwandtschaft umschauen und dort beruflich fündig werden."

„Aha", fiel Vanessa ein. „Deine Mädels rutschen dann folglich in die Kriposchiene?!"

„Ich glaube eher nicht, dafür bin ich für sie ein zu abschreckendes Beispiel."

Alex klang fast ein wenig traurig.

„Mach dir nichts draus. Und um auf unser eigentliches Thema zurückzukommen: Die Kinder werden einfach flügge. Daran solltest du dich auch mal so langsam gewöhnen, mein lieber Alex. Und um auf deine Frage einzugehen. Genau. Lena will auch mal ins Ausland, hat sie Tobias erzählt. Allerdings wohl eher nach Frankreich, da ist die Entfernung von euch nicht so extrem und überschaubarer ..."

„Jetzt, wo du es sagst ... Sie hat auch eine Freundin in Paris, mit der sie sich immer schreibt, skypt und was sonst noch. Ich kann das inhaltlich ja nicht mal prüfen. Französisch hatte ich in der Schule nicht gewählt, fand damals einfach Englisch besser und leichter und außerdem entschieden sinnvoller, um meine heißgeliebten Musiktexte zu verstehen ..."

„Ach, deshalb ...", Vanessa kicherte wieder. „War eben nicht deine Zeit für Chansons und Co."

„Nee, wirklich nicht. Kannst du mich auch heute noch mit jagen."

„Mich nicht. Es gibt doch ganz tolle Chansonniers. Wenn ich da mal an ... Ach, Quatsch", unterbrach sich Vanessa selbst, „was rede ich hier mit dir über ein Thema, das dir offensichtlich am Arsch vorbeigeht. Jedenfalls würdest du deinem Kind bestimmt eine Freude machen, wenn ihr mal eine Spritztour in die Stadt der Liebe unternehmen würdet."

„Jetzt fang nicht auch noch damit an. Brieffreundin reicht mir völlig aus. Nicht schon mehr ..."

Alexander klang gestresst.

„Tja, da ist dein Einfluss wohl eher etwas beschränkt. Unser Tobi geht mit einem Mädchen aus seiner Klasse. Ich hoffe zwar, das beschränkt sich noch aufs Händchenhalten und Knutschen. Auf jeden Fall hat ihn meine bessere Hälfte vor einer Weile noch einmal detailliert aufgeklärt, inklusive einer Geschenkpackung mit Kondomen ... Da hatte mein Holder die beiden nämlich am helllichten Tage eng umschlungen schmusend auf dem Sofa im Kinderzimmer erwischt. Hat ihm die Augen geöffnet, wie er mir hinterher erklärt hat. Ich wusste das schon eher, ist auch ganz normal in dem Alter."

Am anderen Ende herrschte Stille.

„Bist du noch dran, Alex?"

„Ja, aber mir hat es gerade die Sprache verschlagen."

„Wow, da lande ich ja heute einen Treffer nach dem anderen", stellte Vanessa fest.

Alexander hatte in der Zwischenzeit seinen Terminkalender am Computer inspiziert.

„Cousinchen, wir sollten uns doch mal wieder in die Augen schauen“, sagte er. „In vierzehn Tagen sieht es gut aus. Da könnten wir übers Wochenende mal eine Stippvisite in der guten alten Hauptstadt machen. Passt euch das hoffentlich auch?“

Und durch seine Gedanken fuhr die Vorstellung, bis dahin den aktuellen Fall abgeschlossen zu haben, damit er sich auch in Ruhe seiner Heimatstadt und einem Besuch dort bei Familie und Freunden widmen konnte.

„Warte mal“, entgegnete Vanessa, „ich hole mal meinen Taschenkalender ran. Für solche Termine habe ich noch ein gutes altes handliches Stück. Kann auch nichts verloren gehen, wenn man es mit einem Stift aufschreibt ... Diese Woche, nein, nächste Woche ... Passt, wackelt und hat Luft. Wir freuen uns auf euch. Ihr braucht auch gar nichts mitzubringen, nur euch und gute Laune. Für den Rest sorgen wir.“

„Dann kann ich bei der Gelegenheit vielleicht auch mal meinen alten Kollegen Frank besuchen. Ist schon wieder gefühlte Ewigkeiten her, dass wir uns gesehen haben.“

„Nimm dir mal nicht gleich zu viel vor“, warf Vanessa ein.

„Stimmt. Jetzt muss ich nur noch meine Mädels überzeugen, aber beim Stichwort Berlin werden sie bestimmt nicht nein sagen.“

Die beiden verabschiedeten sich voneinander und jeder freute sich auf die geplante Begegnung in Kürze.

Gassi

Als es an der Tür klopfte, schaute Alexander zunächst auf die Wanduhr. Nein, nicht schon wieder so spät. Er hatte im Laufe des Tages mal wieder Zeit und Raum über seiner Arbeit vergessen. Ob vielleicht die Reinigungskraft schon sauber machen wollte? Er rief etwas unwirsch: „Herein!"

Die Tür öffnete sich und zunächst kam ein glatter Hundekopf zum Vorschein, dahinter die gespannte, kurz gehaltene Leine. An deren Ende Wolfhard.

„Hallo, mein Lieber. Ich habe die Kollegen an der Schleuse überzeugen können, dass wir mal dringend zu dir müssten ... Du würdest wie immer noch an deinem Schreibtisch festkleben, hat man mir gesagt ..."

„Wer war das? Den mache ich fertig!", konterte Alex.

„Ich haue doch niemanden in die Pfanne!"

„Hätte ich mir denken können. Und was verschlägt dich in unsere heiligen Hallen?"

Alexander hatte jetzt doch ein Lächeln im Gesicht.

„Die Sehnsucht nach einem echten Männergespräch. Mit Gonzo geht das ja leider nicht, obwohl er durchaus Blicke drauf hat, die ganze Sätze in sich bergen. Und meine Rita ist natürlich die Kommunikation in leibhaftiger Gestalt. Aber es gibt auch Themen, die mich nicht so brennend interessieren ..."

„Sag bloß", ging Alex darauf ein.

„Ja, zum Beispiel will sie noch beim Frühstück wissen, was ich denn zum Mittagessen oder gar zum Abendbrot haben will. Dabei habe ich mir doch gerade den Bauch vollgeschlagen und kann nicht den geringsten Gedanken an die nächste Nahrungsaufnahme verschwenden, ohne Sodbrennen zu kriegen."

Alexander brach in Lachen aus.

„Deinem Mangel an Männergesprächen könnte ich tatsächlich Abhilfe verschaffen."

Er räumte die Unterlagen auf seinem Schreibtisch zusammen und blickte dabei aufmerksam auf den Hund.

„Sag mal, Wolfhard, ist der neu?"

„Wieso?"

„Also, wenn das Gonzo ist, wie du gerade behauptet hast, dann sieht der irgendwie anders aus. Ich weiß nicht, warum ..."

Wolfhard tätschelte seinen Vierbeiner.

„Doch, doch, das ist schon der dir bekannte Airedale Terrier namens Gonzo. Wir kommen nur gerade relativ frisch vom Trimmen ..."

„Fällt mir gerade nur ein Trimm-dich-Pfad ein, aber den meinst du ja wohl nicht?"

Wolfhard verkniff sich ein Lachen.

„Da merkt man eben den Katzenbesitzer. Keine Ahnung von Hunden. Mein Liebling hier benötigt jedenfalls in gewissen Abständen eine frische Frisur. Ganz früher soll das Fell wohl mal sehr hart gewesen sein, und wenn es länger wurde, brachen die Haare praktischerweise einfach ab. Da konnte man sich solche Prozeduren sparen. Inzwischen kannst du dich entscheiden, ob nur geschoren oder getrimmt wird. Ersteres mit einer Maschine, im zweiten Fall wird ein scharfer Kamm angesetzt, und die Haare werden direkt an der Haut abgetrennt, ja fast rausgerissen, würde ich mal sagen. Wir haben das auch allein ausprobiert. Aber da gab es so einen Zoff zwischen Rita und mir. Sie sollte ihn festhalten, damit ich in Ruhe das Fell kürzen konnte. War aber kein Verlass drauf. Hab ihm sogar ins Ohr geschnitten, und nach vier Stunden sah er aus wie ein gerupftes Huhn, sodass wir jetzt lieber wieder zum Züchter gefahren sind, von dem wir den Kleinen haben. Da kann er ihn auch immer mal wieder sehen und erleben, wie sein Zuchterfolg wächst."

Jetzt strich Wolfhard über den Kopf des Hundes, dann am Rücken entlang und über den Hintern.

„Der hat doch wirklich tolle Muskeln. Schau mal, hier hinten!"

Wolfhard wies auf die muskulöse Rückseite von Gonzo.

„Kann man glatt neidisch werden", entgegnete Alexander. Dann fuhr er den Computer nach zwei letzten Tastengriffen herunter.

„Hat Zeit bis morgen", beschloss Alexander. „Wohin willst du mich denn jetzt entführen? Es passt nämlich heute wunderbar. Die Große ist bei Oma und Opa, und die Kleine übernachtet bei einer Freundin. Ich habe also gewissermaßen sturmfreie Bude."

„Und das nutzt du an deinem Schreibtisch? Ziemlich traurige Nummer. Da wüsste ich wirklich was Besseres, vor allem in deinem Alter. Es soll auch nette Frauen geben, habe ich mir sagen lassen ..."

Alexander grinste schelmisch.

„Und die warten genau auf einen verwitweten Vater mit zwei schon ziemlich großen und sehr anspruchsvollen Töchtern, die es einer angehenden Stiefmutter bestimmt nicht leicht machen?"

Wolfhard wiegte den Kopf hin und her.

„Warum eigentlich nicht. Früher oder später packt doch jede Frau dieser Mutterkomplex, und bei dir liegt schon was vor, woran sie sich austoben können. Da müssen sie sich durch eine Geburt nicht einmal ihre Figur verderben ..."

Alexander zuckte zusammen. Wenn das jetzt witzig gemeint war, dann verstand er den Ulk darin diesmal nicht. Oder wollte ihn nicht verstehen. Solche Worte von seinem ehemaligen Kollegen? Das war schon ziemlich heftig formuliert und doch sonst nicht seine Art.

„Ich glaube, das Thema lassen wir mal heute lieber aus, Wolfhard."

Alexander verschloss die Tür hinter beiden, und sie liefen den Flur entlang zum Treppenabgang. Gonzo direkt an der Seite von Wolfhard, immer mal den Kopf nach oben haltend, um Blickkontakt mit seinem Herrchen aufzunehmen, ob er denn so alles richtig machen würde.

„Du hast deinen Hund ja dermaßen im Griff, das ist bewundernswert", stellte Alex im Freien fest und rekelte sich ausgiebig.

„Alles eine Frage der Übung und des hartnäckigen Trainings. Ich bin da sehr konsequent. Rita fährt mir gelegentlich in die Parade und verwöhnt unseren Gonzo zu sehr. Nicht nur mit Leckerli, auch mit dem Zulassen von gewissen blöden Angewohnheiten, wie das Platznehmen auf unserem Sofa im Wohnzimmer und dann noch ausgerechnet auf meiner Seite! Na ja, wie eben Frauen so sind."

„Und wohin nun?", wollte Alex wissen.

„Ach, erst mal ein bisschen Gassi gehen, dann ist der Kleine nachher entspannter, wenn wir uns irgendwo hinsetzen", schlug Wolfhard vor.

„Gute Idee", meinte Alex und schaute an sich herunter. Sein Bauch markierte sich unter dem Shirt. Vorbei die Sixpack-Zeiten. „Etwas Bewegung könnte mir nicht schaden."

„Dann nehmen wir mal ein Stück weit den Weg direkt am Kanal entlang, eine meiner Lieblingsstrecken. Zurück ist es hinterher für dich auch zum Auto völlig unproblematisch. In der einen Querstraße ist ein netter Italiener. Da könnten wir einkehren. Ist schon erfolgreich mit dem Hund getestet und insgesamt für gut befunden. Von uns beiden!"

„Na dann, lass uns starten."

Unterwegs berichtete Wolfhard noch davon, dass vor einiger Zeit die Wasserschutzpolizei einen toten Hund aus dem Mittellandkanal geborgen hatte. Mit einer roten Wäscheleine um den Hals und daran ein Pflasterstein.

„Wer tut denn so was?!", entrüstete sich Alexander.

Wolfhard schluckte.

„Unmenschen!"

„Genau! Haben die Kollegen denn was ermitteln können?", wollte Alex noch interessiert wissen.

„Nur, dass das arme Tier, eine Bulldogge übrigens, bereits mehrere Tage im Kanal getrieben hatte. Obwohl natürlich Hinweise erbeten worden waren. Aber da hast du dann auch wieder nur irre Typen am Telefon, die ihre Nachbarn anschwärzen wollen ..."

Alexander und Wolfhard schüttelten gleichzeitig die Köpfe und dachten an die Dinge, zu denen nur Menschen fähig sein konnten. Alex fiel noch die Sache mit dem Hundefleisch-Festival in einer südchinesischen Provinz ein, wovon er gerade gelesen hatte. Das fand wohl alljährlich zur Sommersonnenwende statt, und es wurde dort – basierend auf alten Traditionen, wie man behauptete – Fleisch von Hunden verzehrt. Die aber wurden zum Teil zuvor zu Tode geprügelt oder gar bei lebendigem Leibe in kochendes Wasser geworfen, was wiederum Aktivisten auf den Plan gerufen hatte. Außerdem wäre es wohl auch mit der Tradition eine Lüge, die hätten Schlachtbetriebe erfunden, um ihre Umsätze anzukurbeln. Herhalten dafür mussten dann eingesammelte Straßenstreuner oder gestohlene Tiere. Aber so ein Thema wollte er Wolfhard vor dem Essen ersparen, das hätte ihm nur den Appetit verdorben ...

Kaum dass beide in der Gaststätte einen schönen Platz gefunden und ihre Bestellung aufgegeben hatten, erkundigte sich Alexander wohlerzogen nach dem Vierbeiner.

„Und wie läuft es so mit eurem Gonzo?"

Wolfhard strahlte.

„Bestens. Ich kann mir ein Leben ohne Hund überhaupt nicht mehr vorstellen. Ganz im Sinne von Loriot, wobei der ja total auf Möpse stand. Die wiederum wären nicht so mein Fall. Es geht nichts über einen Airedale Terrier!"

„Gar keine negativen Dinge, über die du berichten könntest?“

Alexander schaute bei dieser Frage ungläubig.

„Na ja“, lenkte Wolfhard ein, „gelegentlich ist er etwas zu stürmisch. Hat schon mich und meine Rita umgehauen. Im wahrsten Sinne des Wortes.“

„Echt? Erzähl!“

„Ach, Alex. Das kann alles schon mal passieren und schuld sind wir Menschen immer, weil wir nicht richtig aufgepasst haben. Rita kam vor einer Weile vom Ausflug durch unsere Wiesen zurück und war schon total entspannt. Unterwegs war alles bestens verlaufen. Keine Rehe und Hasen, denen unser Gonzo unbedingt hinterher wollte. Jedenfalls war sie unachtsam. Und genau diesen Augenblick hat der Hund erwischt, als er den Nachbarskater entdeckte. Da war er dann von null auf hundert und sauste hinter ihm her, völlig vergessend, dass Frauchen ja noch am Ende der Leine hing. Rita stürzte vor den Mülltonnen auf unserem Parkplatz hin und schürfte sich Knie und Hände auf ... Dann traf sie heulend mit dem Hund daheim ein.“

„Und du hast sie dann hoffentlich in die Arme geschlossen und getröstet?!“

„Wieso? Das war doch einzig und allein ihre Unachtsamkeit. Hätte sie nur richtig aufgepasst, dann wäre nichts geschehen, dann hätte sie Hund und Leine im Griff gehabt.“

„Also, ich weiß nicht ...“, sagte Alex skeptisch. „Ich hätte meiner Frau schon Trost zugesprochen.“

Wolfhard winkte ab.

„Ist Schnee von gestern. Lässt sich leider nicht mehr rückgängig machen. Ein andermal habe ich langgelegen, als ein paar Nachbarn mit einem Neuzugang vor ihrem Haus standen und ich den kleinen Hund natürlich in Augenschein nehmen wollte. Da hat sich Gonzo samt Leine um uns alle gewickelt, und ich fand mich auf der Straße kniend wieder ..."

Alexander lachte.

„Witzige Vorstellung."

„War aber auch nicht ohne. Rita musste mir dann eine ganze Weile meine Knie mit Franzbranntwein einreiben."

Alexander kommentierte das nicht, machte sich aber seine Gedanken.

„Unser Gonzo macht seiner Rasse alle Ehre", fuhr Wolfhard weiter fort. „Der schwimmt selbst wie eine Ente und ist kaum aus dem Wasser herauszubekommen, wenn er einmal die Gelegenheit hat unterzutauchen! Hat ja alles damit zu tun, dass er mal zur Jagd von allerlei Getier am Fluss Aire eingesetzt worden ist. Als Zucht aus mittelgroßen englischen Terriern und dem Otterhund entstand dann ein richtiger ‚Working Terrier' und später mein Airedale Terrier ..."

Alexander hatte das Gefühl, als habe er das alles schon gehört, wollte aber seinen ehemaligen Kollegen nicht in seinen begeisterten Ausführungen bremsen.

„Als Meldeläufer und in der Verwundetensuche hat man die Rasse ja auch in verschiedenen kriegerischen Auseinandersetzungen gebraucht. Ich habe sogar zu Hause ein Foto von 1939, als sie für die Verwendung als Militärhunde ausgebildet wurden und dabei Gasmasken trugen ..."

„Das glaube ich jetzt nicht", ergänzte Alex höflich.

„Doch. Bringe ich dir bei meinem nächsten Besuch mit oder ich schicke dir das per Mail ..."

„Aber für solcherart Einsätze brauchst du deinen Gonzo ja nun glücklicherweise nicht", setzte Alex noch nach.

„Ich habe mich ja vor unserer Entscheidung gründlich kundig gemacht. Und in der alten Literatur habe ich gefunden, dass die Airedales früher schon als verträglich, unkompliziert, ausgeglichen galten. Von ruhigem Wesen eben waren, und das sind sie nach wie vor. Man muss einfach nur ihrem Wunsch nach Aktivität reichlich Rechnung tragen, und das können wir ja jetzt in unserem Dasein."

Der Kellner brachte eine Lasagne für Alexander und eine Salamipizza für Wolfhard, dazu für jeden – wie gewünscht – einen großen Salat.

„Na dann, guten Appetit", wünschte Alex und nickte Wolfhard zu.

„Danke, dir auch", entgegnete Wolfhard und beide ließen es sich schmecken, während der Hund geduldig an einer Seite des Tisches lag, neben sich einen Napf mit Wasser. Der Publikumsverkehr im Restaurant war übersichtlich an diesem Wochentag.

Später kamen die beiden Männer wieder auf klassische Frauengespräche zu reden. Jedenfalls griff Wolfhard dieses Thema erneut auf.

„Ich liebe ja meine Frau und hatte mich sehr auf dieses arbeitsfreie Dasein gefreut, zumal es mir in den letzten Jahren deutlich schwerer gefallen ist, jeden Tag im Dienst konzentriert die unterschiedlichsten Aufgaben zu erfüllen. In dem Zusammenhang kann ich gar nicht verstehen, wie Politiker das Renteneinstiegsalter kurzerhand so Jahr um Jahr anheben. Klar, die Lebenserwartung steigt, und irgendwie muss das alles finanziert werden. Aber denken die eigentlich auch mal daran, was in den meisten Berufszweigen geleistet werden muss ...?"

„Stimmt", entgegnete Alex. „In meinem Bekanntenkreis sind auch die vielfältigsten Berufe vertreten. Nimm mal nur einen Lehrer, der ist irgendwann einfach ausgebrannt. Oder jemanden, der körperlich schwer arbeiten muss, Autos reparieren zum Beispiel. Ist bestimmt in jungen Jahren cool, mit schnittigen Schlitten die Mädels zu beeindrucken, aber nach vierzig Berufsjahren und mehr – garantiert nicht. Die Kräfte lassen doch zwangsläufig irgendwann nach ... wobei: Wolltest du nicht was über die Liebe zu deiner Frau erzählen?"

„Wollte ich das?"

Wolfhard grübelte kurz.

„Ich werde wohl auch langsam senil. Da war gerade eine Gehirnwindung zugekalkt. Jedenfalls wird bei uns nun darüber diskutiert, wann man bei welchem Discounter die Sonderangebote bekommt. Dafür sichtet Rita täglich die Prospekte, die in der Tageszeitung liegen und ansonsten noch angeliefert werden. Und natürlich muss man dann pünktlich vor Ort sein, sonst sind die paar Exemplare von Badematten, oder weiß der Geier, was sonst, schon vergriffen. Als ob man diesen Krempel überhaupt braucht! Wir sind doch mit allem bestens versorgt!"

„Tja, das ist nun wieder der Vorteil des Singledaseins", schaltete sich Alexander ein. „Meine Mädels liegen mir nicht laufend mit Schnäppchenangeboten von Aldi oder Lidl im Ohr."

„Das fehlte sicher auch noch", grinste Wolfhard und griff zu seinem zweiten Bier, das der Kellner gerade vor ihn hingestellt hatte. „Na, dann Prost, mein Lieber."

Auch Alexander erhob sein Glas mit dem alkoholfreien Bier und beide stießen an. Bis zu diesem Zeitpunkt hatte Wolfhard noch nicht viel zur Kripoarbeit fallen lassen, was ihn sehr verwunderte.

„Und was machen unsere Fälle?", wollte Wolfhard nun, als habe er ein Stichwort vernommen, wissen. Alexander lehnte sich entspannt zurück und blickte auf den Hund, der den Kopf locker auf beide Vorderpfoten gelegt hatte. Na endlich, jetzt kam sein Feld.

„Von dem Fund in der Weser hast du gelesen?", erkundigte sich Alex.

Wolfhard nickte.

„In der Tageszeitung."

„Der stellt uns vor große Schwierigkeiten, nach wie vor. Wir wissen immer noch nicht, um wen es sich handelt."

Jetzt bekam Wolfhard große Augen.

„Was, immer noch nicht? Das ist doch schon ein paar Tage her! Wo hakt es denn?"

„Na ja, in der Presse stand nicht alles. Wir wollten das aus ermittlungstechnischen Gründen noch nicht gleich an die große Glocke hängen. Aber bei der jungen Frau fehlte der Kopf, und die Finger waren ebenfalls abgetrennt."

„Das ist ja heftig. Und erschwert die Angelegenheit natürlich enorm."

„Du sagst es, Wolfhard. Heike und das LKA haben zwar reichlich Spuren gefunden, zum Beispiel an dem Klebeband, mit dem der Plastiksack verschlossen war ..."

Alexander biss sich auf die Lippen und schien kurz zu überlegen. In Sachen Geheimhaltung war er da jetzt nicht sonderlich konsequent gewesen. Hoffentlich plauderte Wolfhard so was nicht bei seiner Rita aus und die wiederum bei irgendeiner Nachbarin ...

„Mach dir mal keine Gedanken, Junge", stieg jetzt Wolfhard ein, als hätte er die Gedanken seines ehemaligen Vorgesetzten gelesen. „Ich kann schweigen wie ein Grab und war ja über Jahrzehnte ein Geheimnisträger. Kann dir gut nachfühlen, wie das ist, wenn man immer die Klappe halten muss und niemanden außerhalb der Arbeit hat, mit dem man drüber reden darf. Deinen Töchtern gegenüber dürfte das ja generell tabu sein ..."

Wolfhard dachte kurz an Celine Vlachos und wollte eine Bemerkung zu praktischen Verbindungen machen, bei denen man dann eben doch über Berufliches reden konnte, vor allem auch, weil einen der andere verstand. Aber irgendeine innere Stimme sagte ihm, er solle das lieber bleiben lassen.

„Wir haben auch schon sämtliche Vermisstenanzeigen geprüft, aber nichts passt zu unserem Leichenfund", erklärte Alex stattdessen.

„Und was sagt die Pathologie?", wollte nun Wolfhard geschickt wissen, ohne den Namen von Celine zu erwähnen.

Alexander kniff den Mund zu einem schmalen Schlitz zusammen.

„Wenig ertragreich. Die Frau ist misshandelt worden, und der Geschlechtsverkehr, den sie zuletzt hatte, war mit großer Wahrscheinlichkeit nicht freiwillig ..."

„Du meinst also, da wollte jemand seine Tat vertuschen, indem er die Frau umgebracht hat."

„Ja, und nicht nur ein Jemand. Wir haben nämlich verschiedene Fingerabdrücke an dem Klebeband gefunden, und auch die Spermaspuren deuten darauf hin."

Kurz überlegte Alexander, ob er seinem alten Freund und Kollegen etwas von Celine erzählen sollte, dass sie sich in der Pathologie übergeben hatte und offensichtlich schwanger war. Aber den Gedanken verdrängte er sofort. Das war Gerede über andere. An solchen Dingen beteiligte er sich prinzipiell nicht. Außerdem machte ihm die ganze Angelegenheit sowieso schon das Herz schwer.

„Steht denn bei dir mal irgendwann eine weitere Beförderung an? Du bist ja nun schon ein ganzes Weilchen bei uns in der Dienststelle – und erfolgreich, das muss man schon unterstreichen. Willst doch sicher nicht ewig KHK bleiben?!", sagte Wolfhard.

„Na, das hängt dann wohl doch nicht von mir ab, ob ich zum Ersten Kriminalhauptkommissar aufsteige. Muss auch das Umfeld hergeben, solch eine Beförderung."

„Nun sei mal nicht zu bescheiden, mein Lieber. Ich habe ja immer noch meine internen Kontakte. Man ist des Lobes voll von deiner Arbeit und deinem Engagement."

„Und keiner klagt mehr über meine direkte Berliner Art?", grinste Alex jetzt.

„Ach, das ist doch ewig her. Bei deinem Einstieg ins Kommissariat haben wir dir allerlei übel genommen.

Aber das ist ja immer so, wenn irgendwo ein Neuer auftaucht. Der wird gnadenlos kontrolliert, und jedes Haar in der Suppe wird gefunden."

„Da bin ich aber froh, dass diese Zeiten vorüber sind", atmete Alex durch.

„Was treibt denn überhaupt mein Nachfolger?", wollte jetzt Wolfhard wissen.

Alexander zuckte zusammen. Eine Gewissensfrage, die ihn wiederum an den Rand zum Ausplaudern brachte. Aber er bezwang sich. Und er beschloss, sich auf das Dienstliche zu beschränken.

„Der hat sich bestens eingelebt und ist mir eine echte Unterstützung geworden", sagte Alexander und ergänzte: „Nachdem er ein paar anfängliche Schwierigkeiten überwinden musste."

Das wenigstens wollte er angefügt haben, sonst war Wolfhard vielleicht noch gekränkt in seiner Eitelkeit. Dazu fiel ihm auch gleich noch ein weiterer direkter Satz ein.

„Außerdem ist er, bei allem Respekt, natürlich kein Vergleich mit dir, Wolfhard!"

Jetzt strahlte Wolfhard, nahm noch einen Schluck aus seinem Glas und tätschelte Gonzo den Kopf, der weiterhin artig direkt neben ihm lag.

Sternenklar zeigte sich die Sommernacht, als später die beiden Männer und der Hund den Heimweg antraten. Gonzo markierte einen Baum nach dem anderen am Wegesrand. An einer Stelle hielt Wolfhard inne und meinte nachdenklich: „Weißt du, Alex, ich denke manchmal daran, dass doch im Leben alles so einfach sein könnte."

„Wie meinst du das?“, wollte Alexander wissen.

„Na, bezogen auf die zehn Gebote. Nehmen wir doch einfach mal die Maximen, dass du nicht morden, dass du nicht stehlen, dass du nichts Falsches gegen deinen Nächsten aussagen sollst! Hielte sich jeder daran, könnte man unsere Berufssparte einsparen und noch viel mehr auf dieser großen weiten Welt ...“

Alex biss sich auf die Lippen, als ihm das Gebot einfiel, man solle nicht die Ehe brechen. Sofort hatte er wieder die Erinnerung an seine Frau parat, versuchte Wolfhard gegenüber aber das Thema nicht zu sehr auszuweiten.

„Recht hast du, mein Lieber. So mancher Krieg bliebe uns erspart“, setzte Alex nach, überlegte kurz und ergänzte: „Eigentlich dürfte es dann ja gar keine kriegerischen Auseinandersetzungen geben.“

„Eine himmlische Vorstellung“, sagte Wolfhard und blickte in die Höhe.

„Genau“, erwiderte Alex und schaute ebenfalls nach oben, in Richtung Sterne.

Wolfhard brachte Alexander noch bis zu seinem Auto auf dem Parkplatz an der Dienststelle und verabschiedete sich dann dort von ihm.

„Ich bin ja in sicherer Begleitung, jetzt so mitten in der Nacht, falls da irgendwelche Ganoven unterwegs sein sollten“, lachte er und deutete auf Gonzo, der breitbeinig neben ihm stand, die Zähne gähnend bleckte und aufmerksam zu ihm aufschaute.

Als Alex zu Hause ankam, fuhr er seinen Computer hoch, um nach den Mails zu schauen. Dann blickte er zur

Uhr. Nein, einen Anruf sollte er jetzt lieber nicht mehr starten. Aber für einen kleinen Brief sollte es allemal reichen.

Alexander gab schließlich von seiner Absenderkennung kommissar-rosenbaum@freenet.de den Vornamen seines früheren Berliner Kollegen ein. Frank war einmalig in seinem Bekanntenkreis. Dann schrieb er ein paar Zeilen vom geplanten Aufenthalt in Berlin und dass er sich freuen würde, wenn sie sich auf ein kleines Treffen verabreden könnten. Kaum hatte er die Post verschickt, klingelte sein Handy. Alexander schaute aufs Display: Frank.

„Hallo, Frank. Nanu, liegst du noch nicht im Bett?"

„Nee, nicht wirklich!"

„Das Übliche?"

„Das Übliche!"

Bei den beiden reichten wenige Worte für eine klare Verständigung. Natürlich war es wieder die Arbeit, die an den Nerven zehrte und einen nicht zur Ruhe kommen ließ. Es sei denn, man war in der Lage, mit der Bürotür hinter sich auch die Gedanken daran zu verschließen.

Dann ergänzte Frank doch.

„Immer wieder tätliche Angriffe auf Leute in der Berliner U-Bahn und ein Einbruch beziehungsweise Raub nach dem anderen beim KaDeWe. Das Nobelkaufhaus scheint die Verbrecher nach wie vor magisch anzuziehen ... Um dir nur mal zwei Beispiele aus unserem Alltag zu geben, die auf jeden Fall von der Presse ausgiebig ausgeschlachtet werden ... Wobei der Stoff in unserer schönen Hauptstadt in Sachen Pleiten, Pech und Pannen sowieso nie ausgeht. Erinnerst du dich daran, dass wir hier mal vor etlichen Jahren einen neuen Flughafen Berlin-Brandenburg eröffnen wollten ..."

Beide brachen in herzhaftes Gelächter aus.

„Dann können wir ja auch noch ein Weilchen plaudern", schlug Alex vor, nachdem er sich beruhigt hatte, und lehnte sich gemütlich zurück.

„Immer wieder gern. Du hast dich ja ein Weilchen rar gemacht."

„Ja, ich weiß. Aber dafür habe ich umso öfter an dich gedacht."

Frank lachte.

„Deshalb mein Schluckauf gelegentlich. Jetzt kann ich das zuordnen. Und, was macht die Kunst?"

„Dazu später. Klappt es denn bei dir an dem geplanten Wochenende?"

„Selbstredend. Und wenn irgendwas Dienstliches sein sollte, dann bin ich krank und winke mit einem gelben Schein. Kannst du Gift drauf nehmen. Wir beide sehen uns auf jeden Fall."

„Prima. Details folgen. Und wie war dein Tag?"

„Abgesehen von den typischen Berliner Katastrophen, die ich mal gar nicht erwähnen will, hatten wir heute Video-Training für den Waffeneinsatz. Immer wieder witzig ..."

„Ja, machen wir hier auch. Bei einem Beispiel versucht jemand, eine Autotür zu öffnen, offensichtlich nicht der Besitzer ..."

„... eben. Den Fall haben wir auch. Dann stoppt der Film und es geht darum, wie man optimal reagiert. Gibt ja immer verschiedenste Möglichkeiten, nachdem man den

Typen zunächst aufgefordert hat, sich mal umzudrehen. Allerdings ist das alles eher was für die Jungs und Mädels, die auf Streife gehen oder zu Einsätzen gerufen werden."

„Richtig. Wobei ich es irgendwie schade finde, dass wir nicht mehr aus 25 Metern Entfernung auf Zielscheiben schießen dürfen", sagte Alex.

„Eine wehmutsvolle Erinnerung an die Vergangenheit! Und die bei dir? Da staune ich jetzt aber ... Na ja, nahe Distanzen sind entschieden realistischer. Meist sind Angreifer ja nur ein paar Meter entfernt, und dann bleibt dir als Reaktionszeit in der brenzligen Situation nicht mal eine Sekunde. Musst du schon richtig fit sein und im Training die Realität halbwegs gut simulieren. Wobei das in sich schon gelegentlich eine gewisse Komik birgt."

Frank lachte wieder.

„Und, hast du alle Vorgaben erfüllt?", wollte Alex wissen.

„Na logisch. Was denkst du denn?"

„Ich habe keinen Augenblick gezweifelt. Allerdings reicht es mir auch, wenn ich in Sachen Schusswaffengebrauch zweimal im Jahr meine Fähigkeiten beweisen muss. Du weißt ja, ich stehe nicht so auf Schießeisen", erklärte Alex.

„Genau. Kann ich mich noch gut dran erinnern", setzte Frank nach.

„Die Kollegen haben jetzt hier in den Streifenwagen auch Maschinenpistolen", fiel Alex gerade ein.

„Was du nicht sagst?! Ist doch Schnee von gestern. Ohne die Dinger würde sich manche Streife in manche Straße schon lange nicht mehr reintrauen: Ohne die

MP 5 geht gar nichts. Allerdings nur mit Einzelschussabgabe."

„Ist auch viel zielgerichteter und damit sicherer", ergänzte Alex. „So ein heftiges Dauerfeuer erzeugt nur ziemlichen Rückschlag. Kannst du schwer kontrollieren. Wäre dann hollywoodreif. Außerdem lässt so was auch unser Polizeigesetz nicht zu."

„Genau. Und wir sind nicht in Hollywood. Wobei ich da schon mal gern hinfahren würde ..."

„Aber ansonsten finde ich es schon schlimm, wie wir uns zunehmend bewaffnen müssen, um in Gefahrensituationen einen Wirkungstreffer zu setzen", meinte Alex.

„Wie willst du aber sonst rabiate Angreifer stoppen, um dich und andere im Einsatz zu schützen?", wollte Frank nachdenklich wissen.

„Keine Ahnung. Jedenfalls nicht unbedingt mit Schlagstock oder Pfefferspray. Da habe ich auch so meine Bedenken. Selbst wenn das immer wieder mal geübt wird. Aber eine Schusswaffe wäre für mich immer nur das allerletzte Mittel. Das soll ja nicht in eine Ballerei ausarten, schließlich sind wir nicht im Wilden Westen und schon gar nicht in einem Fernsehkrimi", betonte Alex.

„Na, mein Lieber, da hältst du dich also strikt an unsere Vorschriften. Hut ab. Gut gelernt in der Ausbildung."

„Mann, nimm mich doch jetzt nicht auf den Arm."

„Liegt mir fern."

Beide lächelten selig in Erinnerung an die gemeinsame Dienstzeit in der Hauptstadt.

„Übrigens ist jetzt auch bei uns im Kreis die Zahl der Kleinen Waffenscheine sprunghaft gestiegen“, fing Alex wieder an.

„Wenn du die Berliner Zahlen dazu hörst, dann wird dir nur schlecht. Wobei das ja offiziell ist, die Dunkelziffer dürfte um ein Vielfaches höher liegen.“

„Immerhin finde ich es schon gut, dass es diese Verfahrensweise seit 2003, als das Gesetz dazu in Kraft trat, gilt. Sind dann nun mal Spielregeln, an die man sich halten muss. Und ob es uns nun passt, dass jetzt jeder Volljährige erlaubnisfreie Signal-, Reizstoff- und Schreckschusswaffen erwerben und im privaten Rahmen nutzen darf, das sollte nebensächlich sein. Wenn es darüber hinausgeht, also außerhalb der eigenen Wohnung oder des eigenen Grundstücks, dann müssen die Leute ja sowieso bei uns einen entsprechenden Antrag stellen ...“

„... woraufhin wir mal soeben checken, ob Vorstrafen vorliegen, Drogen- oder Alkoholabhängigkeit bekannt ist oder ob es Hinweise zu mangelnder Zuverlässigkeit gibt.“

„Ist doch in Ordnung. Oder?“

„Natürlich, Alex. Generell habe ich aber Bedenken, dass die vielen Waffen auch die Täter nur aggressiver machen. Kann ja zum Bumerang werden, wenn der Angreifer sich das Reizgasspray packt und seinerseits auf die Düse drückt.“

„Insofern bieten diese Schreckschusswaffen natürlich keine echte Sicherheit. Ist eher ein ziemlich trügerisches Gefühl“, entgegnete Alexander.

„Selbstbehauptungskurse finde ich nicht verkehrt, aber die bietet ihr in der Provinz bestimmt auch an“, sagte Frank.

„Klar. Werden gut frequentiert. Gezielte Kommunikation mit entsprechender Körpersprache ist weitaus hilfreicher als jede schlecht beherrschte Abwehrtechnik."

„Und was geht sonst so ab bei euch?"

Frank gähnte bei dieser Frage.

„Der Fund einer kopflosen weiblichen Leiche ohne Finger in der Weser, in der Nähe eines Badestrandes, eingepackt in einem Plastiksack und mit Klebeband umwickelt ..."

„Die Methode kommt mir aber sehr bekannt vor", warf Frank ein. „Dann drücke ich euch die Daumen für eine rasche Lösung."

Alexander blickte auf seine Armbanduhr.

„Mann, das ist jetzt aber spät beziehungsweise früh geworden. Ich glaube, wir sollten uns mal noch ein wenig hinlegen, ehe der Wecker klingelt."

„Machen wir. Dann schlaf mal gut, Alex. Und ich freue mich aufs Wiedersehen. Bis dahin!"

„Tschüss!"

Umzug

„Sonst alles im grünen Bereich bei Ihnen", wollte die Psychologin Dr. Brigitte Walligora wissen und beobachtete ihr Gegenüber.

„Kein Grund, sich zu beklagen", antwortete Alexander zurückhaltend. Er zweifelte gerade daran, ob dieser Schritt jetzt richtig war, aber immerhin hatte der Polizeiarzt die Medizinerin empfohlen. Sie würde sich mit den Befindlichkeiten von Polizisten besonders gut auskennen, hatte er am Rande gesagt. Wobei es doch gar nicht um eine spezifische berufliche Problematik ging ...

„Höre ich da doch eine kleine Unstimmigkeit heraus?", bohrte sie weiter.

Alexander überlegte kurz, dann fasste er sich ein Herz. Die Sache mit seinen Eltern war nun wirklich nichts Ehrenrühriges. Insofern konnte er mit einer Fachfrau doch mal darüber reden. Mit wem denn auch sonst? Mit seinem Vater wohl kaum, mit den Kindern erst recht nicht ...

„Ich hätte da doch noch ein Problem, Frau Doktor", setzte Alexander an.

„Ich bin ganz Ohr", kam das Echo. „Aber das mit dem Doktor muss nicht sein. Ich lege nicht so großen Wert auf diese Anrede."

Die Medizinerin verschränkte die Arme und lehnte sich an.

War das mit den verschränkten Armen nicht eine Abwehrhaltung, fuhr Alex ein Gedanke durch den Kopf, verließ ihn aber gleich wieder. Wobei Alexander noch kurz über die Äußerung zur Erwähnung ihres Doktortitels grübelte, aber auch das sollte ihn hier und jetzt nicht bewegen, beschloss er für sich.

Und so berichtete er zusammenfassend von seinen Eltern, vor allem von der aktuellen Situation. Der Begriff Demenz fiel, und die Einzelheiten dazu nannte er ebenfalls. Auch dass seine Mutter schon gelegentlich in einer Tagespflege Aufnahme gefunden hatte.

„Ihre Eltern heißen genauso Rosenbaum?", erkundigte sich die Psychologin. „Ein wirklich schöner Name."

„Hm."

„Gibt es einen jüdischen Hintergrund?", hakte sie nach.

Alexander schaute die Frau direkt an und antwortete zögernd. „Ja. Wobei das natürlich heutzutage gar keine Rolle spielt, finde ich jedenfalls."

„Das stimmt schon, aber vom Alter her müssten Ihre Eltern doch auch ganz andere Zeiten erlebt haben ..."

Nach diesem behutsamen Ansatz konnte Alexander nicht mehr anders, er musste die ganze Geschichte erzählen, die auch davon handelte, wie seine Mutter als Kind einst in der Mindener Bäckerstraße gewohnt hatte, dann inhaftiert worden war und in einem Konzentrationslager landete. Davon, dass er sich eines Tages auf Spurensuche begeben hatte ...

Die Psychologin sagte währenddessen kein Wort, sondern ließ Alexander reden. Bis alles erzählt war. Zumindest das, worum er sich erleichtern wollte.

„Haben Sie denn schon daran gedacht, dass für Ihre Eltern eine gute psychologische Betreuung und aufgrund der momentanen Lage eventuell betreutes Wohnen infrage kommen könnte?“, wollte sie wissen.

„Ich weiß nicht“, wog Alex ab. „Nun habe ich die beiden hierher umziehen lassen, von der Insel Usedom, auf der sie sich sehr wohlgefühlt haben. Aber sie wollten und sollten in meiner Nähe sein, auch der Kinder wegen. Jetzt schon wieder ein Umzug? Diese Veränderung wäre bestimmt zu heftig für beide. Sie haben sich an ihre jetzige Wohnsituation recht gut gewöhnt. Fühlen sich eigentlich auch ganz wohl in Minden. Jedenfalls äußern sie sich immer so, dass ich dieser festen Überzeugung bin ...“

Alexander betrachtete seine Hände, als ob er in ihnen die Lösung seines Problems finden könnte. Zu der angedeuteten psychologischen Betreuung seiner Eltern wollte er keine Stellung beziehen. Er konnte sich genau vorstellen, wie die beiden auf so einen Vorschlag reagieren würden. Nämlich ablehnend.

„Ich könnte Ihnen auch eine kompetente Kollegin empfehlen, die sich im Bereich der Geriatrie spezialisiert hat“, schlug Brigitte Walligora vor. „Reden Sie doch einfach zunächst einmal mit Ihrem Vater. Ich habe den Eindruck, dass er doch ein sehr verständnisvoller, vorausschauend denkender Mann ist. Und wenn es für ihn die Gesamtsituation erleichtern könnte, dann ist er möglicherweise viel leichter mit weiteren Schritten einverstanden.“

„Danke“, sagte Alex. „Das werde ich dann mal tun.“

Er erhob sich, verabschiedete sich und verließ den Raum. Irgendwie fühlte er sich ein wenig freier, als er die Tür hinter sich schloss.

Brigitte Walligora saß an ihrem Schreibtisch, auf dem die Porträtfotos ihrer Familie standen – ihr Mann und die beiden Söhne jeweils in einem separaten Rahmen –, und machte sich ein paar Notizen zu Alexander, damit sie bei einem nächsten Gespräch direkt dort wieder ansetzen konnte.

Das Thema von eben war zwar angeschnitten, aber keineswegs erledigt. Er hatte sich nur in Ansätzen etwas von der Seele geredet, davon war sie überzeugt. So wie seine Kollegen, die alle mehr oder weniger ihr Päckchen zu tragen hatten. Der alltägliche Umgang mit Gewalt hinterließ seine Spuren, auch wenn es viele nicht wahrhaben wollten und hinter einer Fassade verbargen. Mancher verschloss sich, andere hatten flotte Sprüche drauf. Jeder ging anders mit dem belastenden beruflichen Alltag um.

Die Ärztin schaute auf die Uhr. Ihr blieben noch fünfzehn Minuten bis zum nächsten Patienten. Sie wählte mit Absicht einen gewissen Abstand zwischen zwei Terminen, damit sich die einzelnen Kollegen nicht unbedingt begegneten. Diskretion lag ihr sehr am Herzen.

Dr. Brigitte Walligora erhob sich, stellte sich ans Fenster, öffnete es weit und fing mit ihren Atemübungen an. Ganz konzentriert, auf ihre innere Stimme hörend und jedes Luftholen beziehungsweise -ausstoßen bewusst wahrnehmend. Dann wiederholte sie im Stillen, wie eine magische Formel: Du bist ganz ruhig, du bist ganz ruhig ...

Protokoll

Ramona hatte den Stift gegriffen, mit dem sie in der Küche immer die Sachen notierte, die beim nächsten Einkauf zu besorgen waren. Auf einem kleinen Zettel standen jetzt ein Datum und eine Uhrzeit. Sie schluckte. Eigentlich wollte sie dieses Erlebnis in die Vergessensschublade getan haben, aber daraus wurde sie nun wieder herausgeholt. Die Schatzsuche von Konrad am Weserstrand, die mit dem Fund einer Leiche endete. Aber es stimmte ja, erinnerte sie sich, die Polizistin hatte von einem Protokoll gesprochen, das noch aufzunehmen war.

„Konrad", rief Ramona durchs Haus.

Aber kein Echo ertönte. Wieder typisch, dachte sie und begab sich ins Obergeschoss, wo das Kinderzimmer lag.

„Junge, ich habe nach dir gerufen", sagte sie, als sie in der geöffneten Tür stand.

„Ja, gleich, Mama", stöhnte Konrad. „Ich muss hier nur noch ein Level schaffen ..."

„Blödsinn", erklärte die Mutter. „Das kannst du nachher machen. Ich muss jetzt mit dir reden."

„Nachher ist es zu spät, dann bin ich doch aus dieser Runde raus und muss quasi wieder von vorn einsteigen", maulte Konrad, erhob sich aber.

„Danke, mein Schatz", lobte die Mutter und strich ihrem Sohn übers Haar. „Ich hatte gerade einen Anruf von der Polizei. Die haben uns hinbestellt, um ein Protokoll aufzunehmen. Zu jenem Tag, als wir zu dritt in Minden am Badestrand waren ..."

„Das musst du mir gar nicht erklären, Mama", entgegnete Konrad, und seine Augen leuchteten. „Ich sehe noch jeden Augenblick vor mir, wie ich das Ufer inspiziert habe und dann das Paket in dem blauen Plastiksack entdeckt habe!"

„Na prima. Dann kannst du sicher alle Fragen beantworten, die man dir stellen wird. Hast du denn morgen Nachmittag überhaupt Zeit? Ich habe spontan einfach zugesagt, ohne zu wissen, ob du vielleicht Handballtraining hast ..."

„Aber Mama, dafür würde ich doch so ein Training glatt sausen lassen. Und nein, morgen ist nichts. Höchstens Hausaufgaben ...", setzte Konrad noch nach.

„Ja, wenn es dafür zu spät werden sollte, schreibe ich dir eine Entschuldigung. Wenn ein Termin bei der Polizei für ein Protokoll kein Grund ist?!"

Das Lächeln in Konrads Gesicht wurde immer breiter.

Alexander hatte Dagmar und sich für das Gespräch mit der Mutter und ihrem Sohn, der die Leiche gefunden hatte, eingetragen. Eigentlich hätte er ganz andere, dringendere Dinge zu erledigen, aber er hatte von Dagmar gehört, wie aufgeweckt der Junge gewesen sei, und Alex wollte einfach mal die ungeschminkte Sicht eines Kindes auf so einen Sachverhalt hören.

Sie saßen bereits gemeinsam mit Elsa Kupfer, die Schreibgerät und Block vor sich liegen hatte, im Vernehmungsraum. Die Uhr zeigte zehn fehlende Minuten bis zum verabredeten Termin an.

„Bist du sicher, dass du 16 Uhr ausgemacht hast?“, erkundigte sich Alex bei Dagmar.

„Was denkst du denn? Natürlich!“, empörte sich Dagmar.

„Sorry, ich wollte dir nicht zu nahe treten“, entschuldigte sich Alexander, der für gute Stimmung sorgen wollte.

„Na ja“, fiel Dagmar ein, „das mit der Pünktlichkeit ist hier auch keine so gängige Eigenschaft. Du glaubst gar nicht, wo die Leute überall mindestens das akademische Viertel einplanen, ehe sie auftauchen?!“

„Also, wenn man zu einem Zug wollte, der wäre dann gnadenlos weg“, antwortete Alex, und Elsa kicherte leise dazu. „Aber ich denke mal, die Polizei ist doch eine Autorität, der ein gewisser Respekt gebührt.“

„Träum weiter, Kollege“, brummte Dagmar.

Es war unklar, ob Alex das verstanden hatte. Er reagierte jedenfalls nicht, und Dagmar wechselte einfach das Thema.

„Immer wieder diese Toten im Bereich des Wassers. Das nimmt wohl nie ein Ende. Eine befreundete Kollegin aus Herford hat mir gerade von menschlichen Knochen erzählt, die ein Angler im Schlick gefunden hatte. Es gehen manchmal nicht immer nur Fische an den Haken, ha, ha! Jedenfalls ist das immer eine schwierige Kiste mit den Ermittlungen.“

Alexander nickte.

„Aber zum Glück werden ja Daten älterer Vermisstenfälle über Jahre beim Landeskriminalamt gespeichert.

Meist wird man da fündig, um wen es sich handelt, vor allem wenn die DNA der Fragmente untersucht und mit dem Erbgut von Vermissten abgeglichen wurde."

Die erklärende Bemerkung von Alex galt eher Elsa, die interessiert zuhörte. Sie trug wieder eine weiße, hochgeschlossene Bluse und einen schmalen dunklen Rock dazu. Alex grübelte gerade über ihr Alter nach, das schwer einzuschätzen war, vielleicht so Mitte vierzig. Eine zeitlos schöne Erscheinung, fast ein wenig madonnenhaft.

„Am besten ist ja, wenn es künstliche Ersatzteile, Kniegelenke oder Ähnliches, gibt, dann finden sich rasch Anknüpfungspunkte", fühlte sich nun auch Dagmar gemüßigt, in Richtung Elsa etwas zu erklären.

Elsa nickte freundlich, sparte sich aber jeden Kommentar. Außerdem klopfte es in diesem Augenblick an der Tür. Alexander schaute auf die Uhr. Zehn Minuten zu spät. Er runzelte die Stirn.

„Herein", rief er mit ernster Stimme. Eine Polizistin ließ Mutter und Sohn in den Raum eintreten. Alexander begrüßte Ramona und Konrad, indem er sich, Dagmar und Elsa vorstellte.

„Sorry", sagte Konrad, der jetzt auch auf die große Wanduhr geschaut hatte. „Wir sind etwas zu spät. Ich habe Mama ja gleich gesagt, dass wir eher losmüssen. Aber meine kleine Schwester hat noch geweint und musste erst beruhigt werden. Bei Papa, der gerade nach Hause gekommen war, klappt das selten auf Anhieb ..."

„Aha", grinste Alex und war schon versöhnt. Mit einer Handbewegung lud er zum Sitzen ein, und die beiden nahmen Platz.

„... und dann hatte Mama hier Probleme mit dem Parken. Na ja, eigentlich klappt das nie so richtig ... War alles voll, und in die eine Lücke hat sie sich nicht reingetraut, obwohl ich gesagt habe, unser Auto passt locker hinein."

Konrad schaute mit gerunzelter Stirn auf seine Mutter, die ergeben dem Wortschwall ihres Großen lauschte.

„Endlich ist dann aber jemand weggefahren, und wir konnten den Platz einnehmen. Und nun sind wir hier!"

Die Geschichte war auserzählt.

„Dann kannst du uns eigentlich auch gleich noch berichten, wie denn alles an jenem Tag abgelaufen ist, bis du auf diesen besonderen Fund am Ufer gestoßen bist!", schlug Alexander vor.

„Bin ich denn eigentlich auch zur Verschwiegenheit verpflichtet, was die Angelegenheit angeht?", wollte Konrad wissen.

„Gute Frage", meinte Alex. „Aber wahrscheinlich kommt sie ein wenig zu spät. Du hast doch bestimmt schon deinen Freunden was von deinem Erlebnis erzählt ...?"

Konrad errötete.

„Das hätte ich wohl nicht tun sollen?", wollte der Junge wissen.

„Tja", meinte Alex, „gesagt ist gesagt. Das kannst du nicht mehr zurücknehmen."

Insofern ist es vielleicht eine Lehre fürs Leben, nicht immer alles gleich herauszuposaunen, wollte Alexander noch anfügen, hielt das aber für unangemessen. Er war nicht der Erziehungsberechtigte dieses Kindes. Und insgesamt machte der Junge schon einen recht wohlerzogenen Eindruck.

Schließlich gingen sie in der Befragung Stück um Stück noch einmal jene Zeit am Weserstrand durch. Die Aussagen der Mutter und die des Jungen deckten sich. Alex hatte auch nichts anderes erwartet.

„Was willst du eigentlich mal werden?“, konnte sich Alexander eine private Frage an Konrad nicht verkneifen.

„Kriminalhauptkommissar“, kam die nahtlose Antwort.

„Sonst hast du doch aber immer Handballspieler gesagt“, warf die Mutter erstaunt ein.

„Kann man denn seine Wünsche nicht mal ändern?“, entrüstete sich Konrad.

„Ich nehme einmal an, dein Erlebnis bei eurem Schwimmausflug hat dazu maßgeblich beigetragen“, ergänzte Alexander.

Konrad nickte, diesmal wortlos.

„Auf jeden Fall werden derzeit Polizisten dringend gesucht. Es gibt jede Menge unbesetzte Stellen“, sagte Alex. „Allerdings ist es bis zu deinem möglichen Einsatz ja noch ein Weilchen hin. So eine Ausbildung dauert.“

„Ja, das ist schade. Sonst könnte ich gleich die gesuchte Verstärkung liefern“, meinte Konrad.

„Lehrer werden auch gesucht und fehlen überall“, schloss Ramona jetzt an.

„Das ist jetzt aber keine Idee, Mama“, konterte Konrad. „Lehrer werde ich bestimmt nicht. Wenn ich daran denke, wie oft uns Streiche einfallen. Und mit denen müsste ich mich ja dann auseinandersetzen. Nein! Nie und nimmer.“

„Streiche also?“, legte Alexander den Kopf lächelnd schräg.

„Aber nichts Schlimmes“, betonte Konrad.

Kurze Zeit darauf verabschiedete Alexander Ramona und Konrad.

„Sie haben uns sehr geholfen“, erklärte Alexander.

„Na klar“, erwiderte Konrad. „Ohne mich hätten Sie schließlich das Leichenpaket gar nicht gefunden, und es würde vielleicht schon in der Nordsee treiben und dort von einem großen Fisch aufgefressen werden. Übrig bliebe vielleicht bloß das blöde Plastikzeug, das ja ewig braucht, um zu verrotten ...“

„Du sagst es, mein Junge“, bestätigte Alexander. „Und wenn du mal Fragen zu deinem künftigen Beruf haben solltest, kannst du dich jederzeit an mich wenden.“

„Jederzeit?“, hakte Konrad erfreut nach.

„Ach“, lachte Alex, „das sagt man bisweilen so. Vielleicht nicht gerade zu nachtschlafender Zeit!“

Dann schob er den Jungen, der gern noch eine Weile geblieben wäre, aus dem Vernehmungsraum. Dagmar brachte jetzt Mutter und Sohn wieder zum Ausgang, während Alex mit Elsa noch kurz besprach, wann er das Protokoll auf dem Tisch haben wollte und wozu er ihre Hilfe demnächst benötigen würde.

Kurz vor dem Ausgang trafen Ramona und Konrad auf Heike, die nur ganz kurz überlegte, sich dann sofort erinnerte und lächelte.

„Na, du Schatzsucher. Hattet ihr heute einen Termin fürs Protokoll?“

Konrad streckte sich zu seiner vollen Größe.

„Das haben wir eben erledigt. Ist alles geklärt.“

„Na, bestens. Dann steht ja der Lösung des Falls nichts mehr im Wege.“

„Wegen mir nicht ... Und dann haben Sie ja als Spurenbevollmächtigte bestimmt die weiteren Details herausgefunden."

„Spurensicherung heißt das, mein Junge", sagte Heike und beschloss, sich diesen wunderbaren Begriff zu merken.

„Auch gut", meinte Konrad. „Darf ich Sie noch was fragen?"

Heike überlegte. Eigentlich hätte sie sofort und gleich an ihren Arbeitsplatz gemusst, um etwas von den bergeweisen Aufträgen zu erledigen. Aber sie konnte dem Kind nicht widerstehen. Zu strahlend blickte der Junge sie aus seinen Augen neugierig an.

„Wir wollen Sie aber auf keinen Fall aufhalten. Nur, wenn es Ihre Zeit erlaubt", ergänzte Ramona.

„Was möchtest du denn wissen?"

Heike beugte sich ein klein wenig zu Konrad hinunter.

„Wie funktioniert das eigentlich mit den Fingerabdrücken. Wenn ich mir meine Finger so anschaue, dann sieht das ziemlich unordentlich aus. Außerdem hab ich meist irgendwelche Stellen, wo ich mich mal geschnitten oder verbrannt habe. Und wenn ich zu lange in der Badewanne bleibe, dann werden die Kuppen ganz schrumplig ..."

Konrad betrachtete seine beiden Hände.

„Jeder Mensch ist da einzigartig, sogar eineiige Zwillinge haben verschiedene Abdrücke. Im Mutterleib bilden sich diese Linien schon nach einem Zufallsprinzip heraus und sorgen übrigens dafür, dass du mehr Grifffestigkeit bekommst. Außerdem behältst du sie ein Leben lang! Das ist weit über hundert Jahre her, dass auf diese Art ermittelt wird. Stammt, soweit ich mich erinnere, aus Argentinien. Da wurde 1891 eine Täterin überführt."

Dass die Frau die Mörderin ihrer beiden Kinder war, verschwieg Heike in diesem Zusammenhang.

„In Deutschland wird die Daktyloskopie - so nennt sich diese Identifizierungsmethode - seit 1903 im Polizeidienst eingesetzt. Das begann alles unter einem Polizeipräsidenten im Königreich Sachsen, also genauer gesagt, in Dresden."

Konrad stand der Mund offen.

„Falls wir Sie nerven, dann sagen Sie es bitte. Mein Sohn ist manchmal etwas sehr direkt und will den Dingen immer auf den Grund gehen", ergänzte die Mutter.

„Ach, gar kein Problem. Ich freue mich ja, wenn mal einer Interesse an meiner Arbeit zeigt. So oft habe ich gar keine Gelegenheit dazu, wenn ich mal ehrlich bin."

Sie blickte liebevoll auf Konrad und dachte, dass sie gern genau so ein Exemplar von Sohn an ihrer Seite hätte. Vielleicht mit Alexander als Vater. Sofort schob sie ihre abdriftenden Gedanken zurück und fuhr fort:

„Inzwischen haben wir ein automatisiertes Fingerabdruck-Identifizierungs-System. Nennt sich abgekürzt AFIS. Und in einer zentralen Datenbank, die 1993 startete und beim Bundeskriminalamt geführt wird, sind weit mehr als vier Millionen Menschen mit den Abdrücken aller zehn Finger gespeichert. Handflächen werden übrigens auch gespeichert. Und wenn wir an einem Tatort Abdrücke sichergestellt haben, dann sucht man über das Landeskriminalamt nach Übereinstimmungen. Außerdem tauschen wir uns bei der Polizei international aus."

„Und wie ging das vorher mit der Erkennung?", wollte Konrad wissen.

Heike wiegte den Kopf hin und her.

„Schwierige Frage, mein Junge. Da hat man andere Körpermerkmale genutzt. Zum Beispiel den Abstand zwischen den Augen oder die Länge von Unterarmen. Aber das mit den Fingerabdrücken ist einfach eine geniale und sehr hilfreiche Erfindung. Relativ schnell und kostengünstig. DNA-Tests sind da viel aufwendiger."

„Gibt es denn gar keine Einschränkungen?", erkundigte sich Konrad, während seine Mutter schon nervös auf die Armbanduhr schaute.

„Ein Fingerabdruck ist eine ziemlich eindeutige Sache, der kann als Beweis ausreichen, um einen Täter zu überführen. Nur kann man noch nicht feststellen, unter welchen Umständen und wann ein solcher Abdruck hinterlassen wurde", fügte Heike an.

„Können wir das mal ausprobieren?"

„Was denn?"

„Na, das mit den Fingerabdrücken. Ich hätte jetzt Zeit."

„Tut mir leid, Konrad", lächelte Heike, und Ramona nickte hinter dem Rücken ihres Sohnes zustimmend. „Ich muss jetzt wieder dringend an die Arbeit. Und du hast doch bestimmt auch noch was anderes vor."

Konrad schaute traurig drein, und Heike erbarmte sich noch einmal. Sie zückte eine Visitenkarte.

„Wenn du magst und was wissen willst, kannst du mich ja mal anrufen", schlug sie vor, in der Hoffnung, es käme nie dazu.

Abstand

Matthes lief in die Garage und hockte sich neben sein Motorrad. In seinem Kopf schlugen die Gedanken Purzelbäume. Immer wieder sah er sich und Cornelia in dem kleinen Zelt am Weserstrand, wie sie sich zuletzt geliebt hatten. Die Auseinandersetzungen davor und danach wollte er zwar verdrängen, aber sie überlappten mit dieser einmalig schönen und glückvollen Erinnerung. Das war es doch gewesen, glückvoll, für beide. Oder machte er sich da etwas vor? Die Frage bohrte nachhaltig in ihm.

Es war jetzt schon vierzehn Tage her, dass sie sich im Streit getrennt hatten. Da war er zunächst davongebraust, hatte sich aber noch einmal auf den Weg zu ihr gemacht ...

Er hätte sie überzeugen müssen, dass alles mit ihnen beiden gut werden würde. Und er hätte seinen Ring wieder aufstecken müssen. Den, den er jetzt immer in seiner Hosentasche trug, und wenn er seine Hand darin vergrub, dann spielte er mit ihm. So, als ob das alles etwas ändern könnte.

Sie hatten sich in jenen Tagen auf Abstand geeinigt. Oder etwa nicht?

Matthes war sich unsicher, was überhaupt geschehen war und wie die letzten gemeinsamen Minuten abgelaufen waren. Zwischendurch nervte jetzt auch noch seine

Mutter, die sich mit bohrenden Fragen nach Cornelia erkundigte.

Sie hätte sich wieder zu ihrem Studium zurückgezogen, um zu lernen, hatte er nur wieder und wieder versichert. Ob es glaubhaft rüberkam, das war ihm im Grunde egal.

Mit einem Lappen polierte er seine Maschine, bis es keine Stelle mehr gab, die nicht glänzte. Dann schob er sie aus der Garage, nachdem er sich seinen Helm geschnappt hatte, setzte sich auf das Motorrad und startete.

Eine Tour durch die Gegend, vielleicht über Bergkirchen mit der serpentinenartigen Straßenführung. Manchmal traf er sich dort mit anderen Bikern, und sie maßen sich in der Geschwindigkeit. Treffpunkt war lange ein Platz in der Nähe eines Denkmals gewesen. Einmal hatte er sich die beiden schwarzen Grabkreuze in der spitzen Kehre der Passstraße auch genauer angeschaut und dann in seinem Smartphone recherchiert. Eines war dem Freiherrn Carl Ludwig Theodor von Schlotheim gewidmet, von 1849 bis 1869 Landrat des preußischen Kreises Minden. Das andere seiner Frau Melanie von Schlotheim, Nichte von Bonaparte. Der Freiherr hatte sich während seiner Amtszeit für den Bau von insgesamt 135 Kilometer Straßen eingesetzt, als Arbeitsbeschaffungsmaßnahme, die 2.000 Arbeitslosen zu einem Job und einem Einkommen verhalf und damit die Gemeinden von der Armenfürsorge entlasteten. Die Straße von Hartum über Rothenuffeln und Bergkirchen nach Eidinghausen wurde als erster fertiger Bauabschnitt 1857 an die Öffentlichkeit übergeben. Und auch seine Frau Melanie engagierte sich umfangreich, setzte sich fürsorglich für Arme und Kranke ein. Matthes hatte nicht schlecht gestaunt, als er das las. Irgendwie klang das so modern, obwohl es lange zurücklag.

Sein Lieblingsparkplatz an dieser Strecke war jetzt mit rot-weiß gestrichenen Pfählen und Ketten abgesperrt. Schienen wohl einigen Leuten nicht zu passen, diese Wettrennen. Matthes fand nichts dabei. Man musste doch seine Maschine mal richtig ausfahren im freien Gelände. Das würde ihm jetzt guttun, beschloss er und sauste davon. In seinen Gedanken aber immer das Bild ihres kleinen Zeltlagers am Ufer der Weser ... Er fuhr und fuhr, sein Ziel vor Augen.

In der Küche stand seine Mutter, blickte aus dem Fenster und schaute ihrem Sohn besorgt hinterher, auch als er schon lange nicht mehr zu sehen war.

Nachdem Matthes in Bergkirchen an dem alten Apothekengebäude aus roten Ziegelsteinen und mit den schönen historischen Verzierungen vorübergefahren war, registrierte er die weite Sicht übers Land Richtung Süden. Seine Maschine nahm automatisch den Weg zu dem Platz, an dem er zuletzt mit Cornelia glücklich und zugleich sehr unglücklich gewesen war. Er wollte sich noch einmal ans Ufer stellen, auf das Wasser schauen und seinen Erinnerungen nachhängen. Sein Fahrtempo beschleunigte sich, so als ob Eile geboten sei.

Als er an der Stelle parkte, wo er vor Kurzem mit seiner Liebsten gezeltet hatte, befiel ihn ein ungutes Gefühl. Er fing an zu frösteln, was er sich nicht erklären konnte. Vielleicht bekomme ich eine Erkältung, überlegte Matthes und schüttelte sich. Dann lief er die paar Meter zu ihrem einstigen zeitweiligen Aufenthaltsort. Bei dessen Anblick stockte ihm aber der Atem. Das ein wenig zwischen den Büschen versteckt gelegene Zelt stand genau so, wie er es verlassen hatte. Auch ein paar Sachen von Conny lagen herum, so als wäre sie eben erst zu einem Bad in die Weser gestiegen. Er lief näher heran und öffnete den Reißverschluss des Zelteingangs. Nichts. Kein Hinweis auf seine Freundin. Matthes schluckte und erhob sich. Das bedeutete nichts Gutes. Bei allem Streit und seinem Groll im Anschluss überwog jetzt eine Besorgnis. Vielleicht war ihr etwas beim Schwimmen im Fluss zugestoßen. Möglicherweise ein Krampf in der Wade, und sie konnte das Ufer nicht mehr erreichen, geriet in den Sog des Flusses und war auf und davon. Mit dem Kopf unter Wasser, keine Luft mehr zum Atmen, schließlich die totale Erschöpfung und das Gesicht untergetaucht. Leblos.

Matthes sprang auf. Und weil noch nichts an die Öffentlichkeit gedrungen war, befand sie sich bestimmt irgendwo verstrickt im Geäst am Ufer. Ihm liefen die Tränen die Wangen hinunter, während ein Film vor seinem inneren Auge ablief, in dem seine Cornelia in der Weser tragisch zu Tode kam, und er ihr nicht zur Seite stand, wie es seine Aufgabe gewesen wäre. Er ließ alles stehen und liegen, so wie er es vorgefunden hatte, rannte zu seinem Motorrad, schwang sich darauf und fuhr Richtung Minden.

Als Matthes sein Motorrad auf dem Parkplatz der Kreispolizeibehörde abgestellt hatte und zum Eingangsbereich ging, verlangsamten sich seine Schritte. Was wollte er jetzt eigentlich hier vorbringen? Dass seine ehemalige Verlobte eventuell als Leiche in der Weser trieb? Wenn Cornelia verschwunden war, dann hätten doch ihre Eltern zunächst eine Vermisstenanzeige aufgeben müssen. Und nicht er! Er hatte doch mit der ganzen Sache überhaupt nichts mehr zu tun. Wobei? Er war doch ihr Verlobter und damit ein Angehöriger, oder war er das nicht mehr?

Immer noch setzte er einen Fuß vor den anderen. Zögerlich. Plötzlich wurde er von hinten angerempelt, und ein Karton wurde ihm dabei ins Kreuz gestoßen.

„Sorry. Sie stehen hier aber auch im Weg, und mein Paket ist verdammt schwer. Das rutscht mir gleich aus der Hand ... Matthes?"

Heike ließ ihre Arme mit der schweren Last sinken, und der Karton plumpste mit leichtem Scheppern auf den Boden.

„Was machst du denn hier?"

„Ich wollte ..., ich bin ..., ich habe ...", stotterte Matthes herum.

„Nun mal raus mit der Sprache. Was willst du denn bei der Polizei. Ich kenne dich doch nur als überaus artigen Nachbarsjungen, nur selten zu kleinen, lustigen Streichen aufgelegt ... Na ja, ein bisschen gewachsen bist du inzwischen, ha, ha", versuchte Heike das Gespräch aufzulockern.

„Meine Conny ist verschwunden", gab Matthes leise von sich, während die beiden immer noch in der Eingangsschleuse standen, inmitten eines ständigen Kommens und Gehens.

„Deine Verlobte?", erinnerte sich Heike bei diesem Hinweis sofort, immerhin hatte sie fröhlich mitgefeiert als Nachbarin bei diesem Ereignis.

„Das war einmal …", seufzte Matthes auf.

Heike stutzte und musterte den jungen Mann genauer. Der sah ziemlich verstört aus. Am besten nahm sie ihn einfach mit zu sich. Sie hatte ein Händchen für Männer, denen es nicht gutging. Hatte schon den einen oder anderen aus seinem Seelentief gerissen. Sollte ich mal umschulen, werde ich Psychodoc, beschloss sie gerade für sich.

Heike wandte sich an die Mitarbeiterin hinter dem Tresen:

„Das ist Matthes, mein Nachbar. Der hilft mir nur mal kurz beim Tragen. Ich bringe ihn dann gleich wieder zurück! Keine Panik!"

Dann deutete Heike auf das Paket am Boden. Matthes bückte sich, hob es auf. Von der Mitarbeiterin kam ein kurzes, verständnisvolles Nicken.

„Wir nehmen die Treppen", sagte Heike und steuerte auf den Aufgang zu. Eigentlich wollte sie schon auf dem Weg ein paar Fragen stellen, aber dann entschied sie sich für einen entspannteren Ort: ihr Arbeitszimmer. Wobei: Entspannt? Bei dem Gedanken musste Heike grinsen. Sie öffnete die Tür, und das übliche Chaos mit Kisten und Kästen, Tüten und Taschen bot sich. Wobei sie schon genau wusste, was sich wo befand. Jederzeit!

„Dann komm mal rein, Matthes", forderte Heike ihn auf. Er folgte ihr wortlos, blickte kurz um sich, unsicher, wohin er den Karton stellen sollte. Auf Anhieb entdeckte er jedenfalls keine freie Stelle.

„Dorthin", entschied Heike und wies mit dem Finger auf eine Ecke, die tatsächlich wie gemacht für diesen Karton schien.

„So, und nun braue ich uns mal zwei Cappuccino", schlug Heike vor. „Magst du den?"

„Egal", entgegnete Matthes und suchte nach einem Stuhl zum Hinsetzen.

„Typisch Mann", murmelte Heike, griff sich zwei Becher, öffnete zwei Tütchen mit dem entsprechenden Pulver, schüttete es hinein und stellte in ein Gefäß noch einen Teelöffel.

„Bin gleich wieder zurück. Und bring mir hier nichts durcheinander!"

Matthes rang sich zu einem müden Lächeln durch und sank erschöpft auf den einzigen freien Stuhl.

Heike verschwand, lief über den Flur und ging in den gegenübergelegenen Raum, wo sich allerlei Gerätschaften für ihre Arbeit befanden. In einer Ecke außerdem ein Wasserkocher, den sie befüllte und anschaltete.

Wenig später kehrte sie mit den beiden vollen Bechern zurück und stellte einen davon vor Matthes hin, rührte noch einmal um und griff sich den Löffel für ihr Getränk. Dann setzte sie sich hinter ihren Schreibtisch, lehnte sich zurück, ließ den Teelöffel kreisen und schlug die Beine übereinander.

„So. Nun bin ich ganz Ohr", meinte Heike und dachte, sie könne ja die Kollegen einschalten, sobald das hier einen offiziellen Anschein bekam. Aber vielleicht war es nur Liebeskummer. Den musste man nicht an die große Glocke hängen. Und bei dessen Bewältigung wollte sie gern helfen. Da kannte sie sich aus. Geteilter Schmerz war halber Schmerz.

Heike hörte konzentriert zu, während Matthes erst langsam und stockend, dann schneller werdend erzählte. Ihren Becher hielt sie in der Hand und drückte dabei immer fester zu. Das Getränk darin wurde langsam kalt.

„Ich glaube, Matthes, deine Bedenken sind angebracht. Das klingt alles überhaupt nicht gut."

Kurz überlegte sie noch, doch die Frage ließ sich nicht mehr bremsen: „Hat deine Conny vielleicht ein Muttermal? Irgendein markantes Kennzeichen?"

„Wieso?"

Erstaunt blickte Matthes hoch.

„Ach, nur so ganz allgemein. Du weißt doch, wir von der Polizei stellen immer die merkwürdigsten Fragen ..."

Einen Moment zögerte Matthes. Er überlegte. Dann fiel ihm etwas ein.

„Doch. Sie hat ein paar Leberflecke auf dem Bauch, die sehen aus wie der Große Wagen ... Das ist schon einmalig schön ..."

Ein Glanz legte sich auf seine Augen, der Tränen anzudeuten schien, während Heike nicht mehr weiterwusste und ebenfalls feuchte Augen bekam, wenngleich aus einem anderen Grund. Stille hing im Raum.

„Ich glaube, ich rufe jetzt mal jemanden zu unserem Gespräch dazu", brach Heike das Schweigen.

„Wenn du meinst", stimmte Matthes kaum hörbar und ergeben zu.

„Bin gleich wieder zurück", entschuldigte sich Heike und verließ ihr Arbeitszimmer. Im Flur lehnte sie sich kurz an die Wand und schluckte. Hoffentlich war das jetzt alles nicht wahr, hoffentlich. Dann riss sie sich zusammen, ging einige Schritte und öffnete ein paar Meter entfernt die Tür zum Büro eines Kollegen.

„Ich muss mal bei dir telefonieren", stürmte sie durch den Raum, griff sich den Hörer und rief Alexander an. Verdutzt und ohne ein Wort zu verlieren blickte ihr Kollege sie an. Wenn Heike etwas tat, dann hatte das immer Hand und Fuß, auch wenn es mitunter eigenartig anmutete. Er wollte sich also überhaupt nicht einmischen. Als er dann Heikes Gespräch mit Alex verfolgte, stand ihm plötzlich der Mund offen.

„Kannst weiterarbeiten", sagte Heike und drückte ihm das Telefon in die Hand. „Danke übrigens!"

„Gern geschehen", kam es zurück.

Heike lief zu ihrem Büro zurück und setzte sich erneut hinter ihren Schreibtisch. Matthes saß da, den Kopf gesenkt und schwer atmend. Sie wollte etwas zur Beruhigung sagen, aber es fiel ihr einfach nichts Passendes ein.

„Alexander Rosenbaum", stellte sich Alex ein wenig später vor, als er das Büro von Heike betrat, hielt Matthes die Hand hin und betrachtete ihn aufmerksam. „Heike hat mir gerade erzählt, dass Sie eine Aussage machen möchten."

Matthes nickte nur.

„Dann kommen Sie mal mit mir mit. Wir haben dafür einen anderen Raum, und es muss auch protokolliert werden."

Jetzt erhob sich Matthes, wie in Trance, und blickte zweifelnd, fast Hilfe suchend zu Heike, die aber nur zustimmend nickte.

„Danke übrigens, dass du mir mit dem Paket geholfen hast, Matthes."

„Gern geschehen", antwortete er und verließ mit Alexander das Büro von Heike, die nachdenklich hinter ihrem Schreibtisch sitzen blieb.

Da hatte sie eben bestimmt ihre Kompetenzen überschritten, indem sie den jungen Nachbarn ausgefragt hatte. Aber eigentlich hatte sie doch nur jemanden zum Tragen benötigt, und alles andere hatte sich rein zufällig entwickelt ... Heike schüttelte den Kopf. Mach dir mal keine Gedanken um ungelegte Eier, entschied sie. Sollte Alex mit einer Kritik kommen, dann hätte sie ja die entsprechende Entschuldigung parat.

Auf ihrem Schreibtisch lag noch die kuriose Meldung aus der Tageszeitung, die ihr ein Kollege hingelegt hatte. „BH rettet vor Schussverletzung" stand dort als Überschrift und war mit gelbem Textmarker hervorgehoben. Da war ein Pärchen im Urlaub per Fahrrad unterwegs, und irgendwann spürte die Frau Schmerzen im Brustbereich. Rund um den einen Metallbügel ihres Büstenhalters bildete sich dann ein blauer Fleck, und auf der Suche nach der Ursache fand sich ein Munitionsteil. Ein Stück weiter war ein Jäger auf Wildschweinjagd unterwegs und hatte bei einem Rapsfeld auf die Tiere angelegt. Und weil der Waidmann nicht mit ausreichendem Kugelfang geschossen hatte, war ein Projektil auf Abwege geraten. Aber es hätte natürlich auch alles viel schlimmer ausgehen können. Die zuständige Staatsanwaltschaft erhob Anklage wegen fahrlässiger Körperverletzung.

Normalerweise hätte sich Heike darüber total amüsiert, aber ihr war die Heiterkeit vergangen. Sie griff den Ausschnitt und warf ihn in den Papierkorb.

Verstecke

Inmitten all der nervenaufreibenden Ermittlungen wuchsen die Probleme mit Alexanders Eltern. Das Gespräch mit der Psychologin war ja in irgendeiner Form beruhigend gewesen, es würde sicher auch folgende Gedankenaustausche mit ihr geben, aber eine wirkliche Hilfe waren sie nicht.

Alexander zog die unterste Schreibtischschublade heraus und fingerte in seiner Gummibärchentüte herum. Die Farbe war ihm jetzt egal, wichtig war nur so ein kleiner süßer Kick, der ihn an Kindheit erinnerte und an die Zeiten, als für ihn Vater und Mutter noch perfekt funktionierten. Und als sich der Kühlschrank für ihn so groß darstellte, dass er zeitweilig Angst hatte, einmal darin zu verschwinden und die Tür von innen nicht mehr aufzubekommen. Einer jener wiederkehrenden Albträume aus der Kindheit.

Gummibärchen befanden sich damals immer in der Küche in einem speziellen Schrankfach, akkurat und ordentlich eingeräumt, wie überall im Haushalt, ziemlich hoch gelegen, damit er nicht auf Anhieb drankam, um heimlich welche zu stibitzen. Er sah sie immer noch vor sich, darin eine, wenn auch kleine, aber stets vorhandene Ration an Süßigkeiten, falls eine Belohnung anstand oder Not am Mann war. Ein aufgeschlagenes Knie oder eine blutige Nase waren schon überzeugende Argumente, seine Mutter in die Küche zu bewegen, nachdem die Spuren im Bad mit einem sauberen Tuch und Wasser beseitigt waren, etwas Desinfektionsmittel aufgetragen und liebevoll gepustet worden war und gegebenenfalls ein Pflaster die Wunde verhüllte. Alles unter Ermahnungen, doch immer gut aufzupassen, dass so etwas nicht wieder geschehen möge.

„So, Alex. Und damit du auf andere Gedanken kommst, gehen wir jetzt in die Küche, und es gibt eine Kleinigkeit zu naschen."

Die Worte seiner Mutter hatte er im Ohr, als er jetzt das weiche Teil auf der Zunge zergehen ließ, es im Mund hin- und herschob, wobei der süßliche Geschmack die Erinnerungen hervorhob.

Als das Telefon klingelte, zuckte Alexander zusammen. Beim Blick auf das Display erkannte er, dass es keine dienstliche, sondern die Nummer seiner Eltern war.

„Hier ist Alex, hallo!"

Er verkniff sich die Anrede „Mutti", weil ihm schon klar war, dass sie nicht mehr anrief. Jedenfalls hatte sie das in der letzten Zeit nicht mehr getan. Wenn, dann war der Vater am Apparat.

„Ich bin's, Junge", sagte Gunter.

„Na, wo brennt's denn, Vati?", erkundigte sich Alexander und versuchte, heiter zu klingen.

„Ach, wenn es nur das wäre ...", kam es kläglich als Antwort.

Alexander überlegte kurz. Es musste schon schlimm um seinen Vater stehen, wenn er einen Brand mit solchen

Worten als Lappalie abtat, das war überhaupt nicht seine Art.

„Soll ich zu euch kommen?“, schlug Alexander vor.

Gunter seufzte.

„Das würde viel zu viele Umstände machen, und du kannst hier auch nichts ausrichten ...“

„Dann erzähl doch einfach mal, Vati!“

Zumindest erleichtert dich das ein wenig, fügte Alex innerlich an, und er spürte, wie sein Herz heftiger schlug.

„Ich musste vorgestern mit deiner Mutter ins Krankenhaus“, fing Gunter an.

Und da meldest du dich erst heute, fuhr ein stiller Vorwurf durch Alexanders Kopf, aber er behielt ihn für sich.

„Warum denn?“

„Ja, mein Junge, deine Mutter war nachts aus dem Bett gefallen und hatte sich verletzt. Ich konnte das nicht richtig einordnen. Wir haben allerlei ausprobiert. Kalte Wickel, Rotlichtlampe – nichts half. Dann haben wir uns ein Taxi bestellt und sind ins Klinikum gefahren ...“

„Und? Was war es?“

„Erst mal haben wir in der Notaufnahme geschlagene fünf Stunden gesessen. Da war ja ein ständiges Rein und Raus. Und die Mitarbeiter haben wirklich ihr Bestes getan, davon bin ich überzeugt. Aber unser Fall war wohl offensichtlich nicht ganz so wichtig, wie man bei der ersten Aufnahme festgestellt hatte. Deine Mutter war ja ansprechbar und konnte ganz normal sitzen. Sie hat nur zwischendurch immer lautstark gejammert.“

„Dann wart ihr aber endlich dran ...“

Alexander schaute auf die Uhr. Ihm saß schon wieder die Zeit im Nacken, aber er wollte seinen Vater auch ausreden lassen. Offensichtlich bedrückte ihn etwas.

„Genau. Deine Mutter wurde untersucht und die rechte Hand geröntgt. Sie hatte sich tatsächlich den rechten Zeigefinger gebrochen.“

„Blöde Stelle. Den braucht man ja immer“, fiel Alex mit einem Kommentar dazwischen.

„Richtig. Ihr Finger wurde eingegipst, und wir sind dann draußen wieder in ein Taxi gestiegen und nach Hause gefahren.“

„Na, dann ist ja alles gut.“

„Nichts ist gut, mein Junge.“

„Wieso?“

„Am nächsten Morgen war der Gips spurlos verschwunden. Ich habe das im ersten Augenblick gar nicht bemerkt, aber dann wimmerte Hella, als sie sich beim Aufstehen, mit der Hand ganz normal agierend, abstützen wollte. Und ich entdeckte das Malheur. Kein Schutz mehr über der Verletzung. Hab das gesamte Schlafzimmer abgesucht. Nichts!“

„Das ist ja ein Ding. Vielleicht zwischen die Matratzen gerutscht? So was kann doch nicht sang- und klanglos vom Erdboden verschwinden?!“

Gunter seufzte.

„Ist es auch nicht. Aber dazu komme ich gleich. Jedenfalls sind wir gestern erneut im Klinikum gewesen. Dabei haben wir es in zwei Stunden Aufenthalt geschafft. War ja auch alles eindeutig, was zu machen war. Neuer Gips, diesmal mit einer größeren Binde drum herum, die am Arm auch mehr Halt gab."

„Also ist nun doch alles in Ordnung?"

„Du bist so hektisch, Junge. Störe ich dich?"

Der Vater klang richtig kläglich.

„Nein, Vati, auf keinen Fall. Ich nehme mir mal jetzt die Zeit für dich, die offensichtlich nötig ist. Das ist überhaupt kein Problem. Erzähle nur ruhig weiter."

Es wäre wohl doch besser gewesen, einfach bei den Eltern vorbeizuschauen, schalt sich Alexander insgeheim. Die Minuten verrannen.

„Auch der zweite Gips mit dem Verband ist weg. Hat die Nacht nicht überstanden. Deine Mutter muss ihn irgendwann abgemacht haben, weil er sie gestört hat. Dabei habe ich noch mit Engelszungen auf sie eingeredet, wie wichtig dieser feste Halt ist, damit alles wieder ordentlich zusammenwächst. Als ich sie daraufhin ansprach, war sie total störrisch, wie zuletzt so häufig. Sie wisse gar nicht, wovon ich rede, und ich wäre überhaupt unmöglich, würde sie behandeln wie ein Kleinkind. Sie wolle sich das alles auf keinen Fall mehr länger bieten lassen ..."

Es klang wie ein Schluchzen am anderen Ende der Leitung. Alexander war ebenfalls zum Heulen zumute. Endlich nahm er den Gesprächsfaden wieder auf.

„Ihr seid aber doch sicher noch einmal zum Arzt gefahren, nach alledem?"

„Ja, heute Morgen, aber dann nur zu unserem Allgemeinmediziner."

„Gute Idee! Und was ist dabei herausgekommen?"

„Nicht allzu viel“, entgegnete Gunter. „Er hat mich, nachdem er deine Mutter untersucht und befragt hat, zur Seite genommen. Da beschäftigte sich gerade eine Schwester mit ihr, und er konnte mit mir allein reden. Ich solle es einfach so lassen, hat er gemeint, ohne den Gips. Man könne sie nicht zwingen, und dann würde es wohl nicht ganz gerade zusammenwachsen. Was in dem Alter auch nicht so schlimm sei. Sie müsse sich mit ihren Händen ja nicht mehr ihren Lebensunterhalt verdienen. Im Übrigen hat er ihr dann ein starkes Schmerzmittel verschrieben.“

„Also Ende gut, alles gut?“

Alex hatte sich aufrecht hingesetzt und klang betont erleichtert.

„Wie man es nimmt“, sagte Gunter. „Ich habe eben den Gips vom ersten Tag gefunden. Im Küchenschrank, hinter den Gummibärchen für die Mädchen. Und auch den zweiten Verband. Der lag im Wäschekorb, mitten in der Dreckwäsche. Ich wollte nämlich eine Fuhre starten und war dabei, alles zu sortieren ...“

„Hast du Mutti daraufhin noch angesprochen?“

„Ich habe es versucht, mein Junge. Aber das bringt alles nichts mehr. Sie hat es geleugnet und ist aggressiv geworden. Hat sogar was von Stasi-Methoden erzählt. Ich weiß gar nicht, wie sie darauf kommt! Bestimmt sollte ich solche Nachforschungen einfach lassen. Da ist mir ihre gelegentliche, auch völlig unmotivierte heitere Art schon entschieden lieber. Aber ...“

Hier stockte Gunter.

„Aber?“, setzte Alexander an.

„... insgesamt habe ich das Gefühl, dass ich das alles nicht mehr lange durchstehe. Es übersteigt einfach meine Kräfte. Ich bin ja kein ausgebildeter Pfleger. Und schließlich war deine Mutter immer diejenige, die hier im Haushalt und überhaupt alles gerissen hat. Meist bin ich ihr doch nur ein wenig zur Hand gegangen, wenn sie mich ausdrücklich darum gebeten hatte."

Alexander fiel wieder die Idee mit einem Umzug ein. Betreutes Wohnen wäre doch eine echte Erleichterung für alle Beteiligten. Er hatte sich nach dem kürzlichen Gespräch mit der Psychologin auch schon kundig gemacht. Die Angebote in Minden und Umgebung waren reichhaltig. Unterm Strich war es nur eine Frage der Finanzierung. Man müsste sicher ganz sachlich einen Preis-Leistungs-Vergleich machen.

„Denk aber bloß nicht, dass wir noch einmal umziehen", sagte der Vater in diese Gedanken seines Sohnes hinein. „Davon habe ich die Schnauze gestrichen voll, wenn du mir mal meinen Ton verzeihst."

Alexander lächelte. Das war nun überhaupt nicht das Vokabular seines Vaters.

„Aber leisten könntet ihr euch das schon", meinte Alex. „Außerdem gibt es durchaus richtig tolle Wohnangebote mit professioneller Hilfe im Hintergrund. Die kann man, muss man aber nicht nutzen!"

„Nein habe ich gesagt!", der Vater wurde laut. „Nein, und nochmals nein. Aus dieser Wohnung kannst du uns nur noch tot hinaustragen."

Alexander atmete tief durch. Sein Vater, sonst so ruhig und ausgeglichen, musste wirklich völlig am Ende sein.

„Bleib möglichst geduldig und gelassen, Vati", beschwichtigte Alexander. „Wir finden eine Lösung. Es gibt ja auch Pflegedienste, die tagsüber vorbeischauen, um euch zu entlasten. Ich meine, wenn das jetzt mit dem gelegentlichen Aufenthalt in der Tagespflege nicht mehr ausreicht ..."

Dann bliebe aber zuvor noch der Weg über die Einstufung in eine Pflegestufe oder einen Pflegegrad oder wie immer das heute hieß. Da löste ja auch eine Reform die andere ab. Und das konnte wohl dauern, wie er gehört hatte. Alexanders Gehirn arbeitete schon weiter.

„Wenn du meinst", sagte der Vater wieder recht gefasst. „Das könnte ich mir schon vorstellen, dass jemand bei uns vorbeikommt. Könnte ich deiner Mutter vielleicht als netten Besuch nahebringen."

„Ich komme nach der Arbeit bei euch vorbei. Dann können wir in Ruhe reden."

Alexander hatte den nächsten Anrufer in der Leitung gesehen, und er konnte sich jetzt beim besten Willen nicht mehr mit den privaten Problemen beschäftigen.

„Da ist jetzt auch ein anderes Gespräch, das ich annehmen muss", sagte Alex.

„Tschüss dann, mein Junge. Bis später. Es ist gut, wenn du nachher zu uns kommst."

„Tschüss, Vati!"

Alexander aktivierte das nächste Gespräch.

„Ja, Dennis, was liegt an?"

Beweismittel

Nachdem Alexander und Dennis mit Matthes geredet hatten, schien sich doch ein Ansatzpunkt im aktuellen Fall gefunden zu haben. Eine verschwundene junge Frau mit einem markanten Merkmal auf ihrem Körper. Wer hatte schon den Großen Wagen vorzuweisen. Das klang nach einer heißen Spur. Alexander lief auf und ab, während Dennis noch das Gespräch zu Ende brachte.

„Dann fahren wir jetzt sofort zu Ihrem Rastplatz an der Weser“, entschied Alex.

Dennis und Matthes schauten ihn gleichzeitig an und nickten dazu. Dann erhoben sie sich.

„Aber Conny finden Sie dort nicht mehr“, flüsterte Matthes vor sich hin.

Am liebsten hätte Alex das Blaulicht gesetzt, weil er das Gefühl hatte, die Sache brauchte jetzt unbedingt Beschleunigung. Aber er hätte diese Entscheidung gegebenenfalls nicht rechtfertigen können. Also ließ er es sein und starrte nur nervös auf die Hände von Dennis, der das Lenkrad locker umfasst hielt. Schneller, fahr doch einfach schneller, flehte er innerlich, während Matthes Anweisungen für die Route gab.

„So, jetzt müssen wir hier abbiegen. Da kommt gleich die Stelle, die wir uns ausgesucht hatten“, sagte Matthes schließlich.

Dennis lenkte den Wagen entsprechend und parkte ihn dann, als es nicht weiterging und der Untergrund ein Fahren nicht mehr zuließ.

„Ganz schön abgeschieden hier", sagte Alex, als die drei ausgestiegen waren und sich auf den Fluss zubewegten. Jetzt wurden ihre Schritte doch langsamer, aber Matthes war es, der nun die Geschwindigkeit diktierte.

„Es ist alles so geblieben, wie ich es verlassen habe", entschied der junge Mann nach einem prüfenden Blick über die Sachen. „Offensichtlich war niemand hier."

Dann lief er auf das Zelt zu, bückte sich und wollte schon hineingreifen.

„Halt", befahl ihm Alexander. „Jetzt sind wir dran."

Er zog ein paar Handschuhe über, und Dennis tat es ihm gleich. Dann beförderte er eine Tüte aus seiner Jackentasche, in der noch mehr Exemplare solcher Transportbehälter steckten.

„Das könnte jetzt alles Beweismaterial sein", erklärte Dennis dem jungen Mann, der inzwischen käsebleich neben den beiden hockte und nichts mehr verstand oder vielleicht doch ...

„Wir sollten umgehend die letzten Verbindungen prüfen", sagte Alex und wies auf das Smartphone, das er gerade auf dem Zeltboden entdeckt hatte.

„Gehört das Ihrer Freundin?"

Matthes nickte nur.

„Dann werden Sie ja auf jeden Fall als Verbindung darauf sein, aber sicher nicht allein ..."

Matthes schüttelte den Kopf und dachte an seine Liebste und seine Eifersucht, die er kaum im Zaum halten konnte. Allerdings hatte er nie, aber auch niemals in ihren Privatsachen geschnüffelt. Auch ihr Handy hatte er nicht überprüft. Dabei hatte er vielfach Gelegenheit dazu, sie ließ schließlich alle privaten Sachen einfach so liegen. Aber warum sollte er sich noch verrückter machen, als er es ohnehin schon war.

„Da hätten wir eigentlich Heike gleich mitnehmen können", murmelte Alexander.

„Stimmt", antwortete Dennis. „Das wäre ein Weg für uns alle gewesen. Soll ich sie gleich mal anrufen?"

„Klar, mach das mal."

Dennis erhob sich, ging ein paar Schritte beiseite, stellte die Verbindung zur Dienststelle her und hatte Heike sofort am Apparat.

„Wir brauchen dich hier", war nur zu hören, dann wandte er sich ab, damit Matthes ihn nicht mehr verstehen konnte, und erklärte ihr den Weg zum Weserrastplatz.

Alexander betrachtete den jungen Mann gründlich. Konnte so einer der Täter sein? Entsprach sein Verhalten dem Profil eines Menschen, der gemordet hatte? Schwer zu sagen. Da gab es doch erhebliche Unterschiede in der Praxis, und er hatte mit früheren Verdächtigungen auch schon gelegentlich aufs total falsche Pferd gesetzt. Wobei, mit den Berufsjahren erhöhte sich seine Trefferquote immer mehr. Und schließlich kamen die Indizien, lauter kleine Puzzleteile, die irgendwann ein großes Ganzes ergaben und sich wie eine Schlinge um den Hals eines Täters legten.

„Ob ihr was passiert ist?", hauchte Matthes eine Frage und schalt sich zugleich dafür. Er saß hier schließlich mit

Leuten von der Kripo. So hatten sie sich vorgestellt vorhin, als sie mit ihm redeten. Die rückten garantiert nur in Ernstfällen raus. Er schaute Alexander direkt in die Augen.

„Tja, was meinen Sie? Sie waren zuletzt mit ihr zusammen", entschied sich Alexander für eine Gegenfrage.

„Na ja, es ist zwar ihre Art, alles stehen und liegen zu lassen, aber nicht an so einem Ort. Sie hätte bestimmt ihre Sachen zusammengepackt und mitgenommen. Das sieht hier ja aus, als ob sie eben mal nur ins Wasser gestiegen wäre, um ein Stück zu schwimmen."

„War sie eine gute Schwimmerin, und was trug sie zuletzt?", wollte Alex wissen.

Matthes schluckte.

„Wieso sagen Sie jetzt ‚war'?"

„Entschuldigung. Ich meinte natürlich: Ist sie eine gute Schwimmerin?"

Der junge Mann schlug die Hände vors Gesicht und stammelte: „Doch, ... natürlich. Wie ein Fisch ... im Wasser ... Sie ist mir immer ... davongeschwommen ... War auch im Sport aktiv und hat irgendwelche Wettkämpfe gewonnen ..."

Matthes stoppte für einen Moment, und dann setzte er halblaut fort: „Oh Gott, jetzt sage ich auch schon: war!"

Alexander legte ihm eine Hand sacht auf die Schulter ...

„Und was hatte sie im Wasser an?", wiederholte er seine offene Frage.

Matthes überlegte nicht einen Moment. Wie aus der Pistole geschossen kam die Antwort:

„Einen roten Bikini."

Alex tat der Verdächtige leid, wobei er sich solche Gefühlsregungen eigentlich nicht leisten wollte. Der hier war ja noch nicht einmal richtig erwachsen, entschied Alex. Aber wenn er zu Unrecht verdächtigt wurde und die Tote tatsächlich sein Mädchen war, dann war das hier eine ganz schreckliche Geschichte, die ihn sein ganzes Leben lang verfolgen würde.

Alex überlegte kurz die weitere Vorgehensweise. In Gegenwart von Matthes konnte er sich schlecht mit Dennis abstimmen, also war eine Entscheidung von ihm gefragt. Vorhin hatten sie schon kurz im Computer gecheckt, ob etwas gegen Matthes vorlag. Aber nichts, keine Einträge. Er hatte eine völlig weiße Weste. Mal abgesehen von dieser Blitzeraufnahme bei Hameln, genau um die Zeit, als die junge Frau dann verschwand. Zumindest belegte das seine Anwesenheit an diesem Ort. Das Familienumfeld klang auch vernünftig, ausgesprochen seriöse Eltern. Mit Sicherheit würde er sich nicht klammheimlich irgendwohin absetzen, davon ging Alexander jetzt einfach mal aus.

„Wir benötigen Sie sicher später noch, wenn wir weitere Fragen haben", erklärte er also. „Jetzt warten wir nur mal ab, bis unsere Kollegin von der Spurensicherung hier ist, dann überlassen wir ihr das Feld und fahren Sie nach Hause."

Matthes schaute auf die Decken und Kissen, wagte es aber nicht, sich dorthin zu setzen, obwohl er spürte, wie ihn seine Kräfte verließen und die Knie weich wurden.

„Sie beide hatten doch sicher auch Papiere und Geld dabei?", wollte Alexander noch wissen.

„Klar", entgegnete Matthes.

„Direkt im Zelt?“, erkundigte sich Alex und dachte daran, dass das eine ziemlich leichtsinnige Nummer wäre. Er erinnerte sich an einen Urlaub mit seiner ersten Freundin in ganz frühen Zeiten. Da waren sie auch mit Zelt und Rucksäcken unterwegs gewesen und sogar getrampt. Eine hübsche Frau half immer am Straßenrand beim Stoppen von Fahrzeugen. Er hielt sich so lange zurück und trat dann aus dem Hintergrund hervor. Der eine oder andere hatte dann wieder Gas gegeben, aber manch einer blieb doch stehen und ließ beide einsteigen, um sie ein Stück weit ihrem Ziel Italien näher zu bringen. Das waren dann meist solche Leute, die Geselligkeit liebten und den Zeitvertreib durch Mitreisende schätzten. Bis Venedig hatten sie es geschafft, sich dann in der Stadt finanziell verausgabt und für die folgende Zeit offizielle Campingplätze gemieden, um keine Gebühren dafür bezahlen zu müssen. In einem abgelegenen Flecken dann hatten sie mitten im Wald ihr Zelt aufgebaut, alle Sachen drin gelassen und waren in den nächsten Ort gelaufen, direkt ans Meer, um dort auch baden zu gehen. Bei ihrer Rückkehr fanden sie ihr Zelt durchwühlt und fast alles fehlte. Sogar die Unterlagen und die Schlafsäcke. Außerdem mussten sie sich bei der Polizei eine Standpauke anhören, wie dumm sie sich doch verhalten hätten. Ob damals sein Wunsch entstand, Polizist zu werden? Alexander verspürte eine leichte Heiterkeit in sich. Das Geld für die Rückfahrt, das man ihnen borgte, mussten sie auf Heller und Pfennig zurückzahlen. Deshalb verlief der Rest der damaligen Ferien mit Arbeitseinsätzen ...

„Nein, natürlich nicht im Zelt. Das wäre ja für Diebe viel zu einfach", entrüstete sich Matthes, lief ein paar Schritte, beugte sich über einen Stein und wies darauf. „Hier hat Cornelia ihre Papiere verborgen."

„Nichts anfassen!", entfuhr es Alex.

„Ich weiß. Das sagten Sie schon."

Matthes ließ die Schultern hängen.

Wenig später tauchte Heike auf, parkte ihr Fahrzeug direkt neben dem von Alex und Dennis. Dann lief sie das Stück zum Ufer, schaute zuerst besorgt auf Matthes und dann etwas vorwurfsvoll auf ihre Kollegen. Sollte es hier irgendwelche Spuren geben, dann hatte die Truppe schon mal ganze Arbeit geleistet und alles niedergetreten.

Warum nur immer redete sie sich den Mund fusselig, alle sollten Überzieher über ihre Schuhe streifen und das zu untersuchende Areal möglichst meiden, bis sie alles gesichtet hatte. Hier hatte sie garantiert wieder ein Sammelsurium an Fremd- und Eigenspuren, die kein Mensch mehr auseinanderzuhalten vermochte. Das konnte ja heiter werden. Heike blickte mit gekrauster Stirn auf das Zelt und dann auf ihre Armbanduhr. Den Feierband konnte sie wohl mal wieder vergessen. Aber sie hatte ja sowieso nicht wirklich was vor.

Alexander und Dennis fuhren mit Matthes wieder nach Minden und setzten ihn zu Hause ab. Während der Fahrt sagte keiner ein Wort. Jeder war in der Welt seiner Gedanken unterwegs.

„Sie halten sich ja zu unserer Verfügung?“, erkundigte sich Alexander beim Abschied.

Matthes nickte nur und verschwand mit herabhängenden Schultern hinter der Haustür.

„Was meinst du?“, fragte Alex. „Hältst du den jungen Burschen für einen möglichen Täter?“

Dennis wiegte den Kopf hin und her.

„Also, ein Motiv hätte er ja mit Sicherheit. Bohrende Eifersucht. Ist nur die Frage, ob er zu so einer Tat überhaupt fähig wäre und vor allem zu der anschließenden ganz speziellen Entsorgung. Vielleicht waren da auch mehr Leute am Werk, muss doch auch, bei den Spermaspuren. Er scheint mir ziemlich weich und nicht sonderlich kräftig zu sein.“

„Finde ich auch“, bestätigte Alexander. „Motiv ja, Umsetzbarkeit der Tat eher nein. Übrigens bin ich ziemlich neugierig. Kannst du mal in dem Handy schauen, mit wem zuletzt telefoniert wurde?“

Aber vorsichtig, dachte Alexander noch, der diesmal den Wagen lenkte, verkniff sich aber diese Bemerkung. Das verstand sich ja von selbst. Dennis griff zu dem Karton auf der Rückbank und holte das Smartphone heraus. Dann schaute er sich das Gerät von allen Seiten an.

„Ganz einfach. Die Marke hat meine Frau auch. Hab ich ihr zum Geburtstag geschenkt. Kannst du ganz viel mit machen. Passen jede Menge Apps drauf, und die Dinger sind absolut leicht handhabbar. Kinderleicht quasi.“

„Aha.“ Alexander konzentrierte sich auf den Verkehr. Eben hatte ihm ein Auto die Vorfahrt genommen. Er registrierte das Kennzeichen auf seinem inneren Speicher.

Dennis versuchte sich an dem Gerät.

„Mist. Der Akku ist alle. Was auch sonst?! Das Ding hat ja ein paar Tage herumgelegen."

„Dann sollten wir es vielleicht den Spezialisten überlassen", entgegnete Alexander, der inzwischen schon auf der Marienstraße fuhr.

„Den Ansatz zumindest bekomme ich hin. Mein Ladegerät passt zu unseren beiden Handys, zu dem von meiner Frau und von mir. Ich habe es auch dabei. Insofern kann ich das gute Stück hier mal relativ fix aufladen", schlug Dennis vor.

„Und das Passwort?"

„Gute Frage. Aber meist sind die Leute in Sachen Sicherheit nicht sonderlich einfallsreich. Gern wird das Geburtsjahr oder ein Kosename genommen. Ich kann auch mal in die Papiere der Kleinen schauen, vielleicht findet sich da ein Hinweis. In aller Regel notiert man sich das irgendwo ..."

„Da bin ich aber mal gespannt. Aber verplemper nicht zu viel Zeit damit. Die Kollegen kriegen das garantiert ganz rasch hin."

Der Wagen parkte inzwischen hinter der Schranke der Kreispolizeibehörde Minden-Lübbecke. Beide Männer stiegen aus, und Dennis schnappte sich die kleine Kiste mit den Utensilien, die sie schon eingepackt hatten, darunter das Smartphone.

Während sie durch die Schleuse gingen und ein paar Kollegen kopfnickend grüßten, unterhielten sie sich über den Fall und speziell den Eindruck, den Matthes auf sie gemacht hatte.

„Der junge Bursche war ganz schön durch den Wind. Klang mir insgesamt ziemlich ehrlich", sagte Alex, als beide sein Büro erreicht hatten.

„Ich hol nur mal mein Ladekabel, und dann probiere ich was aus", erklärte Dennis.

„Aber nur maximal drei Versuche. Dann musst du dich um andere Dinge kümmern", betonte Alex.

„Gebongt, Chef!"

Wenige Augenblicke später war Dennis mit dem Ladegerät zurück, steckte es bei Alexander in eine Steckdose, direkt an seinem Schreibtisch, sodass er es auf die Platte legen konnte. Dann stellte er vorsichtig durch die Öffnung der Plastiktüte und mit Handschuhen, die er sich zuvor übergestreift hatte, die Steckerverbindung her. Beim nächsten Tastendruck leuchtete der kleine Bildschirm auf und das Eingabefeld fürs Passwort erschien.

„So. Jetzt probiere ich mal den Jahrgang aus. Dieser Matthes hatte doch vorhin davon gesprochen ..."

„Und?" Alexander hatte sich neben Dennis gestellt und schaute neugierig auf das Display.

„Mist. Der Jahrgang also nicht. Cornelia heißt das Mädchen. So viele Buchstaben gibt doch keiner ein. Ich rate jetzt mal Neli. Das stand auch in ihrem Notizbüchlein ganz vorn, neben lauter persönlichen Daten wie Anschrift, Kontonummer, Blutgruppe. Gleich dahinter lag übrigens ein Organspenderausweis!"

Das hatte sich ja nun wohl erledigt, dachte Alex, antwortete indes: „Wie du meinst. Da bin ich aber gespannt."

Dennis betätigte die Buchstaben in der entsprechenden Reihenfolge, und die Begrüßungstöne wurden laut.

„Bingo!“

„Super, Dennis. Hut ab. Das hätte ich jetzt nicht gedacht.“

Alexander zeigte echtes Erstaunen und klopfte seinem Kollegen anerkennend auf die Schulter.

„Was war denn nun das letzte Gespräch?“, wollte Alex wissen.

„Hier. PROF steht da als Absender. Eine Handynummer“, erklärte Dennis.

„Dann versuch doch mal, ob du diesen PROF erwischst, und stell mal auf laut“, schlug Alexander vor.

Dennis aktivierte den Anruf. Ein paar Klingeltöne vergingen, bis eine Männerstimme am anderen Ende war.

„Conny? Endlich. Ich habe mir schon solche Sorgen gemacht. Wie geht es dir denn, und was ist los?“

„Wer ist dort, bitte?“, erkundigte sich Dennis ernst und wechselte Blicke mit Alexander.

Für einen Moment herrschte Stille. Dann ein Räuspern.

„Eigentlich wäre es meine Sache, diese Frage zu stellen. Hier jedenfalls spricht Professor Grabowski. Und wer sind Sie, wenn Sie mir das verraten wollen?“

„Kripo Minden“, stellte sich Dennis vor und fügte seinen Namen an.

Wieder war für Augenblicke von der Gegenseite nichts zu vernehmen. Dann kam ein Hüsteln.

„Wie kommen Sie denn an dieses Handy? Das gehört doch einer meiner Studentinnen.“

„Wir haben Gesprächsbedarf, Professor Grabowski. Wie und wo können wir Sie umgehend erreichen?“, ging

Dennis nicht auf die Frage nach dem Fund des Gerätes ein. Alexander nickte nur wortlos.

Dann gab der Professor die gewünschten Eckdaten durch, teilte mit, dass man ihn aktuell im Klinikum Minden erreichen könne und dass bei ihm 14 Uhr machbar wäre. Das war in einer guten Stunde.

„In Ordnung, dass passt uns auch. Wir sind dann in Kürze bei Ihnen", beendete Dennis das Gespräch.

„Mann, das nenn ich jetzt mal ein zügiges Ergebnis", freute sich Alex. „Das klingt sehr verheißungsvoll. Vielleicht war dieser Professor der Geliebte von unserer Toten. Sie hat sich zuletzt noch mit ihm verabredet. Dann kam es zu einem Streit. Möglicherweise wollte sie ihm den Laufpass geben oder das Verhältnis öffentlich machen, ihn erpressen, ihn gar heiraten ... Eventuell hat auch einer den anderen in flagranti erwischt. Was Matthes wieder verdächtiger macht und zugleich diesen Professor."

Alexander war nicht zu bremsen bei seinen laut geäußerten Gedankenkombinationen.

Dennis strahlte und nickte bei alledem.

„In der Zwischenzeit recherchiere ich mal rasch, was der Professor zuletzt alles gemacht hat. Ich kenne da jemanden aus seinem Umfeld. Privat!", schlug Dennis vor und Alexander stimmte nickend zu.

„Auf privater Ebene kommt man sowieso viel besser an Informationen, als wenn wir uns offiziell ankündigen. Mach das mal, und spute dich!"

Ertappt

Professor Grabowski lief in seinem Büro auf und ab, die Hände dabei auf dem Rücken verschränkt. Seinen weißen Kittel hatte er über den Schreibtischstuhl gehängt, nachdem der ihn in seiner Bewegungsfreiheit eingeengt hatte. Er griff sich an den Hals und lockerte die Krawatte. Dabei dachte er an jenen Abend mit Cornelia und wie sie ihn dazu aufgefordert hatte, damit es für ihn bequemer wurde.

Cornelia! Der Aufenthalt mit ihr in Berlin war doch einmalig gewesen. Und diese berauschenden Zärtlichkeiten. Außerdem immer wieder der Austausch auf einer ähnlich gelagerten intellektuellen Ebene. Der Professor versackte in seinen Erinnerungen.

Ganz anders als mit Marianne, seiner Frau. Wobei es in den Anfängen mit ihr auch wunderbar funktionierte. Sie war Krankenschwester auf seiner Station, auf der er als Arzt eingesetzt war, während er noch seinen Doktor machte. Liebe auf den ersten Blick. Ganz bestimmt. Allerdings mit einer kleinen Einschränkung, denn über die Zeit wurde er den Eindruck nicht los, dass sie ihn mit Absicht und ganz geplant geködert hatte.

Bei einer Betriebsfeier, an einem Freitagabend, hatten sie miteinander ausgelassen getanzt und ordentlich dem Sekt zugesprochen. Er musste sich mit dem Taxi nach

Hause fahren lassen, selbst das Steuer zu lenken, kam gar nicht mehr infrage. Dafür hatte er auch viel zu viel Ehrgefühl. Alkohol und Autofahren verboten sich für ihn in dieser Kombination. Und am anderen Morgen entdeckte er, dass seine Aktentasche fehlte. Die, in der seine Dissertation steckte, die er immer bei sich führte, um einen Blick draufzuwerfen, um Ergänzungen vorzunehmen, ein paar Passagen wiederholt zu lesen. Der Abgabetermin stand bald bevor. Panik befiel ihn, und er bekam einen Schweißausbruch, der nicht unbedingt etwas mit dem übermäßigen Alkoholgenuss des vorherigen Abends zu tun hatte. In dem Moment hatte es an der Wohnungstür geklingelt. Wer konnte das sein? Unschlüssig hatte er sich erhoben und zunächst durch den Spion geschaut. Er konnte jetzt keine ungebetenen Gäste vertragen. Er musste dringend nach dem verlorenen Stück suchen. Doch im Hausflur stand Marianne, mit strahlendem Gesicht und ins Blickfeld des Spions erhobener Aktentasche. Schneller als schnell hatte Gerhard die Tür geöffnet, und die Frau war dabei schon in die Wohnung gestürmt.

„Du hast sie gefunden!“, sprach Gerhard, und ein Stein fiel ihm vom Herzen.

„Ja, genau“, entgegnete Marianne triumphierend. „Deine Aktentasche stand herrenlos im Wartezimmer auf unserer Station, als ich vorhin meinen Dienst antrat! Etwas verkatert, wie ich gestehen muss ... Ich habe kurz reingeschaut, entdeckt, dass es deine ist und sofort reagiert! Hab einfach eine Kollegin gebeten, meinen Dienst zu übernehmen, weil ich mich nicht gut fühle – Kreislaufprobleme! Und was bekomme ich jetzt dafür?“

Nur einen winzigen Moment zweifelte Gerhard an der Aussage, dass er sein wichtigstes Gut so unbedacht abgestellt haben könnte. Und warum hatte sie ihn nicht einfach angerufen? Seine Privatnummer lag ja für Notfälle vor. Aber egal. Wichtig war nur, dass er alles wieder in seinen Händen halten durfte.

Marianne hatte währenddessen die Tasche an die Seite gestellt, die Augen geschlossen und den Mund leicht gespitzt. Gerhard zögerte nicht mehr lange und schloss sie in seine Arme, um sie innig zu küssen.

„Du bist die Beste!“, beschloss er, als er zwischendurch Luft holte und gleichzeitig ihren Duft wahrnahm, den der Frische nach einer morgendlichen Dusche und den nach einem klassischen Parfüm. Tosca vielleicht. Auf jeden Fall kannte er ihn von seiner Mutter. Gerhard setzte beide Arme an, hob Marianne hoch und lief mit ihr ins Schlafzimmer. Dort verbrachten sie das gesamte Wochenende.

Später, als sich die Kinder einstellten und sie inzwischen auch in einem großen Haus wohnten, gab sie ihre Arbeit auf. So weit wäre es auch noch gekommen, dass sie als seine Frau irgendwas zum finanziellen Lebensunterhalt hätte beitragen sollen. Da waren sich beide Ehegatten einig. Wichtig waren das Organisieren des Familienlebens und der Netzwerke, die Sorge um die Kleinen. Und auch als diese größer wurden, stellte sich nicht die Frage eines neuerlichen Einstiegs ins Berufsleben.

In diesem Alltäglichen war der fachliche Austausch auf der Strecke geblieben. Umso mehr schätzte ihn Gerhard dann später bei seinen unterschiedlichen Arbeitsgebieten und schließlich auch bei der Ausbildung angehender

Mediziner. Das überhaupt war die tollste Aufgabe seines Lebens.

Als es an der Tür klopfte, zuckte Professor Grabowski zusammen. Das musste die Polizei sein, dachte er mit einem Blick auf die Wanduhr.

„Herein!"

„Da sind zwei Herren von der Kripo für Sie, Herr Professor", sagte die Sekretärin, die sichtlich um Fassung rang, sich aber jede weitere Bemerkung verkniff. Dabei fiel Gerhard Grabowski ein, dass er ihr das eigentlich hatte mitteilen wollen. Das war bei seiner Erinnerungsreise total in Vergessenheit geraten.

„Guten Tag", sagte Alexander, stellte sich und seinen Kollegen Dennis vor.

„Darf ich Ihnen noch etwas anbieten? Einen Tee oder einen Kaffee", erkundigte sich die Sekretärin höflich.

„Das ist sehr freundlich von Ihnen. Aber: Nein, danke! Wir haben keinen Bedarf."

Alexander verschloss die Tür, während Dennis kurz dachte, dass ein Tee gar nicht verkehrt gewesen wäre.

„Nehmen Sie doch Platz, meine Herren", schlug der Professor vor und wies auf eine großzügige Sitzecke mit eleganten Ledermöbeln.

Die beiden Beamten setzten sich, ebenso der Professor, der sich um ein entspanntes Gesicht bemühte und locker die Beine übereinanderschlug.

„Was führt Sie denn zu mir? Etwa das Handy meiner Studentin, von dem aus Sie mich angerufen haben?", wollte er wissen.

„Genau", antwortete Alex. „Haben Sie eine Erklärung dafür, dass Ihre Nummer dort abgespeichert ist?"

„Ach, da hätten Sie sich doch eigentlich gar nicht herbemühen müssen. Das hätte ich Ihnen vorhin schon sagen können, ha, ha."

Grabowski versuchte ein joviales Lachen und ergänzte trocken:

„Spaß beiseite."

Alex war nicht nach Scherzen zumute.

„Warum also?"

„Tja, weil Cornelia Neuner eine meiner Studentinnen ist und ich ihr gestattet habe, mich jederzeit anzurufen, wenn sie ein Problem bei der Ausbildung hat, bei einer ihrer Arbeiten, im Vorfeld einer Prüfung ..."

„Aha, das machen Sie also bei all Ihren Studenten?", warf Dennis ein, und Alex verkniff sich ein Grinsen. Gut gemacht, dachte er. Wenn er das jetzt behauptet, dann wird er absolut unglaubwürdig. Er käme ja nie zu seiner Arbeit, wenn die ihn alle beständig anrufen und belästigen würden. Alex schaute prüfend auf Grabowski.

„Doch, schon ...", der Professor wirkte verunsichert.

„Sie wissen aber, dass wir Ihre Aussagen überprüfen?!", wandte Dennis ein.

Ein Ruck ging durch den Körper des Professors, er setzte sich aufrecht hin und schaute von einem zum anderen.

„Darf ich nun endlich erfahren, weshalb Sie hier sind? Ich hätte auch noch Wichtigeres zu tun, als mich in diesem Moment mit Ihnen über irgendwelche Telefonate zu unterhalten."

„Wir ermitteln in einem Mordfall!"

Alexander verzog keine Miene bei dieser Äußerung.

„Doch nicht ...?"

„Doch. Cornelia Neuner. Wir haben ihre Leiche an der Weser gefunden", erklärte Alex.

Der Professor sackte in sich zusammen und hatte schlagartig Tränen in den Augen. Deshalb war Conny die letzte Zeit nicht bei den Vorlesungen und nicht zu erreichen gewesen. Es hatte nicht an ihm gelegen, sondern es war etwas Schreckliches passiert. Davon hatte doch auch in der Presse gestanden, wobei er das nur flüchtig wahrgenommen hatte. Ihn interessierten eher wissenschaftliche Veröffentlichungen, weniger eine Tageszeitung. Aber in diesem Fall hatte er in der folgenden Zeit doch etwas gründlicher geschaut. Und dann war sie es, von der sein Sportskollege Professor Engelbrecht unlängst beim Tennis erzählt hatte. Er hatte das nur nicht wahrhaben wollen. Sich gegen diese Erkenntnis gewehrt, die schon lange in ihm aufgestiegen war.

„Etwa die Tote, bei der Körperteile fehlten ...?"

„Woher wissen Sie das?", wollte Dennis wissen.

„Aus dem Tageblatt", entrang es sich Professor Grabowski.

„Ja, das hatten wir mit der jüngsten Pressemitteilung herausgegeben, um die Bevölkerung zu Hinweisen zu bewegen. Details helfen da gelegentlich", sagte Alex.

Dann erkundigte er sich, wo der Professor an jenem fraglichen Sommertag gewesen sei.

„Sie haben doch jetzt aber nicht etwa mich in Verdacht?", entrüstete er sich und stemmte sich mit beiden Händen auf die Lehnen seines Sessels.

„Zunächst einmal gehen unsere Ermittlungen in die verschiedensten Richtungen. Und alle, die mit der Toten in letzter Zeit in enger Verbindung standen, könnten infrage kommen. Es sei denn, es war ein Zufallstäter."

Oder mehrere, fügte Alex seiner Erläuterung im Stillen noch an.

„Sie hatten ein Verhältnis mit Ihrer Studentin?", wollte Dennis jetzt wissen.

„Woher ...?"

Der Professor fühlte sich ertappt.

„... leugnen Sie gar nicht erst. Wir haben das schon herausgefunden. Auch, dass Sie mit ihr zu einem Kongress in Berlin waren und dort im Hotel Kempinski genächtigt haben."

Alexander schaute äußerst ernst und zugleich anerkennend bei diesen Worten seines Kollegen. Der hatte ja in der kurzen Zeit tatsächlich allerhand herausbekommen. Hätte er ihm natürlich vorhin schon bei der Fahrt zum Klinikum erzählen sollen, aber wahrscheinlich wollte Dennis ihn überraschen. Gelungene Aktion, dachte Alex.

„Ja, wenn Sie schon alles wissen. Cornelia war meine Lieblingsstudentin und eine ganz intelligente junge Frau obendrein", zuckte Professor Grabowski mit den Schultern. „ Es war ein einmaliger Ausrutscher, weshalb ich Sie auch um absolute Diskretion bitte. Was die fragliche Zeit angeht, so muss ich dazu mal kurz meine Sekretärin konsultieren. Sie führt meinen Kalender und ist meist besser auf dem Laufenden als ich."

„Tun Sie das", nickte Alex und lehnte sich in dem Sessel zurück.

Der Professor erhob sich, wollte erst zu seinem Schreibtisch an die Telefonanlage gehen, entschied sich dann aber doch für die Tür zum Sekretariat. Er öffnete sie.

„Frau Fischer, kommen Sie doch bitte mal mit meinem Kalender zu uns. Jetzt gleich. Es geht um ein zurückliegendes Datum." Dann lief er zu seinem Sessel zurück und ließ sich hineinfallen.

„Wann genau soll es denn gewesen ein?", erkundigte sich die Sekretärin, die Augenblicke später im Raum stand, und schob ihre Brille auf der Nase zurecht.

Alexander nannte das Datum.

„Moment. Das habe ich gleich ... Hier."

Sie blickte wieder auf.

„An den Tagen waren Sie mit Ihrer Frau verreist und am Starnberger See, wenn ich das korrekt notiert habe."

„Das werden Sie sicherlich, meine Liebe", seufzte der Professor erleichtert auf.

„Danke. Das wars erst einmal", sagte Alexander.

Die Sekretärin musterte die Männerrunde mit wachem Blick, drehte sich um, verließ den Raum und schloss die Tür hinter sich. Das war jetzt aber eine äußerst merkwürdige Situation, dachte sie und setzte sich wieder an ihren Computer, um den aktuellen Schriftwechsel ihres Chefs mit einer Universität in den Vereinigten Staaten zu beenden. Ganz gleich, was es sein sollte, sie war verschwiegen wie ein Grab, wenn es um die privaten Angelegenheiten ihres Vorgesetzten ging.

„Halten Sie sich bitte zu unserer Verfügung, Herr Professor", betonte Alexander, als er sich erhob. Dennis stand ebenfalls auf.

„Wir müssten Sie dann auch noch bitten, Ihre Aussage von vorhin bei uns in der Dienststelle zu Protokoll zu geben“, setzte Alex noch nach.

„Am besten macht da meine Sekretärin mit Ihnen einen Termin aus“, wurde der Professor wieder ganz der Alte. „Ich bin doch sehr stark eingebunden.“

Alexander wollte schon aufbrausen, aber er verkniff es sich. Was dachte dieser Mann denn eigentlich, was sie bei der Kripo taten? Mal eben so lockere Gespräche führen und dann wieder zur Tagesordnung übergehen. Aber es lag ihm fern, zu einer größeren Erklärung auszuholen. So nickte er nur kurz angebunden und verließ mit Dennis den Raum.

„Schaust du dann bitte mal, wann ein Termin fürs Protokoll dem verehrten Herrn Professor passt?“, knurrte Alex auf dem Flur des Klinikums zu Dennis. Der lachte nur.

„Ach, Alex. Mach dir doch nichts draus. Solche Leute sind halt so. Und natürlich kümmere ich mich darum. Wird selbstredend umgehend erledigt, Chef!“

Wissbegierde

Als Alexander an diesem Abend nach Hause kam, stand Tina direkt am Feldrand gegenüber und rührte sich nicht. Er parkte sein Auto vor der Garage, stieg aus und schaute zu ihr hin. Dann fiel ihm ein, dass die Große bei einer Freundin übernachten wollte, weil am nächsten Tag ein Ausflug der Klasse geplant war. So konnten sie gemeinsam starten. Und er hatte mit seiner Kleinen einen Abend für sich. Was aber tat seine jüngere Tochter dort? Alex näherte sich Tina, rief auch zwischendurch. Erst tat sich nichts, dann schaute sie ihn mit gerunzelter Stirn an und legte den rechten Zeigefinger auf die geschlossenen Lippen. Alexander zuckte nur mit den Schultern und schaute fragend.

„Du hast aber auch gar keine Geduld, Papa!", bequemte sich Tina endlich. „Hör doch mal genau hin!"

„Wohin?"

Alexander begriff nichts.

„Hast du eine lange Leitung! Na, hier, auf den Mais. Der wächst."

„Ja und?"

„Das macht Geräusche. Du musst nur ganz still sein und dich total darauf konzentrieren!"

Alexander überlegte, was an der Sache dran sein könnte. Wahrscheinlich hatte sein wissbegieriges Kind wieder irgendeine Information aufgeschnappt und testete nun den Wahrheitsgehalt.

„Doch, das Grünzeug kann Krawall machen“, fiel ihm jetzt ein.

„Sprich doch nicht so abfällig von der Natur“, erboste sich Tina und stand jetzt breitbeinig, beide Fäuste in die Hüften gestemmt.

Alexander lachte.

„Ach, Kleines, das war nicht so gemeint. Ich habe nur daran gedacht, wie der Raps sich anhört, wenn er reif ist und die ersten Samen aus den Kapseln springen.“

Tina nickte jetzt zufrieden.

„Genau, Papa, das ist ein vernünftiger Vergleich. Nur handelt es sich hier um das Wachstum vom Mais. Hatten wir heute in der Schule. Hat Herr Grundmann so nebenbei erzählt, als die Stunde schon fast am Ende war.“

„Tatsache? Man kann den Mais wachsen hören? Ich kenne nur das Sprichwort von jemandem, der das Gras wachsen hört, also besonders sensibel ist und ein ausgezeichnetes Gespür für die Geschehnisse in seiner Umgebung hat.“

„Das ist was anderes“, tat Tina die Bemerkung ihres Vaters ab. „Hier geht es um das Pflanzenwachstum und das soll unendlich viele Brüche innerhalb der Stängel und Blätter mit sich bringen, die dann immer wieder repariert werden. Ähnlich wie bei unserem Muskelaufbau, wo Minirisse zum Beispiel beim Gewichtestemmen entstehen und dann wieder heil gemacht werden. So ein Bruch aber knackst dann irgendwie. Hör doch mal richtig hin, Papa.“

Die beiden standen immer noch auf der Straße, direkt am Feldrand. Alexander gab sich redliche Mühe, all seine Konzentration auf eventuelle Geräusche direkt neben ihnen zu fokussieren. Und tatsächlich.

„Stimmt", sagte er. „Jetzt habe ich auch was vernommen. Das ist ja ein Ding. Und so was lernt ihr in der Schule. Nicht schlecht!"

„Man nennt das auch Materialbruch beim Wachstum, und das ist dann quasi wie ein mikroskopisches Erdbeben. Mit einem Mal werden innere Spannungen freigesetzt, die dann Schallwellen in alle Richtungen ausstrahlen. Übrigens will man diese Erkenntnisse dazu nutzen, stabilere Sorten zu züchten, die in der Wachstumsphase nicht so anfällig sind."

„Hut ab. Willst du mal Biologin werden?", erkundigte sich Alexander.

Tina überlegte kurz.

„Könnte sein, Papa. Aber für so eine Entscheidung bin ich noch viel zu jung, außerdem habe ich so viele Interessensgebiete!"

Alexander unterdrückte ein Lachen.

„Hast du noch mehr solche wissenswerten Dinge auf Lager. Das war jetzt auch für mich völlig neu", sagte er.

„Da ich schon das Abendbrot für uns beide vorbereitet habe, können wir uns ja gemütlich dabei unterhalten", schlug Tina vor. „Und ich überlege mal, was ich dir noch alles erzählen kann."

„Hast du auch Albert schon versorgt?"

Tina schaute entrüstet.

„Logisch, Papa. An den denke ich doch zuerst."

Alexander bekam ein schlechtes Gewissen.

Wenig später saßen beide am Küchentisch, und Alex freute sich wieder am liebevoll inszenierten Abendbrot inklusive einer kleinen Vase mit Gänseblümchen aus dem Garten.

„Hast du toll gemacht, meine Süße", lobte er zufrieden.

Tina lächelte und griff sich eine Scheibe Körnerbrot.

„Mir ist gerade noch was eingefallen, Papa. Weißt du, dass die Gottesanbeterin zum Insekt des Jahres 2017 gewählt worden ist?"

Alexander schüttelte nur erstaunt den Kopf und kaute dabei.

„Also, das ist ja so eine Fangschrecke mit ganz großen Facettenaugen, und die wird in Deutschland als bedrohte Art geführt."

„Aha."

Alexander dachte gerade daran, dass Gottesanbeterinnen doch ihre männlichen Partner gern verzehrten. Und schon ging Tina mit ernstem Gesicht darauf ein.

„Das Tier hat ja einen ziemlich schlechten Ruf", sagte Tina. „Die Weibchen gelten als Männerkillerinnen. Nach dem Sex, der mehrere Stunden dauern kann, verzehren sie ihren Partner, wenn er nicht rechtzeitig abhaut. Oder sie reißen ihm schon währenddessen den Kopf ab ..."

Alexander schluckte. Bestimmt hatte sie das auch wieder aus der Schule mitgebracht. Tolle Vorstellung beim Essen. Außerdem sah er sofort die kopflose Leiche vor sich, und die beruflichen Gedankenverbindungen stellten sich her.

„Also dann will ich später mal lieber keinen Sex, wenn das so ausarten kann“, sagte Tina ernst und schnappte sich eine Scheibe Käse.

Alex räusperte sich, um die Heiterkeit zu unterdrücken. Dabei überlegte er krampfhaft, wie er geschickt das Thema wechseln könnte. Aber offensichtlich hatte auch seine Tochter gar kein Interesse mehr daran.

„Wir könnten uns ja mal ein paar Hühner zulegen. Dann hätten wir immer frische Eier zum Frühstück. Platz wäre ja genug“, schlug Tina nun vor.

„Gute Idee. Aber da müsste sich dann auch einer um sie kümmern. So ganz von allein passiert das alles nicht“, wandte Alexander ein.

„Ach, das würde ich schon übernehmen wollen. Außerdem sind Hühner unheimlich intelligent. Das haben jetzt italienische Forscher festgestellt. Küken können schon kleine und große Mengen unterscheiden und sich Flugbahnen eines Balls merken. Außerdem kommunizieren die untereinander mit 24 verschiedenen Lauten. Das wird noch durch jede Menge visueller Zeichen ergänzt. Und Mitgefühl empfinden sie auch. Zeigt man einer Glucke, wie ein Windstoß den Flaum ihrer Kleinen zerzaust, dann hat sie Stresssymptome! Ich glaube, ich könnte da auch so allerlei ausprobieren. Rein wissenschaftlich natürlich ...“

Tina versank ins Nachdenken und erwartete keine Antwort ihres Vaters. Der wiederum dachte gerade an den schon erwähnten Berufswunsch Biologin. Könnte passen bei seiner Kleinen. Auf jeden Fall sollte man das weiter beobachten, nahm er sich vor.

Jetzt war es an Tina, das Thema Tiere noch einmal aufzugreifen. Sie hatte gerade den letzten Bissen ihres belegten Brotes verzehrt und griff sich noch ein Stück saure Gurke.

„Jetzt sind hier übrigens mehrere Waschbären gesichtet worden", erzählte das Mädchen.

„Wirklich?"

Alexander blickte erstaunt.

„In Haddenhausen nämlich. Das ist ja gar nicht so weit weg von uns", betonte Tina. „Und die sollen sogar durch Katzenklappen in Häuser gelangen."

„Na, ein Glück, dass wir da für unseren Albert keine Klappe installiert haben, sondern ihn bei Bedarf ganz normal durchs Fenster oder die Tür hereinlassen."

„Genau, Papa. Man soll aber vorsichtig sein, weil die Waschbären auch Krankheiten übertragen. Obwohl sie ja so niedlich aussehen ..."

„Tja, das Aussehen kann eben ganz schön täuschen", fiel Alex dazu ein, und nun versank er ins Nachdenken.

„Papa! Was ich dich die ganze Zeit schon einmal fragen wollte ...", setzte seine kleine Tochter wieder an.

„Ja, Tinchen, was denn?"

„Warum ist die See-Oma seit Neuestem manchmal so komisch. Gar nicht mehr wie früher. Da hat sie zwar gelegentlich auch genervt, aber jetzt bekomme ich richtig Angst vor ihr."

„Wieso das denn?"

Alexander hatte einen Kloß im Hals.

„Neulich hat sie Olga zu mir gesagt und dann gemeint, ich solle ihrem Alex nicht wehtun! Damit meinte sie doch aber dich und die Mama ... Das fand ich ganz schrecklich.“

„Kann ich mir vorstellen“, erwiderte Alexander. „Der Oma geht es nicht mehr so gut. Sie ist krank.“

„Aber sie sieht doch total gesund aus. Hinkt nicht, hat keinen Krückstock, hustet nicht, trägt eine normale Brille, hört alles ...“

„In dem Fall ist es nicht das Körperliche ...“

„... sondern?“

„Der Geist baut bei deiner Oma ab, und so nach und nach kann sie sich an allerlei Dinge nicht mehr erinnern. Vieles gerät einfach in Vergessenheit. Das meint sie überhaupt nicht böse. Sie hat dich unendlich lieb. Egal, was sie da vielleicht mal sagt.“

„Ach, so ist das“, sagte Tina. „Dann ist das Alzheimer.“

„Woher hast du das?“

„Aus der Schule. Wir gehen ja manchmal zu den alten Leuten nach nebenan ins Altenheim. Haben wir früher schon in der Grundschule gemacht.“

„Stimmt. Jetzt erinnere ich mich. Dann habt ihr was aufgeführt. Ein paar Lieder, kleine Sketche ...“

„Und alle haben sich riesig gefreut“, sagte Tina. Dann lenkte sie ein: „Na ja, fast alle. Manche stierten auch nur vor sich hin und sabberten. Die hätte man ja auf ihren Zimmern lassen können. Das habe ich auch mal vorgeschlagen, aber dann hat so eine Pflegerin gemeint, man wüsste nie genau, was die alten Leute so alles mitbekommen. Das habe ich verstanden. Aber arbeiten könnte ich da nicht ...“

Alexander schüttelte den Kopf.

„Das musst du auch gar nicht. Wir waren doch schon beim Berufswunsch Biologin. Schauen wir einfach mal!"

Tina griff zu ihrem Glas und trank den Rest Apfelschorle aus, dann blickte sie zur Wanduhr.

„Oh, schon so spät. Da haben wir uns aber ganz schön verplaudert. Ich werde mich mal bettfertig machen."

Sie erhob sich.

„Hausaufgaben sind erledigt?", wollte Alexander noch wissen.

„Die Frage kommt etwas spät, Papa. Wir hatten heute nichts auf. Deshalb konnte ich mich auch meinen Untersuchungen am Maisfeld widmen. Aber wenn du magst, kannst du mir nachher noch eine Geschichte vorlesen."

„Wie in alten Zeiten?"

„Wie in alten Zeiten!", wiederholte Tina. „Aber nichts der Lena verraten, sonst zieht die mich damit nur auf."

„Versprochen, mein Kleines. Hast du denn einen Wunsch?"

Tina überlegte kurz.

„Am besten ein Stück aus dem ersten Band von Harry Potter. Den Einstieg."

„Aber den hast du doch schon zigmal gelesen?!"

„Na und? Lesen kann man gute Geschichten doch immer wieder und hören sowieso."

Das Mädchen erhob sich und wollte noch den Tisch abräumen.

„Lass mal, Tinchen. Damit bin ich dran. Du warst heute schon fleißig genug. Bis gleich."

Als Alexander später das dicke Buch aufschlug, kuschelte sich Tina in ihre Kissen und lächelte ihren Vater an.

„Ich bin ganz Ohr. Leg einfach los.“

„Mir gefällt die Geschichte übrigens auch sehr gut. So als Zauberer groß zu werden, das ist doch eine klasse Vorstellung“, sagte Alexander noch und begann mit dem ersten Kapitel.

Und selbst als Tina eingeschlafen war, konnte er das Buch nicht aus der Hand legen, sondern las noch das angefangene Kapitel zu Ende.

Verstärkung

Am anderen Morgen stimmte sich die „Mordkommission Weserstrand“ ab, alle Zugeteilten waren erschienen. Jeder trug die Ergebnisse seiner Ermittlungen vor, die aktuell hinzugekommen waren. Bei der Sichtung der Verbindungen auf dem Handy der Toten hatte sich kein weiterer Ansatz ergeben. Studienfreunde, Familie ... alles im üblichen Bereich und keiner, der für detailliertere Nachforschungen infrage kam.

Bis auf Jonas. Der vorherige Verlobte der jungen Frau, Jonas Lehmann, war kurzzeitig in den Mittelpunkt der Ermittlungen gerückt. Alexander wollte zunächst mit Dennis bei dieser Familie vorbeischauen, aber dann schien es ihm doch nicht so ergiebig zu werden, also hatte er die von Peer Luchterhand aus Bielefeld geschickten Kollegen eingesetzt. Timo Pöhler und Bettina Rippel – zwei seiner besten Mitarbeiter, wie Peer gemeint hatte.

Timo übernahm es, hier die Zusammenfassung vorzutragen.

„Im Grunde handelt es sich bei dem Verdächtigen lediglich um einen Stalker. Er war mit der Toten knapp zwei Jahre verlobt, bis diese sich ihrem aktuellen Freund Matthes zugewandt hatte. Wobei die beiden Männer auch befreundet sind, nach wie vor ... Ständige Telefonate kamen von ihm, das haben wir auf ihrem Handy überprüft. Außerdem hat er ihr an den verschiedensten Orten aufgelauert. Zu unserem fraglichen Zeitpunkt gibt es allerdings ein hieb- und stichfestes Alibi. Daran ist nicht zu deuten."

Bettina rutschte etwas unruhig auf ihrem Stuhl hin und her. Ganz einverstanden war sie mit ihrem Kollegen nicht. Vor allem nicht, dass er die Sache mit dem Stalken so abtat, als sei das nichts Besonderes, sondern etwas Alltägliches, fast Normales. Dabei lieferten doch genau solche Verhaltensweisen die Steilvorlagen für ihre Einsätze. War da nicht sogar ein bekannter Politiker dabei gewesen, der einen Bekannten anderthalb Jahre ununterbrochen belästigte, ihn dann umbrachte und schließlich sich das Leben nahm. Das hatte heftigen Wirbel in den Hauptstadtgazetten erzeugt. Eine Schlagzeile übertraf die andere.

Ist doch schließlich eine Straftat, und dafür haben wir Gesetze, die zum Glück vor einiger Zeit reformiert und verschärft wurden, dachte Bettina. Und in der konkreten Situation hier war natürlich mal wieder eine Frau davon betroffen, wie in 80 Prozent der Fälle, und das Ende einer Liebe plus Trennung der entsprechende Auslöser bei dem Verschmähten.

Immerhin musste man als Betroffener jetzt nicht mehr nachweisen, dass das Stalking den eigenen Alltag massiv beeinträchtigt, bis hin zum Kündigen des Jobs oder Umzügen. Wer früher weder Arbeitsstelle noch Wohnort wechselte, hatte rechtlich nicht einmal die Voraussetzungen erfüllt, dass die Angelegenheit polizeilich untersucht wurde ... Jetzt hing die Strafbarkeit von der Nachstellung an sich ab.

Bettinas Gedanken schweiften immer noch ab. Wie wollte man das aber alles nachweisen, und wie lange dauerte es, ehe man überhaupt professionelle Hilfe in Anspruch nahm. Sie hatte da Sachen in ihrem Berufsleben mitgemacht, die hätte sie sich eigentlich lieber ersparen wollen. Und die vielfältigen Angebote der Technik entpuppten sich da nicht immer als Segen. Wo früher Anrufe in Masse oder das Verfolgen auf Schritt und Tritt die Klassiker waren, kamen heute Mails, WhatsApp-Nachrichten, falsche Facebook-Profile hinzu. Gern wurden intime Fotos oder Daten der Opfer verbreitet, Waren unter ihrem Namen bestellt oder Spyware zur Überwachung eingesetzt. „Big brother is watching you", fiel Bettina dazu noch ein und zugleich das Buch „1984" von George Orwell. Wobei das ja eher die alles überwachende Staatsmaschinerie betraf, aber Parallelen gab es doch ...

So ganz stimmte sie aber auch aus einem anderen Grund mit ihrem Kollegen nicht überein. Während sie die Familie befragten, hatte sie die ganze Zeit so ein merkwürdiges Gefühl gehabt, davon auch zu Timo gesprochen, aber der hatte sie nur ausgelacht.

„Ihr Frauen immer mit eurer hochgepriesenen Intuition. Ich bin ein absoluter Verfechter des Rationalen ..."

Dabei sah sie alles noch detailliert vor sich.

Bettina hatte sich und Timo bei Familie Lehmann angemeldet und bereits am Telefon gesagt, dass es zwingend nötig wäre, alle Familienmitglieder zu Hause anzutreffen.

„Kein Problem", hatte Monika Lehmann am Telefon bei der Verabschiedung gesagt, dann aber erstaunt das Telefon sinken lassen und sich über sich selbst geärgert. Sie hatte nicht einmal nachgehakt, worum es denn nun genau in dieser Befragung gehen sollte. Was hatte diese Rippel gesagt? Irgendwas von Ermittlungen in einem Todesfall. Und da am nächsten Tag sowieso alle daheim sein wollten, verdrängte Monika das Thema bis zum Abendbrot.

„Ach so", sagte sie zwischen zwei Bissen von ihrem mit Putenfilet und einer Salatscheibe belegten Brot, „gleich morgen früh kommt jemand von der Kripo. Die ermitteln in irgendeinem Fall und wollen auch bei uns was erfragen."

Dann griff sie zum Glas mit Mineralwasser und nahm einen großen Schluck.

„Was? Wer kommt?"

Hans-Jürgen hatte bei den Worten seiner Frau nicht richtig zugehört. Nur der Begriff Kripo war hängen geblieben.

„Die Kripo will was von uns", sagte Jonas mit käsebleichem Gesicht.

„Hast du was angestellt? Hast du wieder gekifft und dich dabei auch noch blöderweise erwischen lassen?", wollte Monika wissen. „Dann schenk uns reinen Wein ein, damit wir damit umgehen und entsprechend reagieren können."

Wieso kam sie jetzt nur auf Wein. Bei dieser Wendung befiel sie ein unbezwingbarer Appetit auf ein schönes großes Glas mit einem Schoppen Roten oder auch zwei oder auch mehr ...

„Wir stehen immer zu dir, Junge. Egal, was du angestellt hast", fügte Monika noch an, nachdem Jonas nur auf seinen Teller mit der halben belegten Brotscheibe gestarrt hatte.

Jonas schüttelte den Kopf.

„Geht das auch verbal?“, fasste jetzt Hans-Jürgen nach, dem die Hand zitterte, als er zu seinem Glas mit Bier griff.

„Ich weiß nicht“, druckste Jonas herum.

„Hast du vielleicht einen Unfall verursacht und dich in Panik aus dem Staub gemacht?“, schlug jetzt Monika als mögliche Variante vor, bei der die Kripo in der Folge ermittelte. Doch hoffentlich nicht mit einem Toten, dachte die Mutter noch und bekam jetzt Herzrasen. Ob von dieser Idee, ihr Junge könnte etwas angestellt haben, oder von ihrem dringenden Bedürfnis nach Alkohol, das war ihr nicht klar.

Monika nahm sich vor, den nächstmöglichen Freiraum zu nutzen, sobald die Beamten von der Polizei wieder fort waren. Sie musste nur an ihr gut gefülltes Versteck im Keller mit den Reserven für eventuelle Notlagen. Sohn und Mann waren in Kürze auch wieder unterwegs ...

„Vielleicht hat es was mit Cornelia zu tun“, sagte Jonas halblaut.

„Mit deiner alten Flamme?“, wollte der Vater wissen und zuckte dabei zusammen.

„Genau, mit der!“

„Kannst du uns das etwas genauer erklären“, forderte Hans-Jürgen seinen Sohn mit betont fester Stimme auf.

Und Jonas erzählte.

Am anderen Morgen standen Bettina und Timo vor der Tür des Hauses der Familie Lehmann. Sie mussten lange klingeln, ehe ihnen geöffnet wurde. Offensichtlich wurde man sich nicht einig, wer das übernehmen sollte. Schließlich war es Jonas, der die Beamten hineinließ.

Bettina hatte sich und ihren Kollegen vorgestellt.

„Wir sind jetzt miteinander verabredet", hatte sie gesagt, und Jonas hatte dazu nur genickt und war vorausgegangen.

Hans-Jürgen hatte vor dem großen Fenster gestanden, während Monika schon in einem der bequemen Sessel saß.

„Kann ich Ihnen etwas anbieten?", erkundigte sie sich, blieb aber in der lässigen Position sitzen.

„Nein, danke", hatte Bettina geantwortet. „Wir haben nur ein paar Fragen, die mit unseren aktuellen Ermittlungen zusammenhängen."

Auf den Vorschlag, sich ebenfalls an den Couchtisch zu setzen, ging Hans-Jürgen nicht ein, sondern argumentierte mit Rückenbeschwerden – speziell die Bandscheiben – und dass er sich viel bewegen sollte, wie der Orthopäde ihm geraten hatte. Das hatte Timo nur mit ein paar freundlichen Worten bestätigt. Rücken, das Problem kannte er auch. Man saß eben viel zu viel im Job und kam aus Zeitmangel nicht wirklich zu genügend ausgleichender Bewegung. Die beiden Männer waren sich einig.

Geschickt hatten sich die beiden Beamten durchgefragt, ohne allzu viel vom Geschehen an der Weser zu verraten. Die Familie hielt offensichtlich zusammen, und jeder unterstützte wortreich den anderen. Als es um die Verlobung mit Cornelia ging, winkte Monika nur ab, und es brach aus ihr heraus.

„Ein ganz durchtriebenes Aas, wenn Sie mich fragen. So ein Luder geht doch mit jedem ins Bett."

Dabei hatte Jonas auf den Teppichboden gestarrt.

Bettina lag eine kommentierende Bemerkung auf der Zunge, aber sie verkniff es sich, hier etwas Unpassendes von sich zu geben.

Jonas hatte dann, ziemlich stotternd, Auskunft zu seiner Stalkerei gegeben. Es schien auch einigermaßen ehrlich zu sein und stimmte mit den recherchierten Fakten überein.

„Ich habe einfach nicht anders gekonnt", gab er zu und hatte dabei Tränen in den Augen. „Irgendwie habe ich mir immer noch was vorgemacht und gehofft, es könnte sich zwischen uns wieder einrenken."

„Der arme Junge", legte Monika einen Arm um ihren Sohn. „Sie sehen doch, was er durchmacht ... Reicht das nicht langsam aus?"

Hans-Jürgen hatte inzwischen deutliche Schwitzspuren auf seinem Shirt.

Bettina ließ ihre Blicke immer von einem Familienmitglied zum anderen wandern und wurde so ein ungutes Gefühl einfach nicht los. Irgendwas war faul hinter den Mauern dieses Hauses.

Als Timo geendet hatte, behielt sie aber ihre Empfindungen aus dieser Begegnung mit den Lehmanns für sich. Sie wollte nicht wieder wegen ihrer Gefühlsduselei gehänselt werden. Ihr Kollege konnte da manchmal richtig verletzend sein.

Kriminaloberrat Reinhold Riechmann hörte nachdenklich in der Runde der Mordkommission zu. Anfangs gab es noch eine kurze Diskussion zur monatlichen Veröffentlichung der Entwicklung der Kriminalität in NRW, was seit einiger Zeit der Fall war. Die Anwesenden spalteten sich in ein Lager der Befürworter und der totalen Ablehner. Er fühlte sich bemüßigt, noch einmal ein paar erklärende Worte dazu zu sagen, von wegen mehr Transparenz für die Bevölkerung und dass die Deutschen doch in einem der sichersten Länder der Welt leben würden. Dann zog er einen Schlussstrich und betrachtete dieses Thema als erledigt.

Reinhold Riechmann wirkte ein wenig nervös. Er fuhr sich mit dem Zeigefinger der Rechten lockernd in den Hemdkragen. Es wäre ihm entschieden lieber, wenn hier nicht kostbare Zeit vertrödelt würde, sondern harte Fakten auf den Tisch kämen. Etwas, das im Fall eine Lösung andeutete, und möglichst nicht nur das, sondern den Täter lieferte ... Aber er verkniff sich eine Äußerung, schaute nur überaus ernst zu Alexander, als dieser nun anhub:

„Wir sollten davon ausgehen, dass der Aufenthaltsort mit dem kleinen Zelt an der Weser nicht der letzte Platz war, an dem die junge Frau lebend anzutreffen war. An dieser Stelle dürfte auch nicht die Tat passiert sein, jedenfalls deutet nichts darauf hin. Wir haben alles gründlich untersucht und keinerlei Anhaltspunkte für eine gewalttätige Auseinandersetzung gefunden. Eher sah dort alles nach einem ganz friedlichen Weggang aus. Beziehungsweise einem Wegschwimmen, wenn ich das mal so formulieren darf. Und dann müssten wir ein Stück weiter flussabwärts ansetzen. Dagmar und Bernd hatten dazu ermittelt. Wer von euch beiden will das mal kurz zusammenfassen?“

Bernd Langer schaute seine Kollegin Dagmar Scholz an und nickte ihr auffordernd zu.

„Ich lasse den Damen immer gern den Vortritt", sagte er.

Gelächter flackerte in der Runde auf, erstarb aber gleich wieder, als Dagmar anfing.

„Wir haben uns bei den entsprechenden Abteilungen auch in der Wasserwirtschaft schlaugemacht. Dabei ging es uns auch um die Fließgeschwindigkeit der Weser und wie schnell eben so ein Paket von A nach B gelangen kann."

„Wenn es sich denn nicht mal unterwegs verfängt, was doch wohl geschehen ist", warf einer der Kollegen ein.

„Ja, darauf komme ich doch gleich."

Dagmar runzelte die Stirn.

„Bei allen Eckdaten, die uns zur Verfügung stehen, könnten wir davon ausgehen, dass die junge Frau etwa in diesem Aktionsradius unterwegs war. Im Wasser natürlich."

Dagmar hatte dazu den Beamer angeworfen und deutete jetzt auf eine Markierung, die den Aufenthaltsort der beiden jungen Leute an einem Ende beinhaltete.

„Die Strömung ist ja nicht ohne. Vielleicht ist sie abgetrieben worden und hat es nicht mehr geschafft, wieder an ihren Ausgangspunkt zurückzuschwimmen. Ist dann irgendwo ans Ufer, um Kraft zu sammeln, eventuell auch, um wieder zu Fuß zurückzugelangen. Und da irgendwo ist sie auf ihre Mörder getroffen. Vielleicht hatten die Täter dort ebenfalls ihre Zelte aufgeschlagen ..."

Dagmar wies auf die Uferseiten der Weser.

Jetzt ergriff Alex das Wort.

„Danke, Dagmar. Wir hatten ja schon vorab darüber geredet, und diese Vermutungen liegen ausgesprochen nahe. In den angegebenen Gebieten könnte die Tat geschehen sein, eventuell auch gleich die Entsorgung der Leiche. Das wird sich herausfinden. Wenngleich sicher mit ziemlichem Aufwand ..."

Reinhold Riechmann nickte und mischte sich ein.

„Ich weiß, worauf Sie hinauswollen. Sie brauchen Verstärkung, um dieses Areal gründlich abzusuchen. Ein Leichenspürhund dürfte ebenfalls sehr hilfreich in diesem Fall sein. Ist quasi schon genehmigt. Ich stehe vollkommen hinter Ihnen. Mit der hier anwesenden Personalstärke werden wir ja wohl kaum das dortige Unterholz gründlich sichten können. Wir werden uns in einzelne Gruppen aufteilen und auch die beiden Ufer absuchen. Oder meinen Sie, lieber Rosenbaum, dass nur eine Uferseite infrage kommt?"

Alexander zuckte die Schultern.

„Schwer zu sagen. Das hängt natürlich mit allerlei Umständen vor Ort zusammen, die wir aus heutiger und vor allem hiesiger Sicht schlecht rekonstruieren können."

„Dann machen wir das so. Die Truppe wird fürs Absuchen der Uferbereiche aufgestockt. Wir fordern am besten Bereitschaftspolizisten der nächstgelegenen Einsatzhundertschaft an. 35 Mann dürften sicher ausreichen, dazu ein paar örtliche Beamte und unsere Leute. Da muss sich doch was finden lassen, der Tatort und möglicherweise auch das Tatwerkzeug!"

Reinhold Riechmann hatte seine abschließenden Worte gesprochen, nickte noch einmal in die Runde, erhob sich und verließ den Besprechungsraum. Alexander war gedanklich bei der Formulierung „35 Mann“ hängen geblieben. Das war jetzt allerdings politisch nicht korrekt. Aber beim Blick in die Besprechungsrunde fiel ihm keine negative Reaktion der anwesenden Frauen auf. Von wegen Gleichberechtigung und so ...

Wenige Stunden später machten sich alle auf den Weg, jeder hatte seine Instruktionen und ein exakt vorgegebenes Stück am Weserufer, das es abzusuchen galt. Auch Spürhunde wurden mit eingesetzt. Und auf der Weser fuhr ein Boot der Wasserschutzpolizei, die ebenfalls um Hilfe gebeten worden war. Von dort aus gab es die beste Sicht auf die infrage kommenden Areale an Land. Nach den bisherigen Erkenntnissen ging man davon aus, dass es ein etwas freier gelegenes Stück Ufer sein musste.

Dagmar bewegte sich fluchend durchs Unterholz am Weserufer.

„So ein verdammter Mist.“

Eben war sie umgeknickt.

„Hätte ich mir bloß andere Schuhe angezogen. Und müssen die Leute denn immer alles in die Botanik knallen. Wir könnten hier ja säckeweise Unrat zusammentragen, wobei wir nun nicht wirklich den Auftrag zu einer Aktion ‚Saubere Landschaft‘ haben. Außerdem noch dieses nervende Ungeziefer ...“

Sie schlug um sich.

„Wo ich doch immer gleich allergisch auf solche Stiche reagiere ...“

Ein kleines Stück neben ihr war Bernd Langer auf der Suche nach etwas, das in diesen aktuellen Fall als Puzzleteil passte.

„Junge, Junge, du schimpfst ja wie ein Rohrspatz", lachte er. „So kenne ich dich gar nicht."

Das Gehölz knackte und die Steine knirschten.

„Ein Glück nur, dass es wenigstens nicht regnet. Sonst wäre das hier der Oberhammer", entschied sich Dagmar für eine etwas positivere Sicht auf die Dinge, zückte aus ihrer Hosentasche einen Stift, der auf seinem Aufdruck rasche und wirksame Hilfe nach Insektenstichen versprach. Sie öffnete den Verschluss und rieb über ein paar Stellen.

„Sag mal, hat es eigentlich seit der Tat selbst Regen gegeben?", wollte jetzt Bernd wissen, der sich langsam vorarbeitete und den Blick nicht vom Boden ließ.

„Nein! Ich habe das recherchiert. Auf die eigene Erinnerung kann man sich ja selten verlassen. Aber dank Internet & Co. bin ich ziemlich gleich fündig geworden, was die Wetterlage der zurückliegenden Tage angeht. Es war einfach nur trocken."

„Das wird die Landwirte nicht gefreut haben", warf Bernd ein.

„Dafür uns umso mehr", betonte Dagmar. „Könnten wir die Chance bekommen, dass vielleicht noch etwas mehr an Spuren zu finden ist und Regen nicht vielleicht schon alles abgewaschen hat."

„Tja", meinte Bernd, stolperte, fing sich aber an einem Baum auf, „so hat alles im Leben irgendwie sein Gutes. Je nach der Betrachtungsweise."

Der Suchtrupp bewegte sich langsam voran. Zwischendurch gab es Rufe vom Boot auf der Weser.

„Bei so einer Tat räumt man doch mit Sicherheit nicht alles in vollendeter Gemütsruhe auf, sondern hinterlässt irgendwas, was uns nun wiederum dienlich sein könnte", dachte Dagmar laut vor sich hin.

„Na klar", antwortete Bernd. „Bin völlig deiner Meinung. Wir müssen was finden. Kann ja nicht total umsonst sein, dass wir uns hier die Klamotten zuschanden machen. Aua!"

Soeben war Bernd an einem Brombeerbusch hängen geblieben.

„Und unseren Körper ebenfalls."

„Was ist denn passiert?", wollte Dagmar wissen, ohne ihre Blicke vom Boden und den halbhohen Bereichen zu lösen.

„Ich glaube, ich habe jetzt ein paar Dornen in meiner rechten Hand", jammerte Bernd.

„Dann warte mal, Schwester Dagmar kommt gleich!", witzelte Dagmar und lief zu ihrem Kollegen. „Wo tut's denn weh, und wo soll ich pusten?"

„Also, verarschen kann ich mich allein. Aber ein wenig Hilfe wäre schon nicht verkehrt. Ich krieg das doch allein nicht aus meiner Rechten heraus, bin schließlich kein Linkshänder."

„Als ob das nun ein Problem wäre", murmelte Dagmar.

„Was hast du gesagt?", wollte Bernd wissen.

„Ach, nichts weiter. Halt einfach mal deine Hand still. Ich glaube, ich habe sogar eine Pinzette in meiner Hosentasche."

„Wirklich?“, freute sich Bernd.

„Als hätte ich es geahnt, dass wir die hier benötigen würden!“, triumphierte Dagmar.

„Ist bestimmt der typisch weibliche Sinn für die wichtigen Dinge des Lebens. Wir Jungs haben ja eher Taschenmesser in unseren Hosentaschen ...“

„Nimmst du mich jetzt auf den Arm“, schaute Dagmar an Bernd hoch.

„Nein, niemals würde mir das einfallen“, antwortete er, dachte kurz an eine Bemerkung zu ihrem Gewicht, verkniff sie sich aber, sondern bedankte sich herzlich, als der letzte Dorn gezogen war.

„Wann meinst du eigentlich, dass die Bodycams auch bei uns angesagt sind?“, wollte Dagmar wissen. „Na ja, für mich käme so ein Ding wohl eher nicht infrage. Aber du machst doch noch Außendienst.“

„Hm.“

„Klingt nicht so wirklich begeistert.“

„Nein, weil der Auslöser die gestiegenen Übergriffe auf unsereins sind. Momentan läuft die Testphase in NRW. Der Pilotversuch startet mit 400 Polizisten in Düsseldorf, Duisburg, Köln, Wuppertal und im Kreis Siegen-Wittgenstein. Zuerst muss ja geschult werden ... In Hessen und in Rheinland-Pfalz sind die Geräte bereits erfolgreich im Einsatz. Ich habe gehört, damit seien Übergriffe teilweise wirklich unterbunden worden. Schreckt einfach doch ab oder besser: deeskaliert.“

„Ich habe noch gar keine rechte Vorstellung, wie das praktisch abgehen soll“, warf Dagmar ein und schaute weiter um sich.

„Also, die Bodycam läuft nicht immer automatisch mit, sondern wird erst mit einer entsprechenden Ansage aktiviert. Dann weiß unser jeweiliges Gegenüber, was aufgenommen wird. Derjenige kann das nämlich in dem kleinen Display mitverfolgen."

„Nicht schlecht!"

„Und auch nicht zu aufwendig, wie ich finde. So ein Ding wiegt nur etwa 150 Gramm und wird per Magnet in Brusthöhe beziehungsweise Schulternähe am Revers an der Polizeiuniform befestigt. Beim Ein- und Ausschalten ertönt ein Signal."

„Wenn aber einer einen heftigen Zacken in der Krone hat und aggressiv wird, dann dürfte den der filmische Mitschnitt auch nicht aufhalten."

„Ist leider kein Allheilmittel", antwortete Bernd nachdenklich. „Aber wenn wir mit Worten und sogar Taten angegriffen werden, dann haben wir damit auch endlich mal einen Beweis. Sonst glaubt man uns ja häufig nicht. Dann heißt es immer, wir würden sowieso nur alle zusammenhalten."

„Machen wir das denn etwa nicht?", erkundigte sich Dagmar und lächelte einfach.

Bernd lächelte zurück und fuhr dann fort: „Das mit den Tablets statt Notizblöcken finde ich aber schon entschieden zeitgemäßer. Erleichtert uns doch die Arbeit enorm. Die Behörden in Köln, Bonn, Düsseldorf und Duisburg haben ein Pilotprojekt begonnen. Einsatzcockpit oder so ähnlich heißt die App, mit der du dann von unterwegs auf das zentrale Computersystem zurückgreifen kannst. Und mit der Kamera kannst du eine Aufnahme vom Unfallort gleich direkt an die Wache schicken. Oder du hast umgehend Zugriff zum Foto einer gesuchten Person ..."

„Und warum geht das erst jetzt?", stöhnte Dagmar.

„Tja, braucht eben alles seine Zeit ..."

Die anderen aus dem Suchtrupp waren schon ein paar Meter weitergelaufen.

Jetzt fiel Dagmars Blick auf einen Busch, direkt neben ihrem aktuellen Platz.

„Siehst du das, was ich da sehe?", fragte sie ihren Kollegen und näherte sich dem kleinen Gehölz, um sich vorsichtig niederzuknien.

„Wow! Das sieht verdammt gut aus. Eine Axt. Was treibt die denn hier. Ist auch noch total gut erhalten. Also kein Teil, das irgendjemand aussortiert hat. Schon gar nicht an so einer Stelle!"

Bernds Stimme bekam einen frohlockenden Klang.

„Gib mir mal eine Tüte", forderte Dagmar ganz praktisch. „Ich habe nur die kleineren Exemplare dabei. Aber dafür brauchen wir wohl etwas Größeres."

Dabei zog sie sich Gummihandschuhe über und griff zu dem Werkzeug, während Bernd eine entsprechende Papiertüte aus seiner Jackentasche zog.

„Bin ich also auch zu was nütze", kommentierte er.

„Aber sicher doch. Daran habe ich niemals gezweifelt!", antwortete Dagmar und ließ die Axt langsam in die Tüte rutschen, damit diese sie nicht einriss.

„Mensch, da sind sogar noch eingetrocknete Blutspuren dran zu erkennen, wenn ich das jetzt mal richtig deute", sagte sie. „Wir sollten umgehend das Areal hier absperren lassen. Da gibt es bestimmt noch jede Menge anderer Spuren. Wenn das hier – hoffentlich – eines unserer Tatwerkzeuge ist. Und möglicherweise ist es sogar der Ort des Geschehens! Wenn der Kollege mit dem Leichenspürhund endlich eingetroffen ist, sollte er den hier mal eingehend rumschnüffeln lassen. Davon verspreche ich mir viel!"

Bernd ließ einen Pfiff ertönen, der mit den anderen ausgemacht war, um den Fund eines Beweisstückes zu vermelden.

Dagmar hielt sich die Ohren zu, musste aber dabei grinsen.

„Das wiederum hätte ich nicht vermocht. Da bist du mir an Lautstärke deutlich überlegen."

„Ist doch eine gute Einrichtung, dass es Männer und Frauen gibt", meinte Bernd.

„Als ob ich je daran gezweifelt hätte ..."

Eltern

„Wie hat denn die Familie der Toten reagiert?“, hatte Staatsanwalt Marc Oberländer am Telefon wissen wollen, nachdem Alexander einzelne Details erläutert hatte. Darauf hatte er nur ausweichend geantwortet.

Alex hatte diesen Gang vor sich hergeschoben. Eigentlich hätte er das schon längst machen müssen, allerdings ein Weilchen überlegt, ob er das nicht jemand anderes aus der Mordkommission übertragen könnte. Man sollte schließlich delegieren, sagte das nicht immer sein Vorgesetzter Riechmann. Klar, aber wenn er dann Aufgaben weitergab, musste er sicher sein, dass die zu seiner vollsten Zufriedenheit erledigt wurden. Und nicht immer wurde er wirklich schlau aus den Berichten der anderen. Da übernahm er es vielfach lieber selbst und wusste, was er tat.

Sie hatten sich bei Familie Neuner angemeldet, Dennis hatte das übernommen und am Telefon nur etwas von einer polizeilichen Ermittlung gesagt und nicht mehr verraten. Dennis stand jetzt auch an der Seite von Alex, als sie an der Haustür klingelten.

Maren Neuner öffnete, weiß im Gesicht, wie eine frisch gekalkte Wand. Sie schien nicht aufzunehmen, was Alexander ihr sagte, als er sich und seinen Mitarbeiter vorstellte.

„Kommen Sie ins Haus“, hauchte sie und machte den Weg frei. „Mein Mann wartet schon im Wohnzimmer.“

Für einen Moment saßen die vier schweigend auf der Couchgarnitur, vor sich an der Wand ein außerordentlich großer Flachbildschirm. Ansonsten viele Blumenmotive in Acrylfarbe als Dekoration. Vielleicht sogar selbst gemalt. Aber so ein Thema gehörte nicht hierher.

„Wir ermitteln in einem Fall“, fing Alex an und verkniff sich den vollkommenen Begriff Todesfall. „Dazu hätten wir ein paar Fragen an Sie. Es geht dabei um Ihre Tochter.“

„Ich habe es gewusst“, heulte Maren auf. „Eine Mutter spürt so etwas!“

Ihr Mann nahm sie in die Arme und streichelte ihr über den Rücken.

„Was ist mit Cornelia?“, wollte Thomas wissen, wobei auch ihm die Stimme zu brechen schien.

„Wann haben Sie Ihre Tochter zuletzt gesehen?“, erkundigte sich Dennis.

Der Vater nannte sofort ein Datum, sogar mit Uhrzeit.

Alexander und Dennis schauten sich kurz an.

„Und danach? Kein Kontakt mehr, kein Telefonat?“, schloss Alexander an.

„Nein, nichts. Wie abgeschnitten. Dabei ist das eigentlich nicht ihre Art“, schluchzte Maren. „Ich habe auch im Bekanntenkreis rumgefragt, aber niemand wusste was. Und im Grunde wollten die Kinder ja auch mal ungestört Urlaub machen. Wir haben das irgendwie ...“

„... respektiert“, schloss der Vater an.

„Welche Blutgruppe hat Ihre Tochter?“, ging jetzt Dennis ins Detail. „Und können wir vielleicht auch noch ein Foto bekommen?“

„Ich hole mal ihren Blutspenderausweis, da steht alles drin, auf jeden Fall Blutgruppe A“, sagte Thomas, erhob sich und lief in den Flur. Augenblicke später war er zurück und hielt Alexander den Ausweis und ein Foto in einem goldenen Rahmen hin.

„Danke“, sagte Alex und machte sich eine Notiz, obwohl er sofort erkannt hatte, dass die Blutgruppe und der Rhesusfaktor übereinstimmten. Das Foto zeigte ihm ein offenes, bildschönes Gesicht, das von innen her strahlte. Die blonde Haarpracht tat ein Übriges. So ein ähnliches Motiv hatte auch Matthes aus seinem Portemonnaie gezogen und gezeigt, wahrscheinlich waren die Fotos in einer Serie aufgenommen, bei einem Fotoatelier in der Innenstadt. So viel war am unteren Rand als Herkunft zu erkennen.

„Warum fragen Sie uns das eigentlich?“, rang sich Maren zu der alles entscheidenden Frage.

Alexander überlegte nur einen Moment. Die Wahrheit war oft schwer zu ertragen, aber sie war immerhin besser als jede Ungewissheit.

„Wir haben in der Weser eine Tote gefunden und vermuten, es könnte sich um Ihre Tochter handeln. Hat sie denn besondere Merkmale?“

Die Mutter zögerte keinen Augenblick mit der Antwort.

„Ein paar Leberflecke auf dem Bauch, unterhalb der Brust, die sehen aus wie der Große Wagen. Ich habe immer gesagt, sie kann sich die ja weglasern lassen, wenn es sie stört. Aber sie findet sie witzig ...“

Maren hatte aufgehört zu weinen und starrte vor sich hin.

„Können wir unser Kind sehen? Ich will Cornelia doch noch einmal ins Gesicht blicken, um Abschied zu nehmen", sagte Thomas und schien seltsam gefasst.

„Nein", antwortete Alexander. „Das ist momentan nicht möglich. Es müssen noch ein paar Untersuchungen vorgenommen werden. Wir können nicht mit Exaktheit sagen, was da passiert ist."

Er hoffte, dass er sich damit einigermaßen geschickt ausgedrückt hatte.

„Wir müssen doch dann die Beisetzung organisieren", fiel dem Vater jetzt ein.

„Auch da müssen wir Sie noch um etwas Geduld bitten. Die Leiche muss dazu erst freigegeben werden", entschuldigte sich Alexander.

„Ach, so ist das", sagte der Vater und blickte mit leerem Ausdruck in den Raum, und er schloss an: „Sie finden allein hinaus?"

Als Alexander und Dennis wieder im Auto saßen, herrschte Stille. Keiner machte das Radio an, jeder hing seinen Gedanken nach. Alex blickte zum Haus der Eltern hinüber. Aber dort bewegte sich keine Gardine. Sie würden sicher immer noch auf dem Sofa sitzen und nicht in der Lage sein zu reden. Sie würde sich Luft machen, indem sie heulte, und er würde verbissen alles in sich hineinfressen. Zumindest war das das klassische Bild, das Alex kannte. Weinen galt in der Gesellschaft immer noch als unmännlich.

„Ich fahr dann mal los“, sagte Dennis schließlich.

„Hm“, kam nur von Alexander.

Sie fuhren schon die Marienstraße entlang, als Alexander wieder das Gespräch anfing.

„Ich hasse diesen Teil unserer Arbeit.“

„Geht mir genauso, Alex!“

„Man steht den Angehörigen immer so hilflos gegenüber, kann ihnen ihren Schmerz auch nicht ein klein wenig nehmen.“

„Wir müssen nur den oder die Täter finden“, entgegnete Dennis. „Das ist überhaupt die einzige Art, wie wir helfen können.“

„Stimmt, Dennis. Das wäre jetzt eigentlich mein Text gewesen“, sagte Alexander und beide stiegen auf dem Parkplatz der Kreispolizeibehörde aus.

Professor

„Ich habe hier einen Termin mit Kriminalhauptkommissar Alexander Rosenbaum", sagte Professor Grabowski. Obwohl er auf der Herfahrt die Klimaanlage in seinem Auto angemacht hatte, wirkte er total durchgeschwitzt und äußerst fahrig.

„Einen Moment bitte", sagte die Mitarbeiterin im Eingangsbereich der Polizeibehörde. „Wie ist Ihr Name?"

„Professor Gerhard Grabowski."

Es dauerte nur einen Augenblick, bis die Kollegin den eingetragenen Termin für eine Befragung gefunden hatte.

„Ich gebe Bescheid", sagte sie. „Dann holt Sie jemand ab. Warten Sie bitte einen Moment."

Der Professor wandte sich ab und schaute auf die Straße, nahm aber die vorbeifahrenden Autos nicht wahr. In seinen Gedanken hing er bei den Begegnungen mit Cornelia. Als er sie kennenlernte. Nach einer Vorlesung hatte sie vor ihm gestanden und allerlei zwar sehr individuelle, aber dem Vortrag angemessene Fragen gehabt. Er war ins Reden gekommen und konnte sich gar nicht mehr bremsen. Währenddessen schaute sie ihn interessiert an und sog das Wissen in sich auf. Jedenfalls hatte er dieses Gefühl. Ihr perlendes Lachen, als er eine witzige Bemerkung gemacht hatte, war ihm runtergegangen wie Öl. Außerdem ihre atemberaubende Schönheit. Er war zwar allerlei positive Anblicke auch in der Studentenschaft gewöhnt, aber das war ein herausragendes Ereignis. Fast eine Stunde hatten sie im Anschluss der Vorlesung miteinander geplaudert, und er hatte darüber sogar sein Telefonat mit einem Kollegen in London verschwitzt. Zwar wollte ihn seine Sekretärin per Handy darauf aufmerksam machen, aber er ignorierte das Vibrieren des Gerätes in seiner Tasche und damit die SMS: „Herr Professor, dringend mit John Allister Kontakt aufnehmen. Sie sind telefonisch verabredet." Später versuchte er, seinen Kollegen zu erreichen, aber es klappte nicht, weil der schon wieder andere Termine hatte, und sie mussten erneut ein Telefonat vereinbaren.

Und dann jenes alles überragende Erlebnis in Berlin. Er hatte jede Sekunde genossen und immer wieder die Bilder jener Nacht vor sich. Das war doch etwas mit Zukunft gewesen, kein One-Night-Stand. Für ein flüchtiges sexuelles Abenteuer war alles viel zu intensiv gewesen. Gerhard stellte sogar schon die unerfreulich gewordene Beziehung zu seiner Frau infrage. Sie hatten sich zwar vor dem Altar ein Zusammensein bis ans Ende ihrer Tage gelobt, aber ihm kamen zunehmend Zweifel an dieser Entscheidung.

„Hallo, Herr Professor!", rief ihn die Angestellte an der Anmeldung aus seinen Gedankengängen.

Professor Grabowski zuckte zusammen und nestelte an seiner karierten Fliege, die er statt eines Schlipses trug. Daheim befand sich eine große Sammlung solcher Exemplare, und wenn er gewollt hätte, hätte er jeden Tag im Jahr ein anderes Stück umlegen können. Für den heutigen

Anlass hatte er sich für die rot-grüne Ausführung mit dem Schottenmuster entschieden.

Alexander kam auf ihn zu und begrüßte ihn.

„Wie lange wird es denn dauern?“, erkundigte sich der Professor.

Alexander stutzte.

„Das hängt natürlich ganz von Ihnen ab.“

Diese Bemerkung konnte er sich nicht verkneifen. Er ärgerte sich zwar hinterher über sich, denn eine halbwegs exakte Zeitangabe hätte es ebenso getan. Aber eigentlich war es auch gar nicht seine Aufgabe, Personen zu Befragungsterminen zu führen. Das war hier reiner Zufall und dem Umstand geschuldet, dass er Schwierigkeiten mit dem Neinsagen hatte.

„Ich dachte nur an meine folgenden Termine, bei denen ich unabkömmlich bin.“

„Dann schauen wir mal“, lenkte Alex versöhnlich ein.

Sie hatten in der Zwischenzeit den Raum erreicht. Alexander öffnete die Tür. Noch waren sie zu zweit. Zehn Minuten Zeit blieben bis zum Termin fürs Protokoll.

Alexander überlegte, ob er Small Talk veranstalten sollte. Doch den Einfall verwarf er gleich wieder. Einfach nur sein Gegenüber beobachten und somit ergründen.

Professor Grabowski rutschte nervös auf seinem Stuhl herum, lehnte sich mal an, kam dann wieder auf die vordere Kante zu sitzen.

Die Tür öffnete sich und Elsa Kupfer betrat den Raum.

„Es tut mir leid. Ich bin noch aufgehalten worden“, sagte sie mit leiser Stimme zu Alex. Der nickte nur. Immerhin fehlte auch noch Dennis.

Genau auf die volle Stunde ging die Tür erneut auf, und Dennis betrat etwas atemlos den Raum und setzte sich hin.

„So", fing Alexander an. „Die Gepflogenheiten hatte Ihnen mein Kollege schon beim vorigen Mal erklärt. Wir möchten jetzt gern noch einmal wissen, wie Sie zu Cornelia Neuner standen."

Der Professor blickte von einem zum anderen und fing dann an zu erzählen. Er ließ auch den Tag der ersten direkten Begegnung nicht aus, weil er fand, das gehörte dazu.

Elsa schrieb mit und Dennis hörte zu, während Alex Zwischenfragen stellte. Dann wechselten sie sich ab, wie vorher ausgemacht, und es war an Dennis, Fragen zu stellen.

Nein, grübelte Alexander, das brachte hier keinerlei neue Erkenntnisse. Außerdem hatten sie das Alibi längst überprüft und es bestätigt gefunden. Die Frau hätte sich wohl etwas merkwürdig verhalten, hatte Dagmar später erzählt, die das übernommen hatte. Aber das waren sicherlich die üblichen weiblichen Intuitionen, die ja gelegentlich Flöhe husten hörten. Außerdem ging es nicht um Befindlichkeiten, sondern um Tatsachen. Und wenn sich der Professor zu jenem Zeitpunkt nicht in der Region befand, dann konnte man ihn definitiv als Täter ausschließen. Die Sache mit seinem Verhältnis zu dieser jungen Studentin war eine ganz andere Geschichte und sein Problem. Das musste er schon mit sich ausmachen. Alex wollte sich da nicht als Richter aufspielen.

„Dann können wir das Protokoll an dieser Stelle beenden", warf Alex jetzt ein und nickte seinen Kollegen zu.

Erleichtert atmete der Professor auf.

„Wissen Sie, das war jetzt irgendwie eine Examenssituation für mich. Schon sehr merkwürdig. Hätte ich nie gedacht. Aber sicher hängt meine innere Aufregung auch damit zusammen, dass mich der Tod von Cornelia doch sehr mitgenommen hat."

Wieso redete der jetzt wie aufgezogen, fragte sich Alex im Stillen und erhob sich.

„Es bringt Sie wieder jemand zum Ausgang."

„Ach, Sie diesmal nicht?"

„Nein", entgegnete Alex wortkarg.

„Ich würde allerdings auch selbst hinausfinden", meinte der Professor.

„Wir haben da unsere Vorschriften", sagte Dennis.

Der Professor verließ den Raum und ging nun in Begleitung einer Polizistin den Flur entlang.

Vaterschaft

Als sich das Telefon bemerkbar machte, entrang sich Alexander ein tiefer, grollender Atemzug. Nicht schon wieder eine Störung. Er hätte so gern ein Mal konzentriert hintereinander gearbeitet. Aber das ging im Grunde nie. Entweder klingelte die Anlage oder sein Handy oder jemand stand unangemeldet in der Tür. Von einem Achtstundentag konnte er nur träumen. Dabei hatte er gerade erst gelesen, wie wichtig es wäre, nicht viel mehr am Stück zu arbeiten, dabei tagsüber Pausen zuzulassen und sich dann am Ende eine Erholung zu gönnen. Maximal eine Vierzigstundenwoche wäre in Ordnung, alles andere führte zu Überlastung und einem Mangel an Konzentration, außerdem zu vielerlei gesundheitlichen Schäden. Wo stand das nur? Bestimmt in irgend so einer Information der Gewerkschaft. Die meinte es ja immer gut mit den Arbeitnehmern und schrieb sich lobenswerte Ziele auf ihre Fahnen ... Nur sah es leider in der Praxis meist total anders aus, wie Alex für sich befand.

Auf seinem Bildschirm war ein Bericht an seinen Vorgesetzten zu sehen. Den Text wollte er eigentlich vervollständigen, aber sie kamen beim Fall mit der kopflosen Leiche in der Weser einfach nicht voran. Der Professor hatte sich als Irrtum erwiesen, was den zeitweiligen Verdacht anging, und auch der Verlobte Matthes war unschuldig, sein Vorgänger Jonas ebenso. Alex bemühte sich gerade um geschickt formulierte Wendungen zum Stand der Dinge bei der „MK Weserstrand". Wenigstens hatte die Tote in der Zwischenzeit einen Namen. Dabei war jeder erfolglose Tag bei der Tätersuche einer zu viel.

Beim Blick auf das Display erkannte Alex, dass der Anruf von Heike kam. Also Entwarnung. Sie meldete sich wirklich nur in wichtigen Angelegenheiten. Also wollte er sie nicht länger warten lassen und nahm den Anruf an.

„Stör ich, Alex?", erkundigte sich Heike.

„Na, du doch nicht. Niemals."

Heike musste kichern.

„So, wie du das gerade sagst, klingt es sehr gestresst. Aber ich habe eine Überraschung für dich, die könnte deinen Stresspegel nivellieren. Rate mal ..."

Alexander brummte.

„Mann, doch keine Rätsel in diesen Zeiten. Du weißt, dass ich so was hasse. Mir reicht schon unser Beruf, der uns genug davon aufgibt."

„Eben, und deshalb würde ich ja gern dran anknüpfen wollen ..."

„Na gut", sagte Alex. „Es handelt sich um einen Fall."

„So weit in Ordnung. Allerdings nicht sehr originell. Worum sollte es sich wohl sonst handeln. Bist also ziemlich im lauwarmen Bereich. Weiter bitte!"

„Es geht um unseren aktuellen Fall, der dringend aufgeklärt werden sollte ..."

„Ziemlich heiß!"

„Du bist auf eine Spur gestoßen, die uns jetzt in die richtige Richtung bringt."

„Das ging aber schnell. Zu schnell, wie ich finde", entgegnete Heike.

„Nun musst du mir aber auch den Rest verraten. Ich bin äußerst gespannt."

Alexander lehnte sich mit dem Telefon am Ohr an der Rückenlehne an und drehte seinen Schreibtischstuhl Richtung Fenster. Die Sonne leuchtete an einem makellosen Himmel. Ein Schwarm Vögel landete im Baumwipfel direkt an der Straße.

„Ich habe aktuell eine Info bekommen, was die DNA-Spuren angeht. Wir waren ja an dem Leichnam selbst und auch am Klebeband fündig geworden ..."

„... woran ich mich gut erinnere, und wobei ich gehofft hatte, es klärt sich alles ganz, ganz rasch ..."

„Ja, warte doch. Das tut es jetzt auch!", warf Heike ein.

„Wirklich?"

Alexanders Augen bekamen ein Leuchten.

„Die eine Spur ist jetzt einer Person zuzuordnen."

„Nein, Tatsache? Aber wir hatten doch schon alles gecheckt?!"

Alex fuhr seinen Schreibtischstuhl wieder in die Arbeitsposition an den Computer.

„Aber manchmal geschehen Zeichen und Wunder, und in dem Fall hat doch wirklich und wahrhaftig jemand in diesem Moment einen Vaterschaftstest machen lassen und ist nunmehr erfasst. Zumindest könnten wir davon ausgehen, dass er eventuell ins Tatgeschehen involviert ist. Aber das ist ja ..."

„... unsere Sache, was den Beweis angeht."

Alexander war schon aufgesprungen.

„Ich könnte dich umarmen!"

Dann tu es doch, dachte Heike, sagte aber nichts.

„Das will ich jetzt gar nicht am Telefon besprechen. Bin in wenigen Augenblicken bei dir", sagte Alex. „Nicht dass du dich schon zu irgendeinem anderen Tatort verabschiedest, ohne mit mir auf Augenhöhe geredet zu haben."

„Klar warte ich auf dich. Habe sowieso noch einen Berg von diversen Tüten und Kisten im Büro. Da komme ich nie durch ... Manchmal habe ich das Gefühl, das ist wie die Geschichte vom süßen Brei ..."

Alexander musste bei diesem Lieblingsspruch von Heike lachen.

„... dann bis gleich. Bin noch am Schreibtisch, Alex."

Als Alexander das Telefon auf die Station legte, spürte er ein Glücksgefühl in sich aufsteigen. Der Bericht an seinen Vorgesetzten konnte so lange warten, bis er endlich die richtige Wendung einfügen würde. Und das würde direkt nach seinem Abstecher bei Heike geschehen. Reinhold Riechmann würde er gern ebenfalls ein wenig zappeln lassen wollen, so wie Heike ihn soeben. Auch den Gedanken an eine direkte Information des Staatsanwalts schob er von sich. Erst musste das Hand und Fuß haben, ehe er Marc Oberländer benachrichtigte.

„Endlich", flüsterte Alex leise. Dann umrundete er seinen Schreibtisch und verließ das Büro.

Im Flur ging er beschwingten Schrittes in Richtung Treppenhaus. Auf dem Weg zur Spurensicherung schaute er noch bei Dennis vorbei.

„Könnte sein, mein Lieber, dass wir heute noch einen Besuch bei einem mutmaßlichen Täter machen müssen", sagte Alexander, als er vor dem Schreibtisch seines Mitarbeiters stand.

„Handelt es sich etwa um unsere Leiche im Wasser?“, tippte Dennis und schaute dabei äußerst hoffnungsfroh auf seinen Vorgesetzten.

„Genau. Heike hat jetzt eine Querverbindung gefunden. Vielleicht hat auch ein wenig unser Kommissar Zufall geholfen.“

Alex strahlte.

„Ja, eine tolle Kollegin, die Heike. Insgesamt“, ergänzte Dennis. „Soll ich gleich mitkommen?“

„Nein, warte mal. Ich gehe allein zu ihr und melde mich dann umgehend bei dir. Kannst ja schon mal bei deiner Frau anrufen und sie informieren, dass es heute etwas später werden könnte. Ausnahmsweise, ha, ha.“

Das Lachen von Alexander war nicht im Mindesten heiter.

„Sie soll sich ja keine Sorgen machen“, schloss Alex an.

Der Satz klang sehr ernst.

„Mach ich sofort, Chef. Es läuft übrigens prima momentan“, ergänzte Dennis noch und dachte daran, dass sie einen Umzug – aus dem Haus seiner Schwiegereltern weg – geplant hatten, aber damit wollte er seinen Vorgesetzten jetzt nicht behelligen.

Erinnerungslücken

Karsten hielt das offizielle Schreiben in der Hand, hatte es zum wiederholten Male gelesen, obwohl er den Inhalt doch kannte und ihn begriffen hatte, begriffen haben musste. Sein Sonnenschein Annalena war nicht von ihm, seine Vaterschaft konnte eindeutig ausgeschlossen werden. Das zumindest war die Quintessenz der Angelegenheit. Der Zug um seinen Mund wurde verbissener.

Ein Studienkollege, der inzwischen im Klinikum von Minden arbeitete und ihm noch eine Gefälligkeit schuldete, war ihm bei den Formalitäten behilflich gewesen, denn so ohne Weiteres hätte er diesen Test ohne Einverständnis der Beteiligten eigentlich gar nicht machen lassen können ...

Außerdem hatte er recherchiert, was die letzten Jahre anging. Seine gemeinsamen Ausflüge mit den ehemaligen Klassenkameraden fielen immer gleichzeitig mit Marions Abwesenheiten. Sie war indes nicht, wie stets behauptet, mit ihren Freundinnen unterwegs gewesen, sondern hatte immer Reisen nach Tunesien gebucht. Mit Renate oder Monika wollte er sich darüber nicht austauschen, die hätten sicherlich dichtgehalten und nichts ausgeplaudert.

Eine einfache Anfrage beim Reisebüro am Markt in Minden hatte ausgereicht. Karsten war mit einem Kasten Pralinen aufgetaucht und hatte der jungen Angestellten etwas vom Bildungsurlaub seiner Frau und der Steuererklärung erzählt, um herauszubekommen, wie lange sie schon nach Tunesien flog. Man könne da vielleicht im Nachhinein noch etwas von der Steuer absetzen, hatte er behauptet und ebenfalls zu einer Praline gegriffen, nachdem die Mitarbeiterin den Kasten geöffnet und ihm hingehalten hatte. Die Auskunft, die er erahnte, folgte auf dem Fuße. Und obwohl ein heftiger Groll in ihm aufzog, hatte er sich zusammengerissen, sich überaus charmant bedankt und verabschiedet.

Außerdem hatten erst vor einer Weile Kollegen am Rande eines Meetings über Liebesreisen von deutschen Frauen gewitzelt, die ihre Libido im Ausland austobten, gern in Tunesien oder Ägypten, weil die Ehegatten daheim nicht ausreichten. Was hatte er sich da ausgeschüttet vor Lachen und dabei eine Hand auf den Oberschenkel gehauen. Er konnte sich noch gut daran erinnern. Selbst an den Schmerz vom zu kraftvollen Schlag seinerseits.

Dann folgte die Suche nach weiteren Indizien in den Terminkalendern seiner Frau, die sie ordentlich in ihrem Arbeitszimmer aufhob. Einer feinsäuberlich auf den anderen gestapelt. Alles gut les- und nachvollziehbar. Und darin sogar namentliche Hinweise. Khaled, mehrfach notiert. Das musste sein Nebenbuhler sein. Karsten stellte sich den Mann vor, sicher mit durchtrainierter Figur und braun schimmernder Haut. Deshalb auch diese leichte Tönung bei Annalena, die Marion immer mit einem kehligen Lachen auf den verstorbenen Großvater zurückgeführt hatte. Genau von dem hätte sich eben diese wunderbare Hautfarbe vererbt und er, er solle doch froh sein, dass sein Töchterchen nicht so eine Käsebleiche wie er trug.

Karsten widerte das alles an. Für einen kurzen Augenblick war er geneigt, alle Terminkalender im Müll zu entsorgen. Aber das wäre auch keine Lösung gewesen. Er beschloss, sobald er alle Beweise zusammengetragen hatte, mit Marion unbedingt zu reden. Da hatte sie ihm doch wirklich und wahrhaftig ein Kuckucksei ins Nest gelegt. Und er war all die Jahre finanziell für dieses Kind aufgekommen, hatte es für seines gehalten und es in inniger Liebe erzogen. Marion durfte sich ihm nicht entwinden können, und einer von ihnen beiden sollte dann wohl die nötigen Konsequenzen ziehen.

Später am Abend holte Karsten eine Flasche trockenen Rotwein aus dem Keller, griff sich einen Korkenzieher und zwei Gläser, um alles auf den Wohnzimmertisch zu stellen.

„Ach, eigentlich wollte ich noch im Internet was raussuchen", sagte Marion, als sie die Vorbereitungen bemerkte.

Um dir deine nächste Reise zu organisieren, du Luder, dachte Karsten und hatte diese Worte eigentlich schon auf den Lippen, verkniff sie sich aber wieder.

„Wäre doch schön, wenn wir einfach mal so reden würden, über Gott und die Welt. Wie in alten Zeiten", schlug er dagegen vor.

„Na, wenn du dir davon was versprichst", entgegnete Marion halblaut.

„Entschuldige, Liebes, ich habe dich gerade nicht verstanden“, erwiderte Karsten und zog den Korken mit einem ploppenden Geräusch aus der Flasche.

„Das verspricht einen netten Abend“, griff Marion ihren Ansatz etwas variiert auf.

Da kannst du Gift drauf nehmen, fuhr es Karsten durch den Kopf, als er sich setzte. Wenig später gesellte sich Marion dazu, die einen Hauch Parfüm aufgetragen hatte. Vorher im Badezimmer hatte sie kurz mit ihrem Spiegelbild Zwiesprache gehalten. Nein, diese gehobene Wohlstandsidylle wollte sie keineswegs zerstören, dessen war sie sich sicher. Karsten lieferte das nötige Geld für ihren Lebensstandard. Zu ihrem Geliebten nach Tunesien zu ziehen, das wäre ihr nicht im Traum eingefallen. Er schien zwar finanziell einigermaßen abgefedert zu sein, aber nur einigermaßen, und dann noch die politische Lage im Lande ...

Also hinter jedes Ohr ein Tropfen des aktuellen Duftes und dann später am besten: Augen zu und durch. Sie konnte ja währenddessen immerhin an ein Liebesstündchen mit Khaled denken oder daran, dass wie bei Renate das Zimmer zu renovieren und die Decke zu streichen war, während später Karsten stöhnend über ihr lag und sie nach oben starrte, heftiges Atmen vorgebend. Ihre Fantasie half ihr da immer auf die Sprünge.

Sie saßen beide, hatten ihre Gläser erhoben und stießen miteinander an.

„Worauf wollen wir denn trinken?“, erkundigte sich Karsten scheinbar belanglos.

„Ach, am besten auf uns“, schlug Marion vor. Das erschien ihr neutral und deshalb außerordentlich passend.

„Nun gut. Dann auf uns!“

Beide nahmen einen großen Schluck und stellten die Gläser auf den Wohnzimmertisch. Daraufhin herrschte Schweigen, und keiner griff das Gespräch wieder auf, bis es plötzlich klingelte.

„Nanu?“, fuhr Karsten mit dem Kopf in die Höhe. „Erwartest du noch jemanden?“

„Nicht, dass ich wüsste“, antwortete Marion und erhob sich.

An der Haustür sah sie kurz durch den Spion. Zwei Männer, gut angezogen, der eine hochgewachsen und von sehr ansprechendem Äußeren, der andere etwas kleiner und mit ziemlich dünn gewachsenem Haar. Wer mochte das sein? Vielleicht nur Vertreter einer Kirche oder eines Staubsaugerproduzenten ... Wäre sie allein daheim gewesen, hätte sie die Besucher über ein kleines Fenster an der Seite abgefertigt.

„Guten Abend, Sie wünschen bitte?“, sagte Marion, während sie die Haustür weit öffnete.

„Kripo Minden“, sagte Alexander, stellte sich und seinen Kollegen Dennis vor und schloss an: „Wir ermitteln in einem Fall. Dazu hätten wir gern Karsten Schulze gesprochen.“

Dann bemerkte er, wie Marion schlagartig erbleichte und von der Tür zurückwich.

„Meinen Mann?“

„Es geht um sachdienliche Hinweise“, fügte Alex glättend hinzu. Er wollte ja nicht gleich die Pferde scheu machen, und diese Frau hatte damit bestimmt nichts zu tun.

„Aha“, nickte Marion und ließ beide Männer eintreten. Dann lief sie im Haus voran und lud die Beamten mit einer Handbewegung ein, ihr zu folgen.

„Besuch für dich“, stellte Marion die Herren vor, „von der Kripo.“

Karsten setzte sich aufrechter im Sofa zurecht, verzog aber ansonsten keine Miene.

„Wollen Sie nicht Platz nehmen?“, schlug Marion vor. „Und kann ich Ihnen etwas anbieten? Vielleicht auch ein Glas Wein ... Ach nein, Sie sind ja im Dienst. Ein Wasser vielleicht?“

Was rede ich hier bloß für einen Schwachsinn, kritisierte sie sich innerlich. Tue hier auf nette Gastgeberin, dabei ist die Situation doch mehr als absurd.

„Mineralwasser wäre nett“, lächelte Dennis freundlich, und er fuhr fort: „Wir hätten Sie bei unserer Befragung allerdings gern dabei!“

Als später Karsten in Begleitung der beiden Kriminalisten das Haus verließ, schaute Marion kopfschüttelnd aus dem Küchenfenster. Sie war während der Befragung einfach nur sprachlos. Was war da bloß geschehen? Dann fiel ihr der Ring ein, und sie hatte einen schrecklichen Einfall. Sie lief ins Schlafzimmer, öffnete den Schrank und suchte nach der kleinen Tasche, die Karsten immer mit auf seine Bootstouren nahm. Als sie sie gefunden hatte, zögerte sie einen Moment, ehe sie den Reißverschluss ganz langsam aufzog. Ihr Blick fiel auf den goldenen Ring mit dem sehr schön geschliffenen Stein. Sie nahm ihn vorsichtig zwischen zwei Finger, legte die Tasche wieder zurück, setzte sich aufs Ehebett und machte die Nachttischlampe an. Sie war besonders hell, damit Marion auch abends noch ein paar Seiten lesen konnte. Dann drehte sie die Innenseite des Rings ins Licht und entdeckte die Inschrift:

C & M – In ewiger Liebe.

Marion verschlug es die Sprache. Wer um alles in der Welt waren C und M? M hätte ja für Marion stehen können, aber C niemals für Karsten. Das hatte auf jeden Fall nichts mit ihr zu tun und war auch nicht, wie angenommen, ein Geschenk für sie von ihrem Gatten aus dem Paddelurlaub der Männer auf der Weser.

Schönheitschirurgie

„Hast du eigentlich jemals deine Versetzung von Berlin nach Minden bereut?"

Heike rührte in ihrem Kaffee herum. Sie wollten das Gespräch nach den dienstlichen Dingen auch ein wenig ins Private abdriften lassen.

Alexander überlegte lange. Eine schwierige Frage. Er war sich nicht sicher, ob er sich die schon so direkt gestellt hatte. Irgendwie war das Thema im Alltag untergegangen. Aus den verschiedensten Gründen hatte er sich versetzen lassen, wollte aber auch Atem holen und zu sich finden. Das, so hatte er gehofft, würde ihm die Provinz bieten.

„Gar nicht so einfach zu beantworten", lenkte Alex mit gerunzelter Stirn ein.

„Ein klares Ja oder Nein würde doch völlig ausreichen", erstaunte sich Heike und fuhr sich mit beiden Händen durch die Haare.

„Schicke Frisur hast du übrigens", fiel Alex ein. Der Pagenschnitt und die blonde Tönung waren ihm durchaus nicht entgangen.

„Danke für das Kompliment, Alex", strahlte Heike. „Aber lenk jetzt mal nicht ab. Das interessiert mich die ganze Zeit schon!"

Einen Moment lang schwiegen sich beide an und nahmen einen Schluck Kaffee.

„Also", hob Alexander mit ernstem Gesicht an, „sollte ich mal mit dem Gedanken spielen, zurück nach Berlin zu gehen, dann nehme ich dich mit ..."

Heike wäre fast der Kaffeebecher aus der Hand gerutscht. Sie fühlte ein wohliges Gefühl in sich aufsteigen und wäre ihm jetzt und hier am liebsten gleich um den Hals gefallen. Aber es fiel ihr partout keine passende Antwort ein. Nichts Lässiges oder Lockeres oder einfach etwas ganz Direktes. Nämlich dieses Ja, ich komme auf jeden Fall mit ... Heike verfluchte sich innerlich.

Dann wechselte sie schweren Herzens auf ein anderes Gebiet.

„Bist du eigentlich auf dem Laufenden, was deine Große so auf ihrem Smartphone hat?", erkundigte sich Heike, und Alexander schaute sie mit geweiteten Augen an.

„Sollte ich mir Gedanken machen?"

„Na ja, so schlimm ist es nicht, finde ich jedenfalls."

Heike rührte in ihrem Kaffee.

„Das klingt sehr mysteriös! Kannst du dich detaillierter äußern oder wäre das zu indiskret?"

Alexander bekam einen leicht mürrischen Gesichtsausdruck, wie immer, wenn jemand wie die Katze um den heißen Brei herumredete.

„Ach, Alex, versprochen habe ich Lena nichts. Aber als wir neulich zum Eis essen unterwegs waren, hat sie mir davon erzählt und es auch vorgeführt."

„Was denn, um alles in der Welt? Du machst es ja immer spannender."

Alexander schaute auf die Wanduhr. Er wollte an seinem Schreibtisch noch auf den Bericht aus der Pathologie schauen. Die Zeit drängte, wenn er nicht wieder so spät nach Hause kommen wollte.

„Deine Große hat ein paar Apps auf ihrem Smartphone, die ich schon für grenzwertig halte."

„Welche zum Beispiel? Ein paar habe ich ihr ja runtergeladen. Da und dort sind die gar nicht so verkehrt und durchaus hilfreich im Alltagsgebrauch", entgegnete Alex.

„Apps für Schönheitsoperationen ...?", warf Heike ein.

„Wofür?"

„Du hast schon richtig verstanden. Für Schönheitsoperationen. Da kannst du interaktiv an einem Gesicht oder einem Körper herumschneiden. Die Nase begradigen, den Bauch oder die Hüften verdünnen, die Brust vergrößern oder verkleinern, den Hintern aufpolstern ..."

Heike dachte an die junge Frau, die sich aus kosmetischen Gründen Brustimplantate einsetzen ließ und dann bei ihrer Bewerbung zum Polizeidienst abgelehnt worden war. Von wegen gesundheitliche Risiken, ein möglicher Riss der Implantate während eines Einsatzes ... Alles Argumente vom Polizeiarzt. Erst vor einiger Zeit hatte sie es hartnäckig erneut versucht und diesmal standen die Zeichen gar nicht schlecht. Ein neuerliches Gutachten hatte nun die Qualität der Teile bestätigt, die außerdem geschützt hinter dem Brustmuskel liegen würden. Also doch wieder eine Chance für den Dienst als Polizistin oder gar Soldatin. Nur die Aufnahmetests mussten noch bestanden werden ...

Heikes Gedanken verhedderten sich. Brustvergrößerungen standen in Deutschland wohl immer noch an der Spitze bei ästhetisch-plastischen Operationen, wie sie neulich in der Tageszeitung gelesen hatte. Dicht gefolgt von Lidkorrekturen und Fettabsaugen. Bei ihr wäre höchstens eine Brustverkleinerung ein Thema und bei der Gelegenheit vielleicht ein wenig straffen. Ihre Oberweite erschien ihr zu üppig! Bei Männern stand gar als Intimkorrektur eine Penisverlängerung ganz oben auf der Liste. So ein Schwachsinn, sinnierte Heike, als ob die Länge entscheidend wäre ...

„Was, den Hintern aufpolstern? Wer macht denn so was?"

Alex fing an zu lachen und holte sie wieder in die Realität zurück.

„Ach, mein Lieber, ich merke schon, du bist ja ziemlich aus der Welt. Es gibt Frauen, denen ist ihr Allerwertester zu klein und zu kantig. Da wird dann auch genau an dieser Stelle angesetzt."

„Das glaube ich jetzt aber nicht!"

Alex schüttelte den Kopf.

„Und was hat das nun mit Lena zu tun? Meine Große ist doch absolut perfekt gebaut? Ein rundum schönes Mädchen für meinen Geschmack!"

„Tja, für dich vielleicht. Aber ich habe im Gespräch herausgehört, dass sie ziemlich unzufrieden mit sich ist, und genau deshalb hat sie sich auch auf diese App eingelassen. Hat sie wohl von irgendeinem Mädchen aus der Klasse."

Alexander blickte ungläubig, stemmte die Ellbogen auf die Knie und die Hände unters Kinn.

„Ob unsere Eltern mit uns auch so einen Blödsinn durchmachen mussten?"

Jetzt lachte Heike.

„Wahrscheinlich. Eben nur andersgeartet. Und nicht mit so viel Technikkram. Wir waren ja mehr draußen in der freien Natur und dort ziemlich wild."

Alex nickte zustimmend und seufzte.

„Dann werde ich mir mal mein Kind vorknöpfen."

„Aber nicht verraten, dass du von mir den Tipp hast. Ich will nicht ihr Vertrauen verspielen. Es schien mir nur sehr wichtig, dass du als Vater informiert bist. Man sollte so was nicht auf die leichte Schulter nehmen, finde ich."

„Alles klar. Ich gehe diplomatisch vor", versicherte Alexander mit treuherzigem Blick.

Heike musste schon wieder lachen.

„Du und diplomatisch ... Na, da möchte ich Mäuschen spielen bei eurem Gespräch. Ist nicht gerade deine Stärke, die Diplomatie."

„Nö, aber dafür habe ich andere Vorzüge."

Bei dem Satz von Alex wanderten Heikes Gedanken in eine völlig andere Richtung, und eine leichte Röte legte sich auf ihr Gesicht, was er aber nicht bemerkte.

„Ich muss dann wieder in mein Office. Die Arbeit ruft. Wir sehen uns ...", sagte Alexander. Er erhob sich und lief Richtung Tür.

Heike blickte ihm wehmütig nach.

Relativ pünktlich, jedenfalls für seine Verhältnisse, ging Alex an diesem Tag in den Feierabend. Unterwegs nach Unterlübbe überlegte er, wie er am besten das Gespräch mit seiner Großen führen sollte. Direkt natürlich, aber auch ohne sie irgendwie zu verletzen.

„Hallo, Mädels“, rief Alexander in den Flur, nachdem er die Haustür geöffnet hatte. „Niemand zu Hause?“

„Doch, Papa“, kam Tina angehüpft, umarmte ihn und gab ihm einen Kuss. „Wir haben schon auf dich gewartet und das Abendbrot steht auch auf dem Tisch.“

Alexander war baff. So viel Umsicht war er von den Kindern eher weniger gewöhnt. Nur gelegentlich überraschten sie ihn mit solchen hausfraulichen Ambitionen.

„Das ist ja toll. Super Idee. Wer ist denn von euch darauf gekommen?“

Tina druckste herum.

„Nun rück schon raus“, forderte Alex sie auf.

Das Kind wiegte den Kopf hin und her.

„Der Opa wars. Er hat gesagt, wir sollten dir mal zur Hand gehen. Genau. Das hat er gesagt. Ich hab mir das erklären lassen, und dann kam der See-Opa mit dem Beispiel eines gedeckten Tisches. Na, das ist ja kinderleicht, hab ich mir gedacht und Lena sofort überzeugt. Und so haben wir es heute gemacht, das Abendbrot. Lena und ich.“

Tina strahlte über das ganze Gesicht und schien richtig stolz auf diese Idee zu sein.

Alexander dachte über die Bezeichnung See-Opa nach, die ja schon seit einigen Jahren nicht mehr stimmte, seit seine Eltern die Insel Usedom verlassen hatten und nach Minden gezogen waren. Und jetzt war seine Mutter pflegebedürftig, weshalb zweimal am Tag jemand kam, um den Vater zu entlasten. Das hatten sie erst kürzlich mit vereinten Kräften in die Wege geleitet. Sein Vater und er. Wie die Zeit doch dahinflog und die Dinge des Lebens sich wandelten ...

Er betrat die Küche, musterte den Tisch und setzte ganz automatisch ein breites Lächeln auf. Sein Lieblings-Körnerbrot, Aufschnitt, Butter, Tomaten und Gurken standen da, alles hübsch angerichtet, außerdem eine Vase mit ein paar Sommerblümchen aus dem Garten. So können das auch nur Frauen, dachte Alex und freute sich.

„Ich geh mir mal nur rasch die Hände waschen, dann bin ich gleich bei euch."

Wenig später saß die Familie um den Tisch herum. Lena hatte noch einen Kamillentee aufgebrüht, zu dem sich Alex lieber nicht äußern wollte. Die Kinder hatten sich doch so viel Mühe gegeben.

„Und, wie war es heute in der Schule?", wollte Alexander wissen.

Lena blickte etwas gequält, aber Tina setzte sofort an.

„Bestens, Papa, ich habe in Deutsch eine Eins bekommen. Für meinen Vortrag, den wir neulich zusammen geprobt haben. Ich habe mich nicht ein Mal verhaspelt, und die anderen aus meiner Klasse haben anschließend sogar geklatscht. Ist das nicht toll?!"

Obwohl sich Alexander in dem Moment nicht so genau erinnern konnte, worum es sich handelte, nickte er zufrieden und lobte.

„Das ist ja klasse, Tina. Ihr habt ja auch eine richtig nette Lehrerin. Da macht das bestimmt Spaß."

Doch wenn er in seinen Erinnerungen grub, dann fiel ihm wieder ein, wie motiviert er einst war, wenn es einen tollen Lehrer gab.

„Frau Wellmann ist die Beste überhaupt", betonte Tina, und Lena nickte freundlich dazu.

„Habt ihr auch bei ihr?“, wandte sich Alex an seine Große.

„Nicht mehr, aber der Unterricht war schon okay bei ihr“, sagte Lena und biss in ihr Brot.

„Frau Wellmann hat neulich was davon erzählt, dass ein neues Schulfach im Gespräch sei: Benehmen!“, fiel Tina noch ein.

„Aha, das klingt nicht schlecht. Aber eigentlich habt ihr doch schon mehr als genug an Schulstunden und Fächern“, warf Alex ein.

„Das hat sie auch gesagt. Wäre aber wohl eher ein Wahl- und kein Pflichtfach“, antwortete Tina etwas undeutlich, weil sie gerade am Kauen war.

Alexander dachte sich seinen Teil, kommentierte das Geschehen aber nicht weiter.

„Die Erziehung zur Achtung vor dem Mitmenschen, zur Höflichkeit und Rücksichtnahme wäre aber sowieso schon eine Aufgabe der Schule, hat sie gemeint“, ergänzte Tina, nachdem sie alles runtergeschluckt hatte.

„Und es ist eine Aufgabe der Eltern“, meinte Alex noch und fühlte sich bei dieser Äußerung ziemlich alt, wobei er sich über die Formulierung seiner Jüngsten wunderte.

Alexander ließ es sich schmecken, aß mehr, als es sonst üblich war, und vergaß dabei fast, dass er mit seiner Großen reden wollte. Dann fiel es ihm wieder ein. Die Sache mit der App. War das nun ein Gespräch mit beiden Mädchen, oder sollte er sich Lena allein vorknöpfen, um sie vor ihrer jüngeren Schwester nicht zu blamieren.

Ach ja, Erziehung. Das war alles nicht so einfach, dachte Alex. Mit einem Hund ging man in die Hundeschule, jedenfalls war das inzwischen die gängige Form, die überall gefordert wurde und angesagt war. Wolfhard hatte im Zusammenhang mit seinem Airedale Terrier davon berichtet, was sie alles mehr oder weniger erfolgreich mit ihrem Vierbeiner ausprobiert hatten.

Was aber tat man, wenn sich menschlicher Nachwuchs einstellte? Da machte jeder meist nach Gutdünken das, was ihm richtig erschien, gewissermaßen aus dem Bauch heraus. Oder ging man da inzwischen auch schon zu allerlei Seminaren? Oder googelte sich das Nötigste zusammen? So richtig auf dem Laufenden war er nicht mehr. Alex schüttelte den Kopf. Seine Eltern hatten ihn doch auch zu einem anständigen Menschen erzogen, ohne all diesen Schnickschnack.

„Ich habe gehört, dass ihr so eine neue App auf dem Handy habt?", erkundigte sich Alex nun doch direkt – und bemüht harmlos klingend –, an beide Kinder gewandt.

„Hm", kam von Lena, während Tina mit ihrem Kopf in Richtung der großen Schwester nickte. Ihre Augen sprachen eine deutliche Sprache, und die Kleine warf auch den entsprechenden Begriff ins Gespräch.

„Zu Schönheitsoperationen!"

„Hört sich ja spannend an", meinte Alex. „Man liest heutzutage so viel von diesen Schönheitsoperationen, und was da alles möglich und machbar ist. Der pure Wahnsinn. Na, zum Glück besteht bei euch beiden Hübschen da überhaupt kein Bedarf!"

Schweigen am Abendbrottisch, während Alexander grübelte.

„Schönheitschirurgen haben jetzt den idealen Mund festgelegt", fing Lena vorsichtig an.

Alexander setzte sich aufrecht hin. Idealer Mund, was sollte denn der Schwachsinn? Er schwieg aber und wartete auf die Reaktion seiner Tochter.

„Nun schau doch nicht so ungläubig. Das ist doch glasklar. Die Unterlippe muss doppelt so groß sein, wie die Oberlippe, dann wird nämlich ein Mund als besonders schön empfunden. Haben Wissenschaftler herausgefunden!"

„Und?", setzte Alex dazwischen.

„Na, schau mich doch an. Meine Lippen sind fast gleich groß. Das geht ja gar nicht. Wobei man mit einem Lippenfüller auch wieder aufpassen muss. Wird es zu viel, sieht es auch schnell unecht aus. Die Proportionen müssen erhalten bleiben, damit alles harmonisch wirkt ..."

Lena klang wie jemand aus der Werbeabteilung eines solchen Institutes.

„Dafür gibt es jetzt aber diese App, die euch weiterhilft?", wollte Alexander wissen.

Tina zuckte nur die Schultern.

„Das sind Probleme! Meine jedenfalls nicht!"

Woraufhin Alexander nickte.

„Eben. Ihr seid doch noch viel zu jung, um euch darüber Gedanken zu machen. Seid ihr denn etwa unzufrieden mit eurem Aussehen?"

Seine Jüngste strahlte breit.

„Überhaupt nicht, Papa. Ich habe so viele Freunde in der Klasse. Der Leander will jetzt auch mit mir gehen. Hat er mir heute in einem geheimen Brief mitgeteilt ..."

Alexander verschlug es die Sprache. Schon wieder ein Thema, das ihm nicht geheuer vorkam.

„Wisst ihr was, zeigt mir das doch mal. Ich rede ja hier wie ein Blinder von der Farbe. Ist besser, wenn ich mir mal einen Überblick verschaffen kann. Lena, hol doch bitte mal dein Handy und ..."

„... ich räume in der Zwischenzeit den Tisch ab", erklärte Tina bereitwillig, erhob sich, öffnete die Spülmaschine und stellte ordentlich das Geschirr vom Tisch hinein. Dann legte sie noch ein paar Dinge in den Kühlschrank zurück und setzte sich wieder.

„Weißt du, Papa, Lena hat sich da manchmal wirklich komisch, richtig affig. Was ich überhaupt nicht verstehen kann. Sie hat doch eine Top-Figur!", hatte sie gleich zu Beginn halblaut zu ihrem Vater gesagt.

Als Lena wieder in die Küche kam, hielt sie Alexander das Gerät hin.

„Hier, ich hab die App schon geöffnet."

„Aha. Danke. Und wie funktioniert das? Was wäre denn hier zu tun?"

Alexander starrte auf ein hübsches Mädchengesicht, an dem ihm kein Makel auffiel.

„Na, siehst du das nicht? Du bist aber schwer von Begriff. Die Nase. Geht ja gar nicht. Hat einen Höcker und ist viel zu dick ...", erklärte Lena und fuhr mit ein paar Fingerwischen über das Display, griff sich das Operationsbesteck, schnitt die Nase auf, begradigte und verkleinerte sie. Das war in wenigen Augenblicken geschehen. Dann sah das Mädchen noch hübscher aus oder auch nicht.

„Ich sehe keinen großen Unterschied", fiel Alex nur verständnislos ein.

„Mensch, Papa. Das ist doch aber eindeutig. Mit so einer Nase, wie die vorher war, wird man nur gehänselt ..."

„Ist das so?", erkundigte sich Alex und freute sich darüber, dass seine Große ihn wenigstens wieder Papa genannt hatte.

Jetzt nickten beide Mädchen.

„Bei dir in der Klasse auch, Tina?", wollte Alex wissen.

Tina wiegte den Kopf hin und her und schien zu überlegen.

„Na ja, gelegentlich schon. Aber ich mach mir nichts draus, wenn jemand meint, irgendwas an mir sei nicht in Ordnung. Außerdem wehre ich mich entsprechend. Das hast du mir doch beigebracht!"

„Wie wehrst du dich denn?", wollte Alex jetzt konkret wissen und ärgerte sich darüber, dass das Gespräch einen völlig ungeplanten Verlauf nahm. Es sollte doch hier um die Große und nicht um die Kleine gehen.

„Ach, na ja ...", druckste Tina herum.

„Frollein, raus mit der Sprache!"

Alex wurde ernst.

„Na, meist mit Worten ..."

Jetzt lachte Lena hämisch.

„Könnt ihr mich mal aufklären?", forderte Alex.

„Ich verpetze niemanden", sagte Lena und verschränkte die Arme vor der Brust.

„Also gut. Mir rutscht schon mal die Hand aus, wenn gar nichts anderes hilft ...", gab Tina zu.

Es fiel Alex schwer, bei diesen Worten ernst zu bleiben.

„Du weißt aber schon, dass Gewalt keine Lösung ist“, setzte Alexander ein.

„Klar, Papa. Das musste ja von dir kommen. Ist schließlich dein Beruf ...“

„Na, du wirst mir sicher niemanden umbringen“, lächelte Alex jetzt versöhnlich.

„Ach, i wo! So weit lasse ich es nicht erst kommen ...“

Alexander erhob sich und täuschte ein dringendes Bedürfnis vor, er konnte sich kaum halten, so erheiternd fand er das jetzt.

„Bin gleich wieder zurück. Bleibt mal noch einen Moment sitzen ...“

Tina und Lena schauten sich an.

„Hast du eine Ahnung, worauf Papa jetzt hinaus will?“, erkundigte sich Tina.

„Du kennst ihn doch. Manchmal will er uns eben erziehen, und dann fällt ihm ein, dass das als Vater seine dringende Aufgabe ist. Das scheint jetzt so ein Moment zu sein. Wir müssen nur durchhalten ...“, schlug Lena vor.

„Gebongt“, entgegnete Tina, und in dem Augenblick betrat Alex auch schon wieder die Küche.

„So, meine Lieben. Was ist nun mit dieser Schönheits-App? Woher stammt die überhaupt? Ich habe sie euch jedenfalls nicht gekauft.“

„Alle haben die in der Klasse ...“, antwortete Lena.

„Alle?“, wiederholte Alex und dachte, dass das doch einfach nur schrecklich sei. Einmal diese merkwürdige App und dann diese stete Bemerkung, von wegen, alle würden etwas haben.

„Jaaaa“, zog Lena die Antwort lang. „Ich hab sie von Jennifer, und die hat sie von Annkatrin und die von Hannah.“

„So ist das also. Und denkt eine von euch schon daran, sich operieren zu lassen?“, erkundigte sich Alex und versuchte sachlich zu wirken.

Tina lachte lauthals, aber Lena zuckte mit den Schultern und ließ den Kopf sinken.

„Vielleicht“, kam es leise von ihr.

„Das ist doch auch viel zu teuer“, fiel Alexander jetzt noch ein Argument ein.

„Und wenn ich mir sonst nichts anderes zum Geburtstag wünsche?“, lenkte Lena ein.

„Komm mal her, meine Große“, sagte Alex. Lena stand folgsam auf und stellte sich vor ihren Vater, der sie mit beiden Armen umschlang.

„Du bist so perfekt, wie du bist. Und für mich überhaupt die Schönste im ganzen Land.“

„Wie bei Schneewittchen“, fiel Tina dazu ein.

Alexander nickte und forderte mit der linken Hand auch seine Kleine auf, zu ihm zu kommen. Dann umarmte er beide Mädchen.

„Ich habe euch unendlich lieb, und das wird immer so sein. Außerdem seht ihr beide ganz toll aus. Tina mit ihren wunderschönen widerspenstigen Locken und Lena mit ihren ausdrucksstarken Augen.“

Die Jungs sind ja jetzt schon verrückt nach euch, fuhr Alex noch ein Satz durch den Kopf, den er aber lieber für sich behielt.

„Und zu unserer Figur sagst du gar nichts, Papa?“, wollte Lena noch wissen. „Wenn das nämlich mit so einer Schönheitsoperation deiner Meinung nach nichts ist, dann könnte ich auch Intervallfasten. Das ist ein neuer Trend aus Amerika, ich glaube aus Silicon Valley."

„Von Fasten habe ich durchaus schon gehört, mein Kind. Aber was verbirgt sich denn hinter Intervallfasten?"

Alexander stand eine steile Falte auf der Stirn.

„Dann will ich dir das mal erklären, Dad. Es gibt verschiedene Regeln. Zum Beispiel fünf Tage normal essen und zwei Tage fasten oder 16 Stunden fasten und acht Stunden essen, natürlich nicht ununterbrochen ... Unsere Vorfahren haben nämlich auch nicht so konstant ihre Nahrung in sich reingeschoben wie wir, sondern immer dann, wenn sie was erlegt hatten."

„Aha", warf Alex ein und verdrehte die Augen.

„Jedenfalls sind wir hier keinen Hunger mehr gewöhnt."

„Da sei aber froh, Lena."

„Mann, darum geht es doch gar nicht. Stoffwechsel und Organe sollen sich beim Fasten regenerieren können."

„Aber Kind, du bist doch noch im Wachstum. Da macht man so was einfach nicht!"

„Hm."

Lena schien zu grübeln, während ihre kleine Schwester die ganze Zeit über den Wortwechsel der beiden kommentarlos und mit sichtlicher Spannung verfolgt hatte.

„Du hast immer noch nicht meine Frage zu meiner Figur beantwortet", legte Lena nach.

„Doch, meine Liebe, auch die ist perfekt. Und sollte irgendjemand etwas anderes behaupten, dann lügt er und bekommt es mit mir zu tun", sprach Alexander sein

Schlusswort in dieser Sache und strich beiden Mädchen liebevoll über die Köpfe.

„Was haltet ihr eigentlich davon, wenn wir demnächst mal einen Ausflug nach Paris machen?“, fiel Alex in dem Moment noch ein, als er sich schon erheben wollte.

Schlagartig saßen beide Mädchen aufrecht.

„Paris, Papa, jederzeit“, rief Lena und hatte diesmal wieder nicht die Anrede Dad gewählt, was Alex sofort registrierte.

„Oh ja, die Stadt der Liebe“, ergänzte Tina mit strahlenden Augen und Alexander grübelte, wo sie das nur wieder aufgeschnappt haben konnte.

„Eiffelturm, Mona Lisa, Louvre, Montmartre ... und meine Freundin Yvette!!! Papa, du bist der Größte. Wann fahren wir?“

Lenas Begeisterung war nicht zu stoppen.

„Also, übers Wochenende ist das ja zu kurz, aber in die nächsten Ferien bekommen wir das bestimmt rein. Ich habe gehört, Lenchen, dass du ein absoluter Fan dieser Stadt bist.“

„Ich auch, ich auch“, rief Tina.

„Gut, ihr beiden also. Wir nehmen am besten das Auto, dann sind wir unabhängiger, obwohl ich mir hab sagen lassen, dass es nicht einfach ist, auf den Straßen von Paris unterwegs zu sein, die örtliche Fahrweise soll recht rabiat sein ... Im Gegensatz zu uns Deutschen ist das Auto nicht des Franzosen liebstes Kind! Dann macht euch doch mal einen Plan, wann ihr genau fahren wollt, und was ihr alles besichtigen möchtet. Mit deiner Freundin Yvette müsstest du ja auch abstimmen, wann es ihr passt ...“

Lena hatte schon ihren Vater mit beiden Armen fest umschlungen.

Abgefangen

Dennis riss die Tür zu Alexanders Büro auf und gestikulierte wild. Sein Vorgesetzter telefonierte gerade und legte einen Zeigefinger auf den Mund. Dann wies er mit derselben Hand auf einen Stuhl vor seinem Schreibtisch. Dennis setzte sich folgsam, schien aber fast zu platzen. Offensichtlich ein Gespräch mit dem Staatsanwalt.

„Ja, Herr Oberländer. Da stimme ich Ihnen natürlich zu ...

Wir tun, was wir können ...

Die Lage des Falles lässt momentan nicht mehr zu ...

Sie bekommen natürlich sofort Bescheid, wenn wir der Lösung ein Stück näher sind ...

Also dann ...

Ja ...

Tschüss!“

Alex stöhnte ziemlich heftig, nachdem er das Gespräch beendet hatte.

„Sorry, Dennis. Aber ich konnte den Oberländer nicht so mir nichts, dir nichts rasch abwürgen. Wo drückt denn der Schuh?“

„Du glaubst es nicht!“

„Was glaube ich nicht? Sprich nicht in Rätseln. Das hat Heike erst neulich mit mir gemacht. Ist nicht mein Ding. Ich bin ein Mann der klaren Worte.“

„Zu Befehl, Chef."

Dennis grinste breit.

„Wir haben einen weiteren Fund in Ergänzung unserer Wasserleiche."

„Nein!"

„Doch! Kannst du mir glauben."

„So rück schon mit der Sprache raus. Das ist ja dermaßen spannend", drängte Alexander aufgeregt.

„Ich muss dann aber doch noch ein wenig ausholen ...", spannte Dennis Alex weiter auf die Folter.

„Dann mach es doch einfach!"

Das klang ein wenig resigniert.

„Eigentlich wollte Richard vom Wasserstraßen- und Schifffahrtsamt Minden mit dir sprechen. Aber bei dir war ja kein Durchkommen ..."

Alex zuckte mit den Schultern. Er wollte jetzt keine weitere Erklärung zum Telefonat mit Marc Oberländer abgeben, sondern nur die Lösung des Rätsels erfahren.

„... also hat die Zentrale ihn zu mir verbunden. Erst wollte er mir nicht erzählen, was los ist, wollte es nur dir persönlich mitteilen, aber dann konnte ich ihn doch bewegen. Sie sind nämlich an einem der Stauwehre bei Petershagen fündig geworden. Ein Paket in einer blauen Plastiktüte, versehen mit ganz viel braunem Klebeband. Und da Richard doch schon die interne Information von uns auf dem Tisch hatte, hat er gleich kombiniert und seine Finger von dem Teil gelassen. Obwohl er zunächst geneigt war, es auszupacken ..."

„Gut so!", antwortete Alexander und meinte damit ihr Schreiben an die infrage kommenden Bereiche und die

Reaktion des Kollegen vom Wasserstraßen- und Schifffahrtsamt.

Alex dachte daran, wie er beim Befahren mit seinem Rad auf den Spuren der Mühlen- und der Storchenroute auch die Stauwehrüberführung zwischen Petershagen und Lahde überquert hatte. Spannende Ecke. Das war in den Anfängen seines Aufenthaltes in der Region, als er sie Stück um Stück für sich gewann. Er hatte sich überall kundig gemacht. Ins Heringsfängermuseum von Heimsen hatte er sogar einmal seine Töchter zu einem Sonntagsausflug überreden können, da fanden gerade die Matjestage statt. Trotz anfänglichen Maulens waren sie dann hellauf begeistert. Vor allem vom Umfeld, von den salzigen Fischen eher nicht. Die hatten sie nur getestet und beide das Gesicht verzogen, sodass Alex drei Portionen essen musste. Wegwerfen ging gar nicht, das hatten ihm seine Eltern vorgelebt, dass man Lebensmittel nicht wegtat. Und mit beiden würde er dort vorbeischauen, das würde den alten Herrschaften bestimmt gefallen. Dann würde er sich mit ihnen auch Zeit nehmen für das Heimser Haus mit den unterschiedlichen Trachten der hiesigen Heringsfängerregion, das Friller Haus mit allerlei Zusammengetragenem aus früheren Zeiten – inklusive einer umfangreichen Spielzeugsammlung, was wieder etwas für die Mädchen sein könnte, und originalgetreu eingerichteten Zimmern, die das Leben Ende des 19. Jahrhunderts darstellten. Schließlich das Meßlinger Haus mit seiner Orientierung aufs Handwerk: ausgestorbene Berufe der Hausschlachter, Stuhl- und Korbflechter, Spinnrad- und Holzschuhmacher, Leineweber ...

Das einst 1981 eröffnete Heimatmuseum war 1985 zum Heringsfängermuseum erweitert worden und zeigte recht beachtlich die Geschichte dieser einstigen Hochburg der Heringsfischerei. Kaum zu glauben, wo Petershagen doch 200 Kilometer von der Küste entfernt lag.

Tina hatte ihren Vater am Arm durch die einzelnen Ausstellungsräume gezogen.

„Schaut mal, hier gibt es Katastrophen auf See", stellte sie interessiert fest und begutachtete die Exponate. Ein Stück weiter die „Logger und Fangmethoden" und „Männer von der Mittelweser".

„Also, das muss ein ganz schön anstrengender Job gewesen sein, so als Fischer auf hoher See. Die Fangnetze mit purer Muskelkraft an Bord ziehen, dann den Heringen die Kehle durchschneiden, sie sofort mit Salz bedecken und anschließend in die Holzfässer tun ... Und dann hier in den Heimatdörfern auch kein sonderlich luxuriöses Leben. Nichts für mich", konstatierte Tina und wandte sich einer Hörstation zu.

An der Vitrine „Wanderungen des Herings auf hoher See" war dann Lena stehen geblieben und hatte sich festgelesen.

„Mensch, Dad, das ist ja ein Ding. Wusstest du, dass Heringe in der Lage sind, sich auch vegetarisch zu ernähren? Wenn im Meer nämlich die schwebenden Kleinlebewesen ausbleiben, dann fressen sie Seegraspartikel und Algen. Wir sollten endlich mal unser Essen umstellen", forderte sie im gleichen Atemzug.

Alexander sagte dazu gar nichts, las aber ebenfalls und fasste laut zusammen: „Heringsschwärme sind in einer

Tiefe von 300 Metern unterwegs und steigen dann nachts an die Wasseroberfläche, um ihre Beute zu packen – winzige Krebs- und Fischlarven. Und die aktuelle Forschung geht von einem festen Wanderungsdreieck der einzelnen Heringsstämme zwischen Laich-, Fress- und Überwinterungsgründen aus. Auch deshalb ist es so wichtig, die Gewässer überall für die Fische durchlässig zu halten! Schaut mal hier – sie schwimmen beispielsweise zum Laichen Richtung Island und Grönland ..."

„Klingt jetzt aber aus deinem Mund doof, Papa", warf Tina mit ernstem Gesicht ein, „das mit den Leichen."

„Mit dem Laichen. Schreibt sich mit ai", korrigierte Alex. „Und es hat mit Toten nun gar nichts zu tun, sondern mit neuem Leben. Die Fische setzen ihre Eier ab und daraus entwickelt sich dann die nächste Generation. Müsstet ihr aber im Unterricht gehabt haben."

„Reingefallen", lachte Tina und Lena schlug ihrer kleinen Schwester anerkennend auf die Schulter.

„Tja, Dad, so ist das mit der Ironie", betonte Lena. „Die versteht nicht jeder gleich auf Anhieb."

„Erwischt, meine Damen, und zwar auf dem falschen Fuß", gab Alexander zu.

Später waren sie noch auf Wunsch der Kinder mit der „Petra Solara" gefahren und hatten sich geschworen, das auch mal gemeinsam per Fahrrad zu erkunden. So mussten sie ein Stück weiter weg ihr Auto parken und zum Anliegeplatz in Hävern laufen. Von dort ging es mit der mit Sonnenenergie gespeisten Weserfähre einmal nach Windheim, dem gegenübergelegenen Ort, und ein wenig später wieder zurück. 50 Cent hatte eine Tour jeweils für die Kinder gekostet, einen Euro für Alexander. Etwas mehr als drei beziehungsweise weniger als fünf Minuten hatten sie für die Überfahrt an der 85 Meter breiten Stelle gebraucht. Ein rühriger Fährverein betrieb die Einrichtung ehrenamtlich, was Alexander einem Faltblatt entnommen hatte. Und seit Neuestem war auch die Pachtbrot-Tradition belebt worden, die auf einem Dokument aus dem Jahre 1833 beruhte. Einmal im Jahr sollten demnach die Bürgermeister von Hävern und Windheim jeweils fünf Brote mit dem Gewicht von fünf Pfund zur Verteilung an die gegenüber befindliche Nachbarschaft bereitstellen. Daraus geworden waren nun – dank des Fährvereins – belegte Schnitten (nebst Gürkchen), die im nahe gelegenen Hof Holthöfer verteilt wurden. Toll, was die Leute hier in der Region so alles auf die Beine stellten, hatte Alex mit Hochachtung bei der Lektüre gedacht.

Dann wanderten Alexanders Gedanken zu seiner Radtour über die Staustufe Petershagen, wo die Arbeiten 1953 beendet wurden, es aber schon lange vorher Überlegungen gab, die Mittelweser zu kanalisieren. Dem Wehr stand schließlich die Aufgabe zu, das Weserwasser auf eine Tiefe von mindestens 2,50 Meter aufzustauen. Hochfahren konnte man diesen Wehrverschluss auch, wenn starke Niederschläge oder Schneeschmelze die Weser zu viel Wasser führen ließen. Sieben Staustufen befanden sich zwischen Minden und Bremen, neben dem Bauwerk in Petershagen eines in Schlüsselburg, dann in Landesbergen, Drakenburg, Dörverden, Langwedel und eben

Bremen. Und für die Schiffe gab es die Schleusenkammer auf dem jeweiligen Kanal. Dort musste der Wasserspiegel nur entsprechend dem Höhenunterschied gehoben oder gesenkt werden. Alex erinnerte sich an den faszinierenden Blick vom Stauwehr in Petershagen stadteinwärts auf Mühle, Schloss und alte Fährstelle.

Später dann hatte er im Zusammenhang mit dem Fund eines Toten Richard kennengelernt. Der Matrose eines Gütermotorschiffes hatte die leblose Person in der Schleuse entdeckt und das natürlich sofort gemeldet. Die Tauchgruppe der Freiwilligen Feuerwehr Petershagen barg den Fund, der Notarzt konnte nur noch den Tod feststellen. Dann setzte die übliche Maschinerie ein, und die Ermittler der Kriminalpolizei Minden mussten zum Einsatz. Fremdverschulden wurde später ausgeschlossen. Es handelte sich um eine ganz tragische Familiengeschichte. Aber in dem Zusammenhang hatten Alex und Richard miteinander zu tun und stellten gleich fest, dass sie beide auf einer Wellenlänge sendeten, eine vergleichbare ironische Ader hatten. Sie telefonierten gelegentlich und hatten es sogar schon mal zu einem gemeinsamen Restaurantbesuch geschafft. Leider passte es bei beiden sehr selten, dass sie mit einem Termin auf einen Nenner kamen.

„Wo befindet sich das Paket denn momentan?“, griff Alex den Faden wieder auf, während er den Erläuterungen von Dennis nur mit halbem Ohr gelauscht hatte.

„Nach einem Anruf dort auf dem Weg zur Pathologie, wo wir auch umgehend hinsollten.“

„Hast du Heike schon informiert? Es geht ja auch darum, ob das identische Verpackungsmaterial verwendet worden ist!", warf Alex ein.

„Na klar. Die stößt auf dem Parkplatz zu uns. Wir können ja zusammen ein Auto nehmen."

„Dann machen wir das sofort."

Alexander erhob sich, inständig hoffend, dass sich in diesem Paket nicht irgendwelcher Unrat, sondern die fehlenden Körperteile der jungen Frau befanden ...

Heike hatte ihre großformatige Tasche geschultert und schaute den beiden Männern entgegen.

„Na, ihr zwei, das hört sich doch richtig gut an, nicht wahr?!"

Alexander nickte.

„Ich habe etwas von dem Plastiksack, in dem sich unsere Tote befand, und dem Klebeband dabei, um auf den ersten Blick schon mal was sagen zu können. Zumindest meine Vermutung und vorläufige Annahme, wie der Herr Professor jetzt sagen würde ..."

Dennis setzte sich hinters Lenkrad, Alex nahm auf der Beifahrerseite Platz und Heike schwang sich und ihre große Tasche auf die Rückbank.

Alex kam es so vor, als würde Dennis mit Absicht an jeder Ampel anhalten, obwohl man in der Gelbphase durchaus noch hätte durchrutschen können. Er kniff die Lippen zusammen. Nein, jetzt keine Diskussion zum Fahrstil. Das war absolut unpassend und brachte sowieso nichts. Dennis war eher der vorsichtige, bedachtsame Verkehrsteilnehmer, während er schon gelegentlich zu viel auf die Tube drückte.

Als sie wenig später den Flur im Klinikum entlangliefen, entdeckten sie Richard, der wartend vor dem Eingang zur Pathologie stand.

„Hallo, Alex", begrüßte er zunächst ihn und dann die anderen in der Runde. Alexander übernahm eine kurze Vorstellung und erklärte auch, woher er Richard kannte. Dabei fiel wieder der Begriff 24-Stunden-Lauf, weil er auch mit einem Team dort vertreten war. Heike zog die Stirn kraus in Erinnerung daran, dass Alex sie tatsächlich dazu hatte überreden wollen. Dennis nickte in persönlicher Kenntnis der Lage. Ihm hatte das Rennen großen Spaß gemacht.

„Mit rein kannst du jetzt nicht, Richard", wandte Alexander ein. „Aber wenn du noch etwas warten möchtest, dann komme ich in Kürze wieder raus und gebe dir Bescheid, ob dein Fund uns weiterhilft. Natürlich nur für dich so eine Information. Du bist zu absolutem Stillschweigen verpflichtet. Das versteht sich doch von selbst?"

„Kannst dich auf mich verlassen", versicherte Richard, der in dem Moment an die vielen Dinge dachte, die sie schon am Stauwehr gefunden hatten. Sehr skurrile Sachen dabei. Aber das hier toppte alles.

„Bis gleich also", sagte Alex und verschwand hinter Dennis und Heike, die schon hineingegangen waren. Zunächst befanden sie sich in dem dezent eingerichteten, Ruhe ausstrahlenden Raum, der auch für Angehörige gedacht war, die jemanden identifizieren mussten.

Professor Engelbrecht stand schon betont gerade an seinem Seziertisch und darauf das blaue Paket mit den breiten braunen Klebestreifen.

„Treffer", sagte Heike leise zu Alex, die schon ihre Proben in der Hand hatte und direkt dicht an das Paket hielt.

„Ich hoffe jetzt mal für Sie alle, dass das hier kein Scherz ist", sagte der Professor ernst und setzte ein Skalpell an.

Zum Vorschein kam etwas Weißliches, Aufgedunsenes. Ein Finger und noch ein Finger. Immer vorsichtiger schnitt Eberhard Engelbrecht die Verhüllung auf. Schließlich lagen seitlich des Frauenkopfes mit den langen blonden Haaren fein säuberlich sortiert die Daumen und die jeweiligen Finger beider Hände, dazu ein paar Steine, offensichtlich als Beschwerung des Paketes gedacht.

„Dann hätten wir wohl alles beisammen", stellte der Professor sachlich fest. Und besah sich alles akribisch.

„Hier gibt es sogar die von mir vermutete Einstichstelle. Am Hals, gleich neben der Halsschlagader. Das war dann garantiert tödlich."

Professor Engelbrecht beugte sich so tief über das Haupt, dass er es schon fast mit seinem Gesicht zu berühren schien.

„Wenn Sie mich für einen Moment entschuldigen", sagte Alex und verschwand im Eilschritt aus dem Raum.

„Nanu", meinte Eberhard Engelbrecht erstaunt, „bekommt dem Herrn Hauptkommissar dieser Anblick etwa nicht?"

Heike schüttelte den Kopf und nahm Alex in Schutz.

„Nein, Professor. Draußen steht nur der Mitarbeiter, der dieses Paket aufgegabelt hat. Und Alex hatte ihm versprochen, ihn kurz zum Inhalt zu informieren."

„Aha. Hoffentlich mit der nötigen Diskretion?!"

„Aber gewiss doch“, betonte Heike, und in dem Moment betrat Alex auch schon wieder den Raum.

„Jetzt wird sich auch der Rest aufklären lassen“, ergänzte Professor Engelbrecht und nickte dazu. Er hatte schon die Schnittstellen im Blick, die genau so an den Körper angefügt werden konnten. Eine Axt. Das war mit Sicherheit eine Axt, dachte der Pathologe und sprach es laut aus.

„Tatwerkzeug fürs Zerlegen des Körpers könnte eine Axt gewesen sein. Ganz so, wie ich schon vermutet habe. Wenn Sie mir das Fundstück bringen, dass sie neulich bei der Suche am Weserufer aufgestöbert haben, dann können wir feststellen, ob das stimmt. Am besten liefern Sie mir aber noch das Messer, mit dem offensichtlich in den Hals gestochen wurde. Kann eigentlich gar kein anderer Gegenstand gewesen sein. Und wenn ich recht sehe ...“

Professor Engelbrecht hatte eine Lupe gezückt und sich über die Finger gebeugt.

„... dann sind hier Spuren unter den Fingernägeln. Das muss ich natürlich erst prüfen. Aber nach der bisherigen Sachlage, bei der wir ja von einer Vergewaltigung und der anschließenden Tötung ausgehen, würde ich annehmen, dass das von einem Täter stammt. Bestimmt hat sich das Opfer gewehrt, möglicherweise gekratzt ...“

Heike stellte sich gerade die Situation der jungen Frau vor, in jener Nacht am Weserstrand. Nicht allein, sondern in Männergesellschaft, vielleicht zunächst sogar richtig fröhlich. Bis dann ab einem gewissen Zeitpunkt alles kippte. Ihr traten Tränen in die Augen.

Alexander bemerkte das, blickte kurz auf den Seziertisch und die freigelegten menschlichen Überreste. Dann riss er sich zusammen.

„Ich glaube, Professor, Sie benötigen uns hier nicht mehr länger. Dafür haben wir ganz dringenden Bedarf, was Ihren Bericht angeht."

„Wie sollte es auch anders sein, mein Lieber."

Der Professor lächelte fein.

Als Alex, Heike und Dennis wieder im Freien standen, holten alle drei gleichzeitig tief Luft, schauten sich dann an und stöhnten befreit auf.

„Ihr könnt euch gar nicht vorstellen, wie mich das belastet hat", erklärte Alex später im Auto. „So ein toter Körper, ohne Kopf und ohne Finger. Wir hätten ihn demnächst ja auch zur Beisetzung freigeben müssen. Wie lange hätten wir denn die Eltern noch hinhalten können ...?"

„Jetzt könnte man glatt alles zusammenfügen, von den Fachleuten zurechtmachen lassen und die Studentin offiziell identifizieren lassen", versuchte Dennis einen Scherz, aber Heike und Alex wehrten lautstark ab.

„Bist du irre, Dennis?", entfuhr es Heike.

„Selbst wenn das machbar wäre", fügte Alex schließlich an, als sich alle wieder beruhigt hatten, „dann wäre es keine Idee. Die Eltern sollen ihr Kind so in Erinnerung behalten, wie es zuletzt war. Lebensfroh und einfach schön."

Noch auf der Rückfahrt in die Behörde leitete Alexander alles in die Wege, dass noch einmal das Areal des offensichtlichen Tatgeschehens abgesucht wurde. Diesmal schloss er ausdrücklich den Bereich der Weser mit ein.

„Da müsst ihr eben ein paar Taucher losschicken", antwortete Alex auf eine offensichtliche Gegenfrage und beendete das Gespräch. Dennis verkniff sich ein Grinsen. Typisch sein Chef. Es musste immer alles gleich so klappen, wie er es sich vorstellte. Aber das war schon in Ordnung so. Inzwischen fühlte sich Dennis außerordentlich wohl an seinem Mindener Arbeitsplatz.

Aphrodite

Tagsüber hatte sich Martin mit Renate gestritten, die schon wieder das Thema Renovierung angeschnitten hatte.

„Man kann es aber auch übertreiben“, hatte Martin seiner Frau vorgeworfen.

„Ach, und du übertreibst es nie?“, konterte sie.

„Worauf willst du hinaus?“, fragte er.

„Ich weiß ja nicht, was ihr in eurem Abenteuerurlaub getrieben habt, aber du fantasierst seitdem nachts allerlei zusammen, sodass einem die Haare zu Berge stehen! Hast du ein schlechtes Gewissen?“

„Was tue ich?“

„Fantasieren.“

Renate zuckte mit den Schultern und kam wieder auf ihr eigentliches Thema. Genau genommen war ihr das Gefasel ihres Mannes im Schlaf auch ziemlich gleichgültig. Wenn man mal von der störenden Lautstärke absah.

„Was hältst du von schlichtem Weiß? Dann müssten wir allerdings auch etwas ummöblieren. Dazu passen dann unsere verschnörkelten Schränke nicht. Wenn wir bei Porta Möbel nicht fündig werden, könnten wir ja auch einen Tischler beauftragen ...“

Martin hatte gar nicht zugehört.

„Was erzähle ich denn da genau?“

„Mein Gott, kannst du hartnäckig sein", sagte Renate. „Im Grunde immer wieder dasselbe. Von irgendeiner Schönen, die aphroditegleich aus dem Wasser steigt. Ihr mit euren Weibergeschichten! Ich will das doch gar nicht im Detail wissen. Was da vielleicht passiert ist, ist passiert! Aber man muss es nicht noch bis in alle Feinheiten zerreden. Ich jedenfalls nicht!"

Renate hatte sich in Rage geredet.

„Und jetzt kommen wir noch mal auf den Punkt. Wäre dir als Nächstes die generelle Farbgebung in Weiß recht?"

„Ja, ja", antwortete Martin und grübelte.

Doch er erinnerte sich an die Tour mit den beiden Freunden. Auch an jenen Abend, an dem die Studentin im wahrsten Sinne des Wortes aufgetaucht war. Er träumte ja seit seiner Rückkehr Nacht für Nacht davon. Und offensichtlich redete er im Schlaf. Vielleicht sollte er ein Beruhigungsmittel nehmen, beschloss Martin, damit er sich in dieser Nacht nicht wieder schlaflos von einer Seite auf die andere wälzen würde.

Nachdem er sich später die Zähne geputzt hatte, öffnete er den Medikamentenschrank und nahm eine von den Schachteln, die seiner Frau gehörten. Dann zog er den Beipackzettel heraus, um ihn zu studieren, musste sich zuvor aber noch seine Lesebrille holen, um das Kleingedruckte zu entziffern. Doch, das sollte für absolute Entspannung sorgen, beschloss er nach der Lektüre und vergaß im selben Augenblick auch schon die möglichen Nebenwirkungen. Martin drückte zwei Tabletten heraus, füllte seinen Zahnputzbecher mit Wasser, schluckte sie und spülte sie mit reichlich Flüssigkeit hinunter. Wenn das nichts half ...

Martin hob ganz schwach die Augenlider. Dem Fluss entstieg gerade eine Frauengestalt. Jetzt nur nicht aus diesem Traum erwachen, dachte er, denn ohne Zweifel musste es sich um einen solchen handeln. Die hoch stehende Sonne ließ das fremde Wesen erstrahlen, und die abperlenden Wassertropfen auf ihrer Haut funkelten wie Diamanten. Sie trug einen roten Bikini, und ihr langes blondes Haar ergoss sich über die Schultern. Mit langsamen, eleganten Schritten schritt sie barfuß über das Ufer.

Aphrodite, die griechische Göttin der Liebe, dachte Martin, immer noch mit gesenktem Blick, und zugleich erinnerte er sich an James Bond. Waren das nicht sogar zwei Filme, in denen die atemberaubenden Schönheiten unvermutet aus dem Wasser auftauchten und dem Geheimagenten seiner Majestät sehr überzeugend den Kopf verdrehten ...?

Vor gut zwei Stunden waren die drei Männer von ihrem Erkundungsausflug zurückgekehrt, hatten drei Dosen Ravioli in einem Topf entleert und das Mittagessen dann über dem kleinen Feuerchen erwärmt. Es schmeckte köstlicher als jedes Mahl in einer Luxusgaststätte, beispielsweise bei ihrem Edelitaliener. Es hatte so etwas Ursprüngliches an sich und machte einfach nur satt. Was wollte man mehr? Hans-Jürgen hatte dann den Topf im Fluss ausgespült, und alle drei hatten beschlossen, sich für ein Stündchen aufs Ohr zu hauen.

Martin rieb sich den Schlaf aus den Augen.

„Hallo", sagte das Wesen.

„Hallo", entgegnete Martin mit stockender Stimme. In dem Moment richteten sich auch die beiden Freunde auf und blickten erstaunt auf die Frau. Hans-Jürgen stand der Mund halb offen. Das war doch die Ex-Freundin seines Sohnes oder vertat er sich da. Es war schon ziemlich lange her, dass die beiden ein Paar waren.

„Darf ich mich zu Ihnen setzen?“, erkundigte sich die junge Frau und erklärte: „Ich bin ein Stück oberhalb des Flusses in die Fluten gestiegen und abgetrieben worden. Weiß jetzt gar nicht, wie weit das ist. Auf jeden Fall muss ich erst einmal eine kleine Pause machen, um Luft zu holen. Darf ich das bei Ihnen tun?“

„Selbstverständlich“, hatte sich Martin schon erhoben und eine Decke und ein Badetuch aus seinen Reiseartikeln gegriffen. Die Decke breitete er vor der Schönen auf einem Stückchen weicher Wiese aus, und das Badetuch legte er galant um ihre Schultern.

„Entschuldigung, ich habe mich noch gar nicht vorgestellt“, sagte die junge Frau. „Cornelia Neuner.“

„Oh“, meinte Martin. „Sie müssen sich doch überhaupt nicht entschuldigen. Es wäre an uns gewesen, uns zuerst vorzustellen.“

Dann übernahm er es, reihum jeden mit Vor- und Zunamen und einem Mini-Lebenslauf vorzustellen. Soweit es ihm jedenfalls nötig erschien. Cornelia lächelte betörend, als er Minden erwähnte.

Bei Hans-Jürgen legte sich kurzzeitig ein ernster Zug in Cornelias Gesicht.

„Na, wenn das kein Zufall ist. Die Welt ist doch ein Dorf. Hallo, Herr Lehmann.“

Der Mann schluckte, sagte aber kein Wort dazu, dass sie ihn beim Nachnamen und nicht beim gewohnten Vornamen genannt hatte. Seine Blicke schienen zu bedeuten, sie möge die Vergangenheit ruhen lassen, und sie beschloss, den Augenblick zu leben.

„Ihr kennt euch?", erstaunte sich Martin.

„Ach, nur flüchtig", warf Cornelia ein und beendete mit diesem Halbsatz das Thema, das Hans-Jürgen auf keinen Fall aufgreifen wollte.

Sie saß auf der Decke, und das Bikinioberteil gab mehr von ihren üppigen Brüsten frei, als dass es verhüllte. Ansonsten war sie einfach nur makellos schön. Ihre endlos langen Beine stellte sie jetzt auf und umschlang sie mit den Armen, dann zog sie das Badetuch ein wenig weiter über ihren Oberkörper. Vielleicht hatte es an den Blicken der Männer gelegen, die nicht von ihr lassen konnten.

„So ein Zufall aber auch. Ich komme ja ebenfalls aus Minden. Und bin dort aufs Ratsgymnasium gegangen ..."

„Was Sie nicht sagen. Genau dort haben wir auch vor langer, langer Zeit mal unser Abi gemacht", warf Karsten mit einem strahlenden Lächeln ein.

„Ach", sagte Cornelia, „so lange kann das doch bei Ihnen auch wieder nicht her sein. So viele Jahre liegen bestimmt nicht zwischen Ihnen und mir ..."

Alle drei grinsten geschmeichelt.

„Und wohin hat es Sie nach der Schulzeit verschlagen?", wollte jetzt Martin wissen.

„Mein Abschluss war nicht ganz so glänzend, wie es meine Eltern gewünscht hätten ... Aber Medizin wollte ich unbedingt studieren. Und da bin ich zunächst nach Holland gegangen. Dort sind die Aufnahmekriterien nicht ganz so streng wie hier in Deutschland. Allerdings konnte ich nach einer erfolgreichen Weile wechseln und bin jetzt in der Ausbildung am Mindener Klinikum angekommen. Schön, dass das jetzt so ortsnah für mich möglich ist!“

„Das ist ja ein Ding“, entfuhr es Karsten. „Wie klein doch die Welt ist.“

„Sie sagen es“, lachte Cornelia perlend.

Martin spürte eine Trockenheit im Hals.

„Dürfen wir Ihnen vielleicht was zu trinken anbieten“, schlug er vor.

„Gern. Wenn es kein Wasser ist ... Davon hatte ich eben ausreichend ...“

Jetzt brachen alle vier in ein herzliches, erlösendes Lachen aus. Cornelia fühlte sich sichtlich wohl in dieser Herrenrunde, zumal ihr einer davon ja sehr gut bekannt war. Sie hatte gleich zu Beginn die Situation abgeschätzt. Die Utensilien der Männer waren alle hochwertig. Keine Penner also. Überall Label teurer Markenfirmen auf den Sportsachen. Vom Alter her etwa die Generation ihres Vaters. Und jetzt, wo sie wusste, dass die drei ebenfalls aus ihrer Heimatstadt kamen, war sie vollends beruhigt. Da war man ja quasi miteinander bekannt und aus der Nachbarschaft.

Martin hatte in der Zwischenzeit eine Flasche Rotwein aus den Vorräten herausgesucht und hielt ihr das Etikett vor die Augen.

„Mögen Sie die Sorte?“

Cornelia streifte nur kurz mit ihrem Blick die Flasche, als Martin noch plaudernd ergänzte: „Trocken ist prima, das mag ich besonders. Deshalb habe ich solche Sorten immer in meinem Reisegepäck. Ist auch meist bekömmlicher. Und Rotwein muss man nicht kühlen. Noch ein Vorteil im heißen Sommer."

„Genau", sagte Cornelia und ließ sich einen Becher einschenken.

„Nicht ganz stilecht", entschuldigte Martin. „Aber mit Gläsern wollten wir uns auf unserer Tour natürlich nicht belasten. Die gehen einfach zu schnell entzwei."

Als Cornelia den Becher in die Höhe hob und allen dreien zuprostete, schlug sie vor: „Sie, ähm, ihr könnt auch Conny zu mir sagen. Wo wir doch aus einer Stadt kommen und uns quasi kennen, gewissermaßen Nachbarn sind ..."

„Sehr gern", erhob sich Hans-Jürgen erleichtert. „Aber wenn wir schon Brüderschaft trinken, dann auch formvollendet mit einem Kuss."

Jetzt errötete die junge Frau.

Martin war gerührt. Dass es das noch gab. Er hatte immer ganz andere Vorstellungen von den jungen Leuten. Die machten doch alle auf cool. Aber sie waren es wohl doch nicht in ihrem Innersten. Auch er lief ein paar Schritte näher auf Cornelia zu.

„Nun gut, warum eigentlich nicht", sagte sie, stieß mit allen reihum an und gab jedem einen flüchtigen Kuss.

Im Hintergrund gurgelte der Fluss und setzte ein wenig feinen, weißen Schaum ans Ufer, der als zarter Saum hängen blieb. Ein Entenpärchen trottete über den Sand und ließ sich von den Menschen nicht im Mindesten stören. Die Temperaturen lagen um die 25 Grad Celsius. Ein milder, überaus schöner Sommertag.

In Martin war bei dem Kuss eine Hitze aufgestiegen, die ihn verwunderte. Die Kleine könnte doch seine Tochter sein, dachte er. Wieso dann solche Gefühle?

„Wie willst du denn nachher eigentlich wieder zurück zu deinen Sachen kommen?“, wechselte Martin auf ein neutrales Gebiet.

„Ach, Martin, darüber mache ich mir momentan überhaupt noch keine Gedanken. Bei euch ist es ja so gemütlich. Da bleibe ich doch gern noch ein Weilchen. Ich habe Semesterferien und alle Zeit der Welt.“

Ganz schön mutig, überlegte Martin. Und zugleich irgendwie vertrauensselig. Sie hatte doch sicher auch ihre Wertsachen an ihrem Lagerplatz zurückgelassen ... Es gab schließlich so viele Ganoven!

Und als habe Cornelia seine Überlegungen erraten, erklärte sie: „Ihr müsst euch keine Gedanken machen, was mit meinen Sachen ist. Ich habe nur das Wichtigste dabei und meine Papiere und das Geld in einem Gebüsch unter einem Stein versteckt. Kann gar nichts passieren. Es sei denn, jemand will mit meinem Shirt und meinen Jeans durchbrennen ...“

Wieder lachte sie, diesmal kichernd. Die Vorstellung, jemand könne sich in ihrer Garderobe aus dem Staub machen, schien sie sehr zu erheitern. Martin beschlich ein ungutes Gefühl, was er sich nicht erklären konnte. Er schüttelte sich und warf diese Regung damit beiseite.

„Wir könnten jetzt eigentlich auch mal ein Bad zur Abkühlung nehmen“, schlug er vor.

Alle stimmten zu und gemeinsam stiegen sie in die Weser. Drei Herren im mittleren Alter, die übertrieben aufrecht liefen, die Bäuche einzogen und die Brüste herausstreckten. Cornelia schien indes über den Boden zu schweben, so jedenfalls kam es Martin vor, der immer wieder einen seitlichen Blick wagte, dabei über ein paar Steine stolperte und über seine Ungeschicklichkeit fluchte.

Rasch tauchten die vier im Wasser unter und schwammen ein Stück flussaufwärts, was sichtbar Kraft verlangte. Hier zahlte sich allerdings bei den Männern aus, dass sie regelmäßig ihre Kondition trainierten. So leicht konnte ihnen der Strom nichts anhaben. Cornelia, durch ihr zeitraubendes Studium etwas aus der Übung, prustete und lachte und wurde schon wieder abgetrieben, fasste aber am Ufer Fuß, wo die Männer Quartier gemacht hatten.

Dann stand sie in der strahlenden Sonne, ließ sich von ihr das Wasser auf der makellosen Haut abtrocknen und beschattete die Augen mit einer Hand, um nach den Schwimmern Ausschau zu halten. Die aber wetteiferten in ihrem Einsatz, um den Fluss zu bezwingen.

Der Tag nahm seinen Lauf und die kleine Gruppe amüsierte sich im Wasser und draußen an Land. Einer der Männer hatte einen Ball dabei, und so spielten sie auch eine ganze Weile, entdeckten die nächste Gemeinsamkeit in der Mitgliedschaft bei Handballvereinen. Cornelia erzählte, wie sie sich auch mal mit Drachenboot und Kajak ausprobiert hatte, bei einem Familientag vom Faltboot- und Skiclub Minden an der Weserpromenade, dann aber doch beschlossen hatte, dass sie eher das Wasser direkt an ihrem Körper brauchte und lieber schwamm. Wenngleich es spannend gewesen war, sich mal die schönen Boote genau anzuschauen und allerlei Sportgeräte auszuprobieren. Einhelliges Kopfnicken der Männer dazu. Zwischendurch gab es immer mal wieder ein Getränk, erst vorrangig Mineralwasser, dann zunehmend Wein.

Conny lachte ein unbeschwertes, heiteres Lachen. So einen tollen Tag hatte sie lange nicht erlebt. Das Semester lag erfolgreich hinter ihr. Alles würde sich weiterhin positiv entwickeln. Jetzt am Klinikum in Minden hatte sie einen wunderbaren Professor, der ihr – zumindest hatten sich die Dinge in diese Richtung entwickelt – den Hof machte. Die Schlafmütze Matthes war sie erst einmal los. Vielleicht würde es sich wieder einrenken, vielleicht aber auch nicht. Das war ihr in diesem Moment völlig gleichgültig. Was sollte passieren. Leben, hier bin ich, hätte sie am liebsten herausschreien mögen. Aber das kam ihr in Gegenwart der drei Männer doch unpassend vor. Wie toll, dass sie eine gemeinsame Vergangenheit mit dem Besuch des Ratsgymnasiums hatten. So etwas verband. Immer wieder kam das Gespräch darauf und jeder konnte Anekdoten aus seiner Zeit beisteuern.

Cornelia rekelte sich in der Sonne und streckte ihren perfekt gebauten Körper dem Licht entgegen. Dabei blickte sie an sich herunter. Einmalig, dachte sie, die Bräune zeigt sich schon hervorragend und klasse gleichmäßig, meine Leberflecke sieht man kaum noch, nicht mal den Großen Wagen, wobei es um den natürlich schade ist. Es muss nicht immer ein Urlaub im fernen Süden sein, auch die Heimat bietet durchaus ihre Reize, träumte sie vor sich hin ...

Martin wurde von seinen eigenen Schreien wach. Seine Frau hatte schon das Licht angemacht und starrte ihn an.

„Es reicht, mein Lieber. Cornelia hin oder her. Das ertrage ich einfach nicht mehr."

„Wie kommst du denn auf Cornelia?"

„Dieser Name spielt schon die ganze Zeit eine Rolle, aber eben hast du ihn ganz deutlich ausgesprochen, sodass ich ihn richtig verstanden habe!"

Sie sprang auf, schlüpfte in ihre Pantoffeln, griff sich Kopfkissen und Bettdecke.

„Ich ziehe jetzt ins Wohnzimmer um. Und ab morgen kann der feine Herr im Gästezimmer nächtigen. Wir sollten wohl mal etwas Abstand voneinander gewinnen."

Aufgebracht lief Renate aus dem Schlafzimmer, und Martin sank wieder in seine Kissen. Was war nur passiert in jener Nacht? Das Mädchen war verschwunden. Ja sicher, bei diesen aufdringlichen Männern. Es hatte bestimmt irgendwann die Nase voll gehabt. Karsten und Hans-Jürgen waren allerdings am nächsten Morgen so komisch gewesen. Hatten auf Eile gedrängt, obwohl sie doch noch Zeit hatten. Zumal ihm ja dermaßen der Kopf gebrummt hatte, von dem Zuviel an Alkohol, vor allem am ungewohnten Whisky.

Später hatte Martin versucht, mit seinen Freunden zu reden, sie zu befragen nach den Stunden jener Nacht, die er im Rausch verschlafen hatte. Aber nichts. Keiner war zu einer Äußerung zu bewegen. Hans-Jürgen druckste nur herum und Karsten reagierte sogar äußerst barsch. Irgendwie war da ein Knacks drin in ihrer jahrzehntelang bewährten Männerfreundschaft.

Geständnis

Karsten hatte bereits während der ersten Befragung auf seine Freunde Martin und Hans-Jürgen verwiesen. Alexander war daraufhin kurz aus dem Wohnzimmer der Familie gegangen und hatte sich zu ihrem Fahrzeug begeben: Er wollte während dieses Gespräches keine Zuhörer haben. Von dort aus veranlasste er, dass auch die beiden Freunde zeitnah in die Dienststelle gebracht wurden. Für Dennis hatte zuvor ein Halbsatz ausgereicht, dass er wusste, worum es ging. Die Eheleute und er schwiegen sich während der Abwesenheit von Alexander an. Wenig später war er wieder ins Haus zurückgekehrt, ohne zu klingeln, denn die Tür hatte er nur angelehnt. Plötzlich stand Alex wieder im Wohnzimmer.

„Wir müssen Sie noch ausführlich befragen und dabei gleich ein Protokoll aufnehmen. Begleiten Sie uns also bitte, Herr Schulze!"

Alexander war erstaunt, dass sich in seine Formulierung das Wort bitte eingeschlichen hatte. Vielleicht war es auch auf die Frau gemünzt, die etwas ratlos dreinschaute.

„Tja, wenn es denn unbedingt sein muss", entschied Karsten und erhob sich. „Ich ziehe mir nur mal was anderes an."

Alex und Dennis wechselten Blicke, die bedeuteten, ob denn jetzt einer mitgehen sollte ... Ganz leicht schüttelte

Alexander den Kopf, und Dennis nickte daraufhin kaum merkbar. Es schien sehr unwahrscheinlich, dass sich der Verdächtige in dieser Situation absetzen würde.

Während der Autofahrt ins Präsidium herrschte Stille. Alexander war in Gedanken schon bei der bevorstehenden Vernehmung, lenkte dabei aber konzentriert den Wagen. Außerdem beschloss er, Falk und Otto, das Dreamteam im Kommissariat, für die Befragung der Nachbarn einzusetzen. Manchmal nervten die beiden zwar, aber in ihrer Arbeit waren sie äußerst zuverlässig und akribisch. So etwas liebte Alexander.

Dennis, neben Karsten auf der Rückbank sitzend, schaute den Verdächtigen aus den Augenwinkeln an und versuchte, sich das ganze Geschehen zusammenzureimen.

Bei Karsten bildeten sich kleine, feine Schweißperlen im Gesicht. Könnte man die Zeiger der Uhr doch nur zurückdrehen, dachte er. Es hatte alles so harmonisch begonnen an jenem Sommermorgen, als sein Sohn Torben die Männerrunde eingesammelt hatte und zu ihrem Startort fuhr.

„Eine Seefahrt, die ist lustig, eine Seefahrt, die ist schön", stimmte Martin auf der Rückbank des Transporters an. Hans-Jürgen und Karsten fielen umgehend lautstark ein: „... und da kann man unsern Käpt'n an der Reling kotzen sehn ..."

Torben schüttelte den Kopf und gab Gas. Das wollten nun erwachsene Männer sein, gebärdeten sich wie Kleinkinder. Er erkannte seinen Vater nicht wieder.

„Na, Junge“, schlug ihm Karsten, der auf dem Beifahrersitz saß, auf die Schulter, „hast du nicht mal bei Gelegenheit Lust, so eine Männertour mitzumachen? Wir würden dich glatt einladen!“

Torben verkniff sich die Bemerkung, die ihm auf der Zunge lag. Er kannte seinen cholerischen Erzeuger, und ein falsches Wort löste gelegentlich ungeahnte Reaktionen aus. Also verhielt er sich diplomatisch.

„Alles eine Frage der Zeit, Paps. Ich muss ja morgen auch wieder zur Arbeit.“

„Da kann man sich aber zeitweise Urlaub nehmen, hab ich mir sagen lassen“, kam es von Hans-Jürgen hinter ihm.

„Na ja, schon, aber den habe ich verplant.“

„Sicher mit deiner Liebsten, ha, ha“, lachte Martin, und die anderen Männer fielen mit ein.

Torben fühlte einen Stich im Herzen. Nein, wie es wirklich um ihn bestellt war, das konnte er wohl seinen Eltern nie beichten. Alle getesteten Freundinnen hatten sich als untauglich erwiesen. Aber vielleicht, oder nein: Mit doch ziemlicher Sicherheit hatte es an ihm gelegen. Denn als er eines Tages mit einem Studienfreund zusammenkam und sich daraus mehr als nur ein gutes Kumpelverhältnis entwickelte, war alles einfach toll und genial. Genau so sollte es sein in der Liebe und mit all den dazugehörigen Zärtlichkeiten.

„Jetzt fehlen dir wohl die Worte, mein Junge?“, stieß ihn der Vater an.

„Nein, ist schon alles so in Ordnung. Ich will euch natürlich in eurer trauten Runde auch nicht stören. Ihr habt ja sicher Gesprächsthemen aus alten Zeiten, mit denen ich nicht so viel anfangen kann."

„Genau", sagte Hans-Jürgen von hinten. „Die Generationen sollten eventuell mal zwischendurch für sich allein sein und Zeit untereinander verbringen."

Torben konzentrierte sich auf die stark befahrene Straße. Laufend wurde sein Transporter mit dem Anhänger, auf dem die drei Kanus verstaut waren, überholt. Sobald vor ihm ein Traktor fuhr und er ebenfalls zum Überholen ansetzen wollte, erwies sich das als äußerst nervenzehrend. Und dazu die heitere Männergesellschaft, die auch schon ein paar Fläschchen von dem mitgebrachten Kräuterschnaps geleert hatte. Reiseproviant ist ganz wichtig, hatte sein Vater noch daheim betont, als Torben die Alkoholpackungen entdeckt hatte. Für ihn hätte sich das auf dem Wasser im Kanu verboten, aber die Herren waren ja alt genug, um zu wissen, was sie taten. Er würde einen Teufel tun und sich da etwa belehrend einmischen ...

„Habt ihr auch unsere Boote auf dem Hänger richtig festgemacht?", wollte Karsten wissen und blickte dabei erst zu seinem Sohn und dann zu Martin.

Während die beiden das ein paar Stunden zuvor erledigt hatten, hatten er und Hans-Jürgen das Gepäck im Auto so verstaut, dass alles gut lag und sie ausreichend Platz zum gemütlichen Sitzen hatten.

„Kommt etwas spät, deine Frage", sagte Martin mit einem breiten Grinsen.

Torben zuckte kurz zusammen. So hätte er das nie geäußert, weil er das Echo ahnte, aber sein Vater reagierte völlig entspannt.

„Also, habt ihr nun oder verlieren wir die Kanus in Kürze und müssen uns dann welche mieten oder ein Floß basteln, ha, ha ...?!“

Karstens Heiterkeit wirkte ansteckend.

„Alles im grünen Bereich“, versicherte nun Martin. „Ist so verschnürt und angedockt, dass auch wirklich nichts schiefgehen kann.“

„Dann bin ich ja beruhigt“, entgegnete Karsten, verstellte die Rückenlehne noch ein wenig nach hinten und lehnte sich in seinem Sitz bequem zurück. „Das ist doch mal prima, so kutschiert zu werden. Danke, mein Sohn!“

Jetzt lächelte auch Torben zufrieden. Lob kam von seinem Erzeuger eher selten.

„Mach ich doch gern, Paps.“

Dann vertieften sich die Älteren in Fachgespräche zum Thema Kanufahren im Allgemeinen und im Besonderen und das auf der Weser. Dabei lobten sie den durchgängigen Ausbau des Gewässers als Kanufluss und die öffentlichen Bootsanleger. Auf sie traf man an zahlreichen Orten und erkannte ihre Markierung schon von Weitem. Ein deutlicher Pluspunkt, wie sie einhellig befanden.

„Ist das nicht klasse, dass wir an so einem tollen Fluss wohnen“, schwärmte Martin. „Den Frachtschiffverkehr können wir vor allem auf der Oberweser eher vernachlässigen, die Personenfahrgastschiffe oder privaten Motorboote sind übersichtlich. Was will man bei unserem Hobby mehr. Also, wenn ihr mich fragt, ich könnte jede Woche zu dieser Tour von Hann. Münden aus starten. Das mache ich bestimmt mal, wenn ich Rentner bin ...“

Hans-Jürgen und Karsten nickten.

„Und dann diese unschlagbar schöne Natur", lobte Hans-Jürgen. „Ist eben einfach märchenhaft, unser Weserbergland. Hinter jeder Flussbiegung ein ganz anderer und noch tollerer Blickwinkel! Wie aus dem Bilderbuch, so malerisch. Ich habe gleich wieder unser Weserdrachencuprennen vor Augen!"

Er seufzte sehnsuchtsvoll auf und Martin sowie Karsten schlossen sich an. Ihre Träume ähnelten sich sehr. Jeder sah sich im Team mit den anderen bei diesem internationalen Turnier, das bald ein zwanzigjähriges Jubiläum feiern würde. In den Ohren hatten sie das Startkommando „Are you ready ... attention ... go!" Dann die Geräusche der auf dem Wasser aufschlagenden oder besser hineintauchenden Paddel. Und später dann den Signalton bei der Zieldurchfahrt der jeweiligen Bootsspitze. Eine immer schöner als die andere, mit dekorativen, farbenprächtigen Drachenköpfen versehen. Eine Sportart, die ursprünglich aus China kam und in den 1990er-Jahren auch in Deutschland Verbreitung fand. Im Laufe der Jahre hatten die Männer alle Möglichkeiten erprobt, in den Anfängen die 300 Meter lange Kurzstrecke und nun natürlich die zwei Kilometer umfassende Langstrecke. Für jeden war was dabei: Kinder-, Schüler- und Jugend-Cup. Man konnte Mixed, Open, als Damen- oder Jugendmannschaft antreten. Irgendwann hatte sich ihr Kanuverein auch dem Deutschen Drachenboot Verband angeschlossen.

„Hat einer von euch eigentlich einen Plan gemacht, in welchen Etappen wir unsere Strecke bezwingen wollen?", erkundigte sich Karsten.

„Nein, wolltest du nicht ...?", warf Hans-Jürgen ein.

Und Martin entgegnete: „Nein, du ...!"

Wieder lachten alle drei, nur Torben verdrehte die Augen. Das passte ja hervorragend. Alles gestandene Männer in ihren Berufen und perfekt durchorganisiert, und dann so etwas ...

„Überlassen wir alles dem Schicksal", legte Karsten fest. „Die Strömungsgeschwindigkeit und unsere Kräfte werden entscheiden, außerdem Lust und Laune."

„Und wenn wir irgendwo einen tollen Rastplatz finden, dann gehen wir von Bord", ergänzte Hans-Jürgen.

„Muss ja nicht unbedingt so ein öffentlicher Anleger sein. Wir finden auch so ein nettes Plätzchen, wo wir mal ungestört sein können", meinte Martin.

„Wolltet ihr eigentlich irgendwann mal eine Pause machen?", warf Torben ein, nachdem sie schon einige Zeit unterwegs waren und jeder der drei Männer den Kräuterschnaps mit einem Bier hinuntergespült hatte. Das Navi hatte ihm zwar vorab eine Fahrtzeit von zweieinhalb Stunden angegeben, aber so, wie sie trödelten, konnte man das vergessen. Wenn sie in der doppelten Zeit ankamen, dann waren sie immer noch gut.

„Doch, eine Pinkelpause ist eine gute Idee", sagte Karsten. „Das zieht sich heute ja mal wieder hin. Außerdem habe ich das Gefühl, alle Baustellen der Welt haben sich auf unserer Strecke verabredet."

„Dann fahr ich in Kürze mal irgendwo ran", schlug Torben vor.

„Mach das, Sohn."

Die nächste Haltemöglichkeit mitten im Grünen war ihre. Torben fuhr gemächlich mit dem Transporter und seiner langen Last an die Seite. Alle stiegen aus, reckten sich und streckten die Arme weit von sich. Dann verschwanden sie in verschiedene Richtungen, jeder hinter einen Baum. Torben war als Erster wieder zurück am Auto. Komisch, dachte er, warum brauchen die denn so lange? Dauert das Wasserlassen immer länger, je älter man wird? Aber den Gedanken verfolgte er nicht weiter.

Bis zu ihrem Ziel in Hann. Münden währte es immerhin, auch aufgrund mehrerer Umleitungen, die für das lange Gefährt nicht so einfach zu befahren waren, noch weitere zwei Stunden.

Die Sonne strahlte mit aller Macht, als sie schließlich auf dem gut gefüllten Parkplatz stoppten. Wie immer ging ihr erster Weg zum alten Weserstein, der den Zusammenfluss von Werra und Fulda zur Weser markierte.

„Du wartest mal so lange noch am Auto", legte der Vater fest, als sich die drei Männer auf den Weg machten.

Wie immer, wie in meiner Kindheit, dachte Torben, aber es störte ihn nicht weiter. Er schaute nach den Kanus und überlegte schon, wie sie die etwas später am besten zu Wasser lassen könnten. Wobei ihm das eigentlich egal sein konnte. Für ihn war das zwar schon eine wiederholte Bringe-Tour mit den drei Freunden, aber sobald sie am Ausgangsort ihres Ausflugs ankamen, überließ er alle Handgriffe ihnen.

„So, Torben. Dann werden wir jetzt mal zum eigentlichen Thema kommen und dich in Kürze auf den Heimweg schicken", sagte Karsten, als sich die drei wieder dem Fahrzeug genähert hatten. „Wir laden alles ab und auf, befestigen unser Gepäck in den Kanus, damit nichts abhanden kommt, ha, ha ... Das wäre lustig. Ohne Wäsche zum Wechseln, ohne Zelt, ohne Verpflegung ... Dann eine echte Survival-Tour!"

Selbst Torben musste nun grinsen bei der Vorstellung, die Truppe müsste quasi ums Überleben kämpfen und hätte nichts als das Boot, vielleicht nicht einmal mehr Geld, um sich irgendwas zu kaufen.

„Was lächelst du so hintergründig, mein Sohn?", wollte jetzt Karsten wissen.

„Ach, nichts, Paps. Ich freue mich nur für euch, dass ihr jetzt bestimmt eine tolle Zeit miteinander verbringt und mal die Seele baumeln lasst."

Dann hatten sie schließlich alles erledigt und sich verabschiedet.

Wenig später starteten drei Kanus auf der Weser. Die Freunde hatten sich bei der Auswahl ihrer Fahrzeuge auf gleichgeartete Modelle geeinigt und sich jeweils für ein Stechpaddel entschieden. So war die zu erwartende Geschwindigkeit der Männer annähernd gleich. Wettrennen waren ohnehin nicht vorgesehen, die gab es zu anderen Zeiten. Sie wollten beim Paddeln auch plaudern und die Natur genießen und dort Halt machen, wo es ihnen gefiel.

Die erste Station lag nach gut 30 Kilometern am Anleger in Bodenfelde. Sie beschlossen gemeinsam, dass es damit für den Starttag genug sei, zumal sie ordentlich vorangekommen waren. An sportlicher Betätigung und an Aussichten. Haubentaucher, Silberreiher, Graureiher, Stockenten gaben sich ein Stelldichein und ließen sich von den Sportlern nicht im Geringsten stören. Am dortigen

Kanu-Rastplatz kamen sie ins Gespräch mit anderen Ausflüglern, und schon war man im besten Fachsimpeln über diesen einzigartigen Sport.

„Ach", hatte Hans-Jürgen irgendwann geschwärmt, „das ist die absolute Freiheit so auf dem Wasser, grenzenlos eben. Jedenfalls irgendwie, auf so eine ganz besondere Art!"

„Das verwechselst du jetzt mit Reinhard Mey und dessen Lied, wo er singt, dass die Freiheit über den Wolken wohl grenzenlos sein muss", hatte Martin daraufhin gemurmelt.

„Stimmt", hatte Karsten hierauf erwidert und von einem zum anderen gesehen. „Ihr habt beide recht. Das eine schließt ja das andere nicht aus. Und das Lied von dem Mey ist schon genial. Hab ich mal geliebt. Schade, hört man heute gar nicht mehr im Radio ..."

„Wenn es nach mir ginge, dann würden wir eine Mondscheinfahrt mit einplanen und uns von ein paar Fledermäusen umtorkeln lassen", träumte Hans-Jürgen laut. Einträchtig saßen die drei vor ihren kleinen Zelten und blickten auf das unermüdlich vorbeifließende Wasser der Weser.

Karstens Gedanken schweiften vom schöneren Teil der Reise ab und konzentrierten sich inzwischen auf die Katastrophe. Was war nur an jenem Sommerabend, ein Stück weiter stromabwärts, geschehen? Er hatte es doch verdrängen wollen und schon in irgendeine Schublade gepackt, an die er nie und nimmer heranwollte. Aber die Erinnerung kam mit allen Details hervor ...

„Nun habt euch doch nicht so“, kicherte Cornelia. „Ich glaube, ich habe einen Schwips ...“

„Wir sollten vernünftig sein und nicht in der Dunkelheit in die Weser steigen. Morgen ist doch auch noch ein Tag.“

Martin schien in seiner Rede relativ klar, schwankte aber ziemlich.

„Ach was, ihr Feiglinge!“

Dann stieg Cornelia aus ihrer kargen Bekleidung, ließ jetzt sämtliche Hüllen fallen und schritt Richtung Wasser. Der Mond spiegelte sich darin und legte zugleich einen Glanz auf ihr blondes Haar.

Martin schluckte. Karsten und Hans-Jürgen entkleideten sich ebenfalls, Martin folgte ihrem Beispiel zuletzt. Dann stürzten sich alle in die Fluten und alberten herum, bis sie völlig außer Atem waren.

Martin verspürte die Wirkung des Alkohols und zog sich zuerst ans Ufer zurück. Die beiden anderen Männer umschwammen die junge Frau, und ein Wort gab das andere. Karsten ließ zwischendurch seine Arme in ihre Richtung gleiten und streifte ihre zarte Haut.

„Puh, ich kann nicht mehr. Lasst uns zurückschwimmen“, gab sich Cornelia irgendwann geschlagen. „Martin hat schon längst aufgegeben.“

Der saß am Lagerfeuer und versuchte ungelenk mit der Axt, ein paar Späne von einem Scheit herunterzuziehen. Dabei lag ein ziemlich dämliches Grinsen in seinem Gesicht.

„Pass bloß auf“, forderte Conny ihn auf. „So mancher hat sich damit schon verletzt und vielleicht ein paar Finger abgeschlagen.“

Die anderen stimmten in ihr unbeschwertes Gelächter ein.

Dann wandte sie sich abrupt an die Männer, immer noch in vollendet nackter Schönheit.

„Gibt es eigentlich noch was zu trinken?"

Martin nahm als Erster die Flasche mit dem Schnaps, goss sich seinen Becher mit zitternder Hand voll, leerte ihn bis auf den Boden. Schenkte noch einmal nach und wiederholte die Prozedur. Danach reichte er die Flasche an Hans-Jürgen weiter, lief ein paar Schritte in Richtung der Büsche, etwas davon murmelnd, dass er mal müsse, pinkelte noch kurz und sehr schwankend, dann sackte er auf seinem Lager zusammen und verharrte reglos in dieser Position.

„Der ist hin", konstatierte Karsten, als er einen großen Schluck nahm, sich aber gleich wieder besann und einen Teil davon möglichst unauffällig zurück in seinen Becher spuckte. Nein, zu sehr wollte er sich nun auch wieder nicht betrinken. Er hatte noch etwas vor. Also goss er Cornelia, die inzwischen ihren Bikini übergestreift hatte, und Hans-Jürgen nach.

Etwas später hatte Karsten einen Arm um Cornelia gelegt und mit der anderen Hand ihren Kopf an den seinen gezogen, um sie zu küssen. Sie ließ es willig mit sich geschehen, hatte die Augen geschlossen und summte dabei irgendeine Melodie vor sich hin. Mit einem Seitenblick kontrollierte Karsten, was seine beiden Freunde taten. Martin war ganz offensichtlich platt und mit ihm nicht mehr zu rechnen. Der lag immer noch in der Position von vorhin. Hans-Jürgen hingegen lallte vor sich hin: „... muss

Moni sagen, dass das mit dem Trinken nich mehr so weitergeht ... Soll sich mal ein Beispiel an mir nehmen ...“

Während Karsten mit Cornelia eng umschlungen schmuste, rückte er Stück um Stück in Richtung seiner Lagerstatt. Es war ihm jetzt völlig gleichgültig, ob einer seiner Freunde zusah oder auch nicht. Er packte sie fest an den Armen. Hier und gleich musste er diese Frau besitzen, die ihn schon den ganzen Tag dermaßen heiß gemacht hatte. Er hatte das Gefühl, er würde sonst platzen in seiner Geilheit.

„Jetzt reicht's aber“, fuhr ihn Cornelia plötzlich an und entwand sich aus der Umarmung, die sich zu einer Umklammerung zu entwickeln schien.

„Das entscheide ich, wann es reicht“, presste Karsten zwischen den Zähnen hervor und warf die junge Frau zurück. Cornelia landete auf dem Rücken und strampelte wie ein Käfer. Mit einem Satz war der Mann über ihr, zog mit raschen Handgriffen erst ihre und dann seine Hose hinunter und glitt in seiner Erregtheit in sie hinein.

Ihre Gegenwehr war erfolglos, sie trommelte mit ihren Fäusten auf seinen Rücken, kratzte mit ihren Nägeln darüber, was blutige Spuren hinterließ und den Mann noch mehr in Rage brachte. Karsten schlug ihr rechts und links eine herunter, dabei knallte sie mit der Schläfe an einen Stein und wurde ohnmächtig. Sie sackte in sich zusammen und ihre Hände griffen ins Leere.

„Hab ich was verpasst?“, stand plötzlich Hans-Jürgen hinter Karsten und schaute mit schrägem Kopf interessiert auf die beiden.

„Kannst gern ran. Hab schon vorgearbeitet“, stieß Karsten hervor und atmete schwer.

„Meinst du wirklich? Is se denn einverstanden?“, wollte Hans-Jürgen mit schwerer Zunge wissen.

„Mensch, das ist doch eine verdammte Schlampe. Los, mach schon. Sollst doch auch dein Vergnügen haben. Auf Martin müssen wir da wohl verzichten. Hat er eben Pech gehabt!“

„Tja, der is hin“, kicherte Hans-Jürgen, kniete sich über Cornelia und tat das, was er die ganze Zeit schon hatte tun wollen, als die junge Frau an der Seite seines Sohnes war. Wie oft hatte er sich heimlich befriedigt, wenn er das Gestöhne aus dem Kinderzimmer hörte.

Nach einer Weile rührte sich die junge Frau, drehte den Kopf und sah auf Karsten und Hans-Jürgen, die daneben saßen und sich gerade wieder einen Schluck aus der Whiskyflasche genehmigten. Cornelia spürte ihren schmerzenden Körper. Sie tastete mit den Händen rechts und links den Boden ab und streifte sich zunächst im Liegen ihre Bikinihose über, um ihre Blöße zu bedecken, schließlich das Oberteil. Dann suchten ihre Hände verzweifelt weiter, und sie bekam die Axt zu fassen, die zum Spalten des Holzes für das Lagerfeuer immer noch bereitlag. Cornelia griff das Werkzeug mit einer Hand und erhob sich langsam. Dann schritt sie auf die beiden zu, die glasig ins Lagerfeuer stierten.

„Ihr Schlappschwänze, wenn ihr bei euren Frauen auch so erbärmlich seid, dann ist es kein Wunder, wenn sie fremdgehen oder schon alkoholabhängig sind ... Ich mach euch fertig", sagte Cornelia mit klarer Stimme. „Ihr bekommt in Minden keinen Fuß mehr auf den Boden. Das schwöre ich euch!"

Sie erhob die Axt mit drohender Gebärde. Karsten und Hans-Jürgen blickten auf. Karsten fing an zu lachen, Hans-Jürgen schaute ängstlich.

„Was willst du, du Flittchen?", erhob sich Karsten und stand schwankend auf den Beinen. „Uns fertigmachen? Dazu müsste erst noch jemand geboren werden ..."

Er drehte sich zu Hans-Jürgen um, der zustimmend nickte.

„Außerdem hast du das hier doch alles gewollt! Oder etwa nicht? Wir können das alle bezeugen. Jeder von uns, glasklar!"

Karsten schaute auf den schlafenden Martin.

„Na ja, fast alle!"

Dabei grinste er.

Cornelia schüttelte mit Tränen in den Augen den Kopf.

„Wie wäre es denn, wenn wir gleich mal deiner Familie davon berichten? Na, die werden Augen machen. So ein scheinbar artiges Mädchen und dann so ein Früchtchen. Aber vielleicht haben die das alles schon vorher geahnt ...", fuhr Karsten ungerührt fort.

„Das traut ihr euch nicht!"

Cornelia erhob die Axt und ging einen Schritt auf Karsten zu. Dann schwang sie ihre Waffe gegen den Mann, der erschrocken auswich.

„Jetzt bist du wohl völlig durchgeknallt ..."

Karsten ging wieder einen Schritt auf die junge Frau zu und versuchte, die Hand zu erreichen, die mit der Axt verschmolzen zu sein schien. Es gelang ihm, und er hielt das Gelenk fest umklammert. Während beide miteinander rangen, landeten sie auf dem Boden. Die Axt flog ein Stückchen weiter weg, aus der Reichweite der beiden Kämpfenden.

In panischer Angst fingerte Cornelia wieder um sich herum, auf der Suche nach irgendeiner Hilfsmöglichkeit, bis sie das Messer zu greifen bekam, mit dem sich die Männer am Lagerfeuer ihre Brotscheiben abschnitten. Sie schien mit einem Mal Kräfte zu entwickeln, die ihr niemand zugetraut hätte. Hans-Jürgen saß währenddessen wie gelähmt auf seiner Decke, unfähig, auch nur ein Wort des Widerspruchs zu sagen oder gar in die Handlung einzuschreiten. Am liebsten hätte er die Zeit zurückgedreht und all das hier ungeschehen gemacht. Vielleicht so weit zurück, dass es noch die heile Welt des Pärchens von Jonas und Cornelia gab, die später eine Familie gründeten, Kinder bekamen und ihn zum Großvater machten ...

Karsten schwitzte und fluchte, Cornelia stöhnte und schimpfte. Die beiden Kontrahenten wälzten sich auf dem steinigen Boden. Mit einem Mal landete das Messer im Hals von Cornelia und pulsierend schoss Blut heraus. Da ließ Karsten von ihr ab. Sie fasste sich an den Hals, gurgelte, japste, wand sich eine ganze Weile röchelnd und hauchte ihr Leben aus. Karsten griff das Messer, zog es heraus, holte weit aus und warf es in die Flussmitte.

Martin hatte sich in dieser gesamten Zeit nicht gerührt, zwischendurch erklang nur sein lautes Schnarchen in die Nacht. Hans-Jürgen war das Entsetzen ins Gesicht geschrieben, er zitterte wie Espenlaub.

„Was hast du getan?"

„Ich? Wieso ich? Diese blöde Göre hat doch angefangen. Ich habe mich nur gewehrt. Notwehr also ..."

„Wer soll uns das denn glauben?"

„Mir doch egal." Die Stimme von Karsten hatte einen schweren Unterton.

„Sollten wir nicht irgendwas tun?", schlug Hans-Jürgen vor.

„Klar, du wieder, ein Meister im Beseitigen irgendwelcher unliebsamen Hinterlassenschaften ...", grollte Karsten.

„Wovon du gelegentlich profitiert hast", wandte Hans-Jürgen ein. „Wir sollten die Polizei alarmieren."

Karsten ging nicht darauf ein. Der hatte sie wohl nicht mehr alle. Jetzt die Polizei rufen. Das wäre ja eine Aktion. Seinen Job könnte er dann wahrscheinlich gleich an den Nagel hängen, sich scheiden lassen und weit wegziehen. Am besten ins Ausland. Zumal er vorbestraft war, wenngleich damals auf Bewährung. Wegen einer heftigen Rauferei in seiner Jugendzeit, bei der sein Kontrahent fast sein Augenlicht verloren hätte.

„Sie muss weg", sagte Karsten.

„Was, weg? Wie denn?"

„Hast du dein Klebeband dabei und noch was auf der Rolle mit den großen Müllsäcken?"

Karsten dachte jetzt wieder vollkommen logisch.

„Na klar", antwortete Hans-Jürgen. „Aber was willst du denn damit?"

„Mann, bist du schwer von Begriff. Wir müssen die Spuren hier beseitigen. Und sobald die Morgendämmerung einsetzt, hauen wir ab."

Karsten überlegte kurz, wie sie am besten vorgehen könnten. Dann fiel es ihm ein. Immerhin gab es genügend Krimis im allabendlichen Programm, und seine Frau stand darauf, während er die Filme nur mit geringer Aufmerksamkeit verfolgte. Aber jetzt kamen ihm die Details aus einer dieser Folgen in den Sinn. Sie mussten den Kopf entfernen und sämtliche Finger dazu. Dann würde es auf jeden Fall später schwieriger, die Identität der Studentin zu ermitteln.

Er befahl Hans-Jürgen, ihm entsprechend zur Hand zu gehen. Sein Freund führte alles willenlos aus, während sie den Kopf mit der Axt vom Rumpf trennten, was sich in der Praxis als sehr viel schwieriger erwies, als sich beide es je vorgestellt hatten. Aber schließlich war der letzte Schlag getan, und das Haupt rollte zur Seite. Diesen Part hatte Karsten übernommen, dann reichte er Hans-Jürgen die Axt, damit er die Tat vollendete. Die Finger waren dagegen für Hans-Jürgen – mit jeweils zwei Schlägen bei jeder Hand – nur eine Kleinigkeit. Obwohl er ein Zittern seines Körpers dabei nicht bändigen konnte. Den Ring hatte Karsten zuvor, nach einem Blickwechsel mit seinem Freund, in der Gesäßtasche seiner Jeans, die auf dem Boden lag, verschwinden lassen.

Nach und nach verstauten sie alles in mehreren, übereinander gezogenen Müllsäcken und beide Männer setzten das braune, fünf Zentimeter breite Klebeband an. Der eine hielt die Rolle, der andere zog den Streifen ab. Damit umschlangen sie die zwei entstandenen Pakete unterschiedlicher Größe. Um sie zu beschweren, hatten sie zuvor jeweils noch einige Steine vom Uferbereich mit dazugetan.

Als sie später die beiden Teile ins Wasser gleiten ließen, drehte sich Martin von einer Seite auf die andere und schnarchte weiter. Zuletzt gossen Karsten und Hans-Jürgen mehrere Eimer Wasser über die Blutspuren der Tat.

„Hast du die Axt in eines der Pakete mit reingetan?", wollte Karsten noch wissen, als er sich wieder hingelegt hatte. Dabei erhob er den Oberkörper ein wenig und schaute zu Hans-Jürgen hin.

„Das Messer jedenfalls habe ich vorhin Richtung Flussmitte geworfen", rief er sich selbst noch einmal in Erinnerung.

Mit dem würde ich sowieso nie wieder was schneiden wollen, ergänzte Karsten noch im Stillen.

„Natürlich. Alles verschwindet auf diese Art und Weise", kam die Antwort von Hans-Jürgen, im festen Glauben, er habe das Werkzeug zum Kopf gelegt, bevor der in seiner blauen Plastiktüte eingewickelt und verklebt wurde.

In den folgenden Stunden fanden Karsten und Hans-Jürgen keinen Schlaf. Nur kurz hatten sie sich versuchsweise hingelegt, dann wieder aufrecht hingesetzt. Sie starrten auf die Weser und auf ihren Freund, mit dem sie sich diese Tat nicht teilen mussten. Es war noch nicht sechs Uhr, als Karsten sich erhob und Martin in die Seite trat.

„Lass mich doch noch schlafen. Ich bin todmüde", gab Martin von sich.

„Nein, wir machen uns jetzt auf den Weg", entschied Karsten, keinen Widerspruch duldend. „Du kannst natürlich auch allein fahren."

„Wo ist denn die Kleine hin?", wollte Martin wissen.

„Auf und davon."

„Aha", gab sich Martin zufrieden. Sein Kopf dröhnte, und er hatte das Gefühl, als ob einer mit dem Messer darin herumstocherte. Außerdem war ihm schon wieder speiübel. Er erhob sich und kotzte auf dieselbe Stelle wie in der Nacht zuvor.

Hals über Kopf hatten sie sich auf den Weg gemacht. In Windeseile alle ihre Sachen gepackt. Und auf die Bemerkung von Martin, was denn die roten Spuren auf den Steinen sollten, die er entdeckte, hatte Karsten nur vergossenen Rotwein als Argument anzubringen. Das Tageslicht machte doch mehr deutlich, als sie vermutet hatten. Aber sicher würde bald Regen kommen, der alle Spuren verwischte. Martin akzeptierte den Hinweis auf den Wein, auch weil ihm die Kopfschmerzen viel zu sehr zusetzten, um weitere Gedankengänge zu verfolgen.

In dem kleinen Gebüsch, gleich neben ihrer Lagerstatt, wo sich alles abgespielt hatte, lag die Axt. Hans-Jürgen hatte sie irgendwann in der Hand gehabt, dann war ihm aber übel geworden, und er hatte beide Hände gebraucht, um sich abzustützen, während er sich ein Stück weiter weg erbrach. Danach war der Gedanke an dieses eigentlich nur kurzzeitig abgelegte Werkzeug in seinem alkoholumnebelten Gehirn abhandengekommen.

Karsten konnte sich nicht mehr an die Autofahrt zur Kreispolizeibehörde und auch nicht daran erinnern, wie sie in dieses Zimmer gekommen waren. Ein kahler Raum. Er auf der einen Seite des Tisches, die beiden Kommissare auf der anderen Seite und in einer Ecke noch eine Frau mittleren Alters, sehr adrett gekleidet, die Stift und Block vor sich hatte. Wie altmodisch, fuhr ihm ein Gedanke durch den Kopf. So was konnte man doch mit entsprechender Technik aufzeichnen.

„Sie haben für diese Befragung jetzt auf einen Anwalt verzichtet!", sagte Alexander.

„Meinen Sie, ich hätte einen nötig?"

„Das ist Ihre Entscheidung, nicht meine", betonte Alex und ärgerte sich schon wieder über dieses übliche Gehabe. Für seinen Geschmack hatte der Typ ganz dringend rechtlichen Beistand nötig ...

Zäh zog sich die Vernehmung hin. Karsten erwies sich als Meister im Ausweichen. Nur das, was auch nicht zu leugnen war, und die harmlosen Einzelheiten gab er zu.

„Ist es dann zu einem Handgemenge mit der jungen Frau gekommen? Hat sie sich gewehrt?", wollte Alex wissen.

Karsten zuckte die Schultern.

„Ich hatte ziemlich getankt an diesem Abend, der auch richtig fröhlich begonnen hatte. Irgendwann war diese sexy Nixe eben bei uns an der Raststelle am Ufer aufgetaucht. Und dann hat sich alles entwickelt, wie ich es Ihnen erzählt habe. Sie hat uns regelrecht umgarnt."

Es klopfte an der Tür und eine Polizistin betrat den Raum, lief zu Alexander, beugte sich zu ihm und flüsterte ihm etwas ins Ohr. Er brummte zustimmend. Dann erhob er sich.

„Dennis, machst du bitte allein weiter. Ich bin gleich wieder zurück."

„Selbstverständlich."

Die beiden hatten zuvor schon für solche Situationen ausgemacht, dass in der Abwesenheit von Alexander eher noch einmal die bisherigen Fragen durchgegangen wurden, auch um Verdächtige zu zermürben und den Wahrheitsgehalt in der Wiederholung zu prüfen.

Karsten bat um ein Glas Wasser, nachdem Alexander den Raum verlassen hatte.

Zwei Zimmer weiter saß Martin Müller mit Falk und Otto, die zunächst die Personalien erfasst hatten. Hier kam Otto die Aufgabe zu, das Protokoll zu erstellen. Was er zwar gelegentlich, aber nur äußerst ungern tat. Sein größter Fehler im Leben, einmal Stenografie gelernt zu haben, wie er immer wieder lautstark betonte. Was aber ein schlagendes Argument war, ihn entsprechend einzusetzen.

Alexander stellte sich kurz vor und fragte dann: „Wie ist der Stand der Dinge?"

„Herr Müller hat uns gerade erst erzählt, wie die Freundesrunde zu ihrer Paddeltour auf der Weser gestartet ist. Ich habe bis jetzt auch noch kein Drachenbootrennen verpasst. Die sind ja so was von klasse", strahlte Falk.

Ja, toll, dachte Alex. Verbündet man sich jetzt mit infrage kommenden Verdächtigen? Wenn man nicht alles selbst macht ...

Laut aber gab er von sich: „Dann berichten Sie uns doch von dem Augenblick an, wo Cornelia Neuner bei Ihnen auftauchte!"

Martin schluckte.

„Das ist alles so schrecklich, was ich jetzt gehört habe und was da passiert sein soll."

Alex nickte auffordernd.

Und Martin erzählte wahrheitsgetreu den Hergang, so wie er ihn erlebt hatte. Auch den alkoholbedingten Aussetzer erwähnte er.

„Wir benötigen noch eine Speichelprobe von Ihnen und Fingerabdrücke!", sagte Alexander zum Schluss und stand auf.

„Das scheint dann wohl nötig zu sein", flüsterte Martin.

„Geht klar. Ich bringe Herrn Müller gleich noch zu Heike", erklärte Otto.

Alexander war in dem Moment schon aus dem Raum gegangen und raschen Schrittes zum Vernehmungszimmer geeilt, in dem sich Karsten mit Dennis und der Protokollantin befand. Eine halbe Stunde war vergangen. So viel Zeit sollte sein, beschloss Alex innerlich. Hans-Jürgen Lehmann war nicht aufzutreiben. Er befand sich auf einer Dienstreise und konnte erst am folgenden Morgen befragt werden.

Als Alexander den Raum betrat, blickten ihn drei Augenpaare fragend an. Er musste in Kürze eine Entscheidung treffen.

„Würden Sie bitte für mich Ihre letzten Aussagen noch einmal wiederholen?!", forderte Alex.

Karsten bekam einen zornigen Gesichtsausdruck. Was war das denn hier für eine Zusammenarbeit. Sprachen die sich nicht ab? Er hatte doch eben alles klar und deutlich erklärt. Wozu wurde schließlich ein Protokoll aufgenommen? Da konnte doch jeder Blödmann hinterher nachlesen, was geäußert worden war.

„Wenn Sie mich hier verdächtigen, zum Tode dieser Studentin beigetragen zu haben, so irren Sie sich. Ich gebe zu, dass ich ihrem dringenden Verlangen nach Sex nachgegeben habe. Es war schließlich eine sehr verführerische Person! Und aufgrund des vielen Alkohols war ich irgendwann zu gar nichts mehr in der Lage, auch nicht dazu, mir irgendwas zu merken, geschweige denn eine brutale Tat zu begehen. Da müssen Sie Ihren Mörder vielleicht bei meinen Freunden suchen. Einer wird es schon gewesen sein."

Alexander spürte eine unbezähmbare Wut in sich aufsteigen. Nicht nur, dass dieser Mann jetzt alles leugnete. Das taten ja die meisten. Wer gab schon auf Anhieb zu, dass er ein Verbrechen begangen hatte?! Auf jeden Fall aber hatte er Geschlechtsverkehr mit Cornelia Neuner gehabt, und der war bestimmt nicht freiwillig von ihrer Seite aus geschehen. Außerdem gab es Spuren von Karsten an dem Verpackungsmaterial ... Aber dann auch noch die Schuld auf Freunde zu schieben! Eine allerdings ebenfalls recht gängige Vorgehensweise von Verbrechern.

„Wir sehen uns gezwungen, Sie in Untersuchungshaft zu nehmen", verkündete Alexander.

„Das ist ja wohl die Höhe", fuhr Karsten auf. „Ich will jetzt sofort mit meinem Anwalt reden."

„Dazu hatte ich Ihnen gleich zu Beginn geraten", erinnerte Alexander.

„Es konnte ja keiner ahnen, was Sie hier für schwere Geschütze auffahren!"

„Dennis, Herr Müller hat ein Telefonat mit seinem Anwalt frei. Kümmere dich bitte darum. Ich habe jetzt andere Verpflichtungen."

Alexander war während seiner Bemerkung schon aufgestanden und schloss beim letzten Wort die Tür hinter sich.

„Hier."

Dennis schob Karsten ein Telefon über den Tisch. Der griff mit hochrotem Kopf dazu, nestelte aus seiner Anzugjacke ein Notizbuch und blätterte darin. Dann wählte er die Nummer. Eine Sekretärin stellte ihn durch und Karsten erklärte Dr. Osterwinter den Sachverhalt.

Spannend, dachte Dennis, wie man doch eine Situation so verschieden schildern kann. Bin mal neugierig, was der Anwalt da unternehmen will.

„Sie kommen gleich hierher?! Da fällt mir ein Stein vom Herzen. Danke, Doktor Osterwinter."

Karsten hatte ein Siegerlächeln im Gesicht.

Das wird dir schon noch vergehen, dachte Dennis.

„Wie schnell wird Ihr Anwalt hier eintreffen?", wollte Dennis mit einem Blick auf die Wanduhr wissen.

„Spätestens in einer halben Stunde."

„Gut, dann lassen wir Sie hier in dem Raum so lange mit einem Polizisten allein. Bis später."

Dennis und Elsa verließen den Raum, und Dennis schickte die Polizistin, die vor der Tür gestanden hatte, hinein.

Auch dem Anwalt gelang es nicht, Karsten Müller die Übernachtung an der Marienstraße zu ersparen.

„Es tut mir leid, Herr Müller. Ich habe mein Bestes getan. Da müssen Sie jetzt durch. Es gibt Schlimmeres, glauben Sie mir", betonte Dr. Osterwinter und eilte davon. „Wir schauen dann morgen weiter!"

Die Nacht in der Gewahrsamszelle im Untergeschoss der Behörde war ernüchternd für Karsten. Wenngleich sie ihn bestärkte, wie er vorgehen wollte. Er plädierte auf unschuldig. Das war gar keine Frage.

Am anderen Morgen tauchte Hans-Jürgen Lehmann pünktlich auf die Minute auf. Die Nacht über hatte er kein Auge zugetan, nachdem ihm Monika mitgeteilt hatte, was man von ihm erwartete. Er wälzte sich im Bett von einer Seite auf die andere, stand dann wieder auf und setzte sich ins Wohnzimmer, um zu überlegen, welche Strategie am gescheitesten wäre. Die Wahrheit. Die siegte doch immer, so hoffte er. Außerdem hatte er Karsten damals gleich geraten, die Polizei zu verständigen, als die Sache ausgeufert war.

„Ich habe hier einen Termin", erklärte er der Angestellten an der Schleuse.

Im selben Augenblick war auch schon ein Polizist aufgetaucht, der ihn in Empfang nahm und durch das Haus begleitete. Wortlos. Vor einer Tür blieb er stehen, öffnete sie und bedeutete Hans-Jürgen hineinzutreten. Heike blickte auf.

„Ach, Speicheltest und Fingerabdrücke. Dann kommen Sie mal herein, Herr Lehmann."

Rasch hatte sie ihre Arbeit erledigt, die Hans-Jürgen kommentarlos über sich ergehen ließ. Anschließend übergab Heike ihn wieder dem Polizisten, der so lange gewartet hatte.

„Dann geht es jetzt für Sie zur Vernehmung", erklärte Heike noch und verkniff sich ein „Auf Wiedersehen".

Die beiden Männer liefen den Flur hinunter, der eine in gerader, äußerst aufrechter Haltung, der andere regelrecht gebückt und an der Wand entlang schleichend. Als der Polizist stoppte, wäre Hans-Jürgen beinahe in sich zusammengesackt, so weich waren seine Knie geworden.

Alexander und Dennis befanden sich im Vernehmungsraum schon in Warteposition, wieder mit Elsa, die alles notieren sollte. Alex fühlte, dass sie nun auf den letzten Metern waren.

„Guten Morgen, Herr Lehmann“, grüßte Alexander. „Nehmen Sie doch Platz.“

Es gab nur einen freien Stuhl, auf den sich Hans-Jürgen setzte.

Diesmal stellte Dennis alle Beteiligten vor.

„Ihre Frau hat Ihnen schon erzählt, worum es uns geht?“

Dennis schaute aufmerksam auf Hans-Jürgen.

„Um eine Befragung in einem Todesfall. So ähnlich hat sie sich jedenfalls ausgedrückt ...“, druckste Hans-Jürgen herum.

Jetzt übernahm es Dennis wieder, die Sachlage zu schildern.

„Wir wissen ja, dass Sie zum infrage kommenden Zeitpunkt mit Ihren Freunden an der Weser waren. Das haben uns auch schon Herr Müller und Herr Schulze bestätigt.“

Hans-Jürgen nickte.

Dann konfrontierte ihn Alexander mit der Erzählung von Karsten. Hans-Jürgen wurde immer bleicher und zitterte schließlich am ganzen Körper.

„Nein, um Himmels willen, nein. So ist das doch überhaupt nicht gewesen. Wir haben Scheiße gebaut. Ja! Und ich wollte damals auch gleich die Polizei rufen, als die Kleine am Boden lag, aber Karsten war dagegen. Im Grunde war es ein Unfall."

Jetzt schluchzte Hans-Jürgen.

„Dann berichten Sie uns mal Ihre Version", forderte Alexander ernst.

Als Hans-Jürgen geendet hatte, schauten sich Alexander und Dennis an. Auch ohne Worte waren sie sich einig. Dieser Mann schien nicht der Hauptverdächtige zu sein, den hatten sie auf jeden Fall bereits in Karsten Schulze gefunden.

Sie entließen Hans-Jürgen mit der Maßgabe, er solle sich zur Verfügung halten, und er müsste natürlich mit Konsequenzen rechnen. Den Gedanken an eine eventuelle Fluchtgefahr verwarf Alex, als Dennis ihn am Rande unter vier Augen aussprach.

Kurz danach stand der Termin mit dem Haftrichter an, und die Ergebnisse aus den jüngsten Speicheltests und von den Fingerabdrücken lagen vor.

Auch mit Kriminaloberrat Riechmann und mit dem Staatsanwalt stimmte sich Alexander ab. Sie kamen einhellig zu der Auffassung, dass alles für eine Täterschaft von Karsten Schulze sprach. Selbst wenn er nach wie vor leugnete und alles seinen beiden Freunden in die Schuhe schob. Alexander konnte den Fall für sich als abgeschlossen betrachten, und der Staatsanwalt konnte Klage erheben. Aktenführer Eduard Schiller konnte einen riesigen Packen an Unterlagen wieder ins Archiv tun. Mit keiner großartigen Gemütsbewegung, aber mit einem kleinen, feinen Strahlen in den Augenwinkeln.

Als Alexander am Abend an seinem Schreibtisch zu Hause saß, fühlte er eine Leere in sich. Keine Unterlagen aus dem Dienst, die er noch zu bearbeiten hatte. Keine offenen beruflichen Fragen, die ihn sonst durch die Nacht hindurch gequält hätten. Einerseits ein gutes Gefühl, dass man die Täter nun hatte und sie einer gerechten Strafe zugeführt wurden. Aber die Hinterlassenschaften waren verbrannte Erde, zerstörte Gefühle, Hilflosigkeit und Ängste.

Alex stützte seinen Kopf auf beide Hände und schloss die Augen. Er sollte mal wieder die Psychologin aufsuchen, fiel ihm gerade ein. Nicht nur die Angehörigen von Ermordeten mussten sich mit ihren Qualen auseinandersetzen, auch ihn belastete das. Zwar nicht ständig, aber doch zeitweise und dann ziemlich intensiv. Bei jedem Fall, immer wieder, auch wenn es Verhaltenstraining gab, solche Emotionen nicht zu sehr an sich heranzulassen.

Sein Handy hatte er in den Vibrationsmodus versetzt, damit es nicht laut klingelte, denn die Mädchen waren gerade am Einschlafen. Eben hatte er noch nach ihnen geschaut. Jetzt fing das Gerät an, auf dem Schreibtisch herumzutanzen. Alex öffnete die Augen und warf einen seitlichen Blick aufs Display. Seine Cousine. Den Anruf konnte er getrost annehmen. Er aktivierte das Gespräch, erhob sich und flüsterte:

„Hallo, Häschen. Schön, dass du anrufst. Warte mal noch einen Moment. Ich mach mal die Zimmertür ran, damit ich die Kinder nicht störe.“

„Alles klar, Alex. Ich wollte eigentlich auch gar nicht so spät angerufen haben. Aber der Alltag hat mich mal wieder dermaßen überrollt, dass ich zu gar nichts gekommen bin“, klagte Vanessa.

„Na, das kommt mir irgendwie bekannt vor“, sagte Alex, jetzt in normaler Lautstärke.

Vanessa lachte.

„Ich rufe ja auch nur an, weil ich wissen will, ob das mit eurem Besuch am Wochenende klappt?“

Alex schob in dem Moment jede Erinnerung an seinen Beruf beiseite und antwortete mit einem befreiten: „Ja!“

Dann lehnte er sich gemütlich in seinem Stuhl zurück.

„Oder hast du etwa was anderes erwartet?“

„Na ja, in deinem Berufszweig ticken die Uhren sowieso anders. Da kann man sich sein Leben nicht so ganz frei einteilen“, sagte Vanessa verständnisvoll.

„Das tut jetzt mal richtig gut, was du da sagst und vor allem, wie du es sagst“, entfuhr es Alex, und er dachte an all die Vorwürfe, die er sich schon hatte anhören müssen, wenn es um seinen Job ging, der sich immer dazwischendrängte.

„Sollte es auch, mein Bester. Ich bereite alles vor, und wir erwarten euch“, erklärte Vanessa. „Und jetzt will ich dich nicht weiter stören.“

„Das hast du überhaupt nicht getan“, sagte Alex und verabschiedete sich, um gleich in die Planung zu verfallen, was er mit den Kindern alles in Berlin unternehmen und wen er unbedingt besuchen wollte. Kater Albert schlich dabei um seine Beine und schmiegte sich an ihn, während

Alexander eine Hand auf das weiche Fell legte, um ihn zu streicheln, was ein tiefes Schnurren erzeugte.

Danksagung

Inzwischen ist es schon etliche Jahre her, dass alles mit meinem Kommissar Alexander Rosenbaum seinen Anfang nahm. 2011 startete er in Minden, nachdem er sich von Berlin hatte versetzen lassen, mit allerlei seelischem Ballast und der Hoffnung, er könne Abstand von der Hauptstadt und seinen privaten Sorgen gewinnen. Aber das Leben hält einem immer Überraschungen bereit, ist geprägt von Höhen und Tiefen. Meine Romanfigur begleitet mich seitdem und lässt mich nicht mehr los.

Hiermit nun hat mein Kriminalist bereits seinen siebten Fall erfolgreich gelöst und jedes Mal war er eingebunden in ganz viel Lokalkolorit – wie es sich eben für einen Regionalkrimi gehört. Der soll ja Land und Leute widerspiegeln und denen, die es vielleicht nach Australien oder Amerika verschlagen hat, ein Stück weit die Heimat in Erinnerung rufen.

Nach wie vor bietet die Gegend unheimlich viel Stoff zum Fabulieren. Was die Polizeiarbeit angeht, so könnte man beim Lesen vielleicht denken, es spielt sich alles genauso in der hiesigen Kreispolizeibehörde ab. Das kann und soll aber nicht so sein. Denn schließlich und endlich handelt es sich um einen Roman, nicht um einen Tatsachenbericht.

Jetzt, wo ich diese Zeilen schreibe, recherchiere ich für den achten Fall meines Kommissars, der ebenfalls wieder voller unterhaltsamer Wiedererkennungseffekte sein soll.

Lassen Sie sich weiterhin überraschen.

Ein großes und besonders herzliches Dankeschön an alle, die mir seit meinen literarischen Anfängen in der Öffentlichkeit mit Rat und Tat zur Seite stehen, mir bewusst (oder unbewusst) Inspirationen liefern. Mein Peter zuallererst, Freunde, Familie, Leser, Fans, Verleger, Buchhändler, Kritiker, Lesungsveranstalter ... So eine langfristig angelegte Romanreihe funktioniert nur gemeinsam!

DANKESCHÖN!

Andrea Gerecke
Hille, im Frühlingsausgang 2017

Im Verlag CW Niemeyer bereits erschienen ...

Eine insgeheim von Insolvenz gezeichnete Theatergruppe bespielt in diesem Jahr die Freilichtbühne unterhalb der Porta Westfalica. Als ein Schrei an jenem milden Sommerabend die Stille durchschneidet, glauben alle Besucher an einen starken Einstieg nach der Pause. Plötzlich erklärt Regisseurin Patricia Petersen die Aufführung für beendet. Hauptdarsteller Stefan von Sangerhausen wird leblos im Hinterland des Freilichttheaters gefunden. Er galt als Hochstapler und Heiratsschwindler. Ein Mordmotiv? Die Ermittlungen nehmen Alexander Rosenbaum voll in Anspruch. Da hat ihm der in den Ruhestand versetzte Wolfhard Schmidt, der mit der Hundemafia konfrontiert wird, gerade noch gefehlt.

Andrea Gerecke. Kein letzter Akt
320 Seiten. Paperback. ISBN 978-3-8271-9444-2
E-Book 978-3-8271-9595-1 (Pdf)
978-3-8271-9795-5 (Epub)

Krimis finden Sie unter ...

NIEMEYER KRIMI
GÜNTER VON LONSKI
HASS VERJÄHRT NICHT
CW Niemeyer

Im Verlag CW Niemeyer bereits erschienen ...

Wuppertal, im Jahr 2001: Eine Leiche am Ufer eines Tümpels. War es ein Unfall? Niemand vermisst die unbekannte Frau. Auch die Spur der Polizei führt ins Nichts, die Ermittlungen werden eingestellt.
Fünfzehn Jahre später stolpert Zeitungsreporter Frank Dirzius über eine amtliche Mitteilung: Eine seit Jahren vermisste Frau soll von Amts wegen für tot erklärt werden. Dirzius wittert einen Skandal – haben die Behörden damals geschlafen oder gibt es einen Mord ohne Leiche?
In Zusammenarbeit mit Hauptkommissarin Sophie Stein gibt es bald erste Hinweise auf die Identität der namenlosen Toten von damals. Als eine weitere Frau verschwindet, beginnt ein Wettlauf gegen die Zeit.

Andreas Schmidt. Blutiges Vergessen
336 Seiten. Paperback. ISBN 978-3-8271-9483-1
E-Book 978-3-8271-9596-8 (Pdf)
978-3-8271-9796-2 (Epub)

Krimis finden Sie unter ...

Im Verlag CW Niemeyer bereits erschienen ...

Der 2. Fall für Frau Wunder und Herrn Spyridakis

Ein Mann wird tot aufgefunden – kurioserweise sitzt er an einen Grabstein gelehnt auf dem Friedhof. Ist er dort mit einem letzten Gebet auf den Lippen gestorben? Oder handelt es sich um einen perfiden Mord?
Das Wiesbadener Kommissar-Duo Julia Wunder und Vlassopolous Spyridakis ermittelt. Die Geschichte spielt im Bankenmilieu, und Julia und Vlassi müssen auch Spuren nach Mainz verfolgen, wo sie wieder mal auf den Kollegen Ernst Lustig stoßen, der den Fall zu durchschauen vorgibt. Die Kommissare aus den rivalisierenden Städten raufen sich zusammen und entdecken bald, in welchem Sumpf der Tote wandelte – doch mit Witz und Humor klären sie den Fall.

Lothar Schöne. Ein Grab im Rheingau
432 Seiten. Klappenbroschur. ISBN 978-3-8271-9474-9
E-Book 978-3-8271-8533-4 (Pdf)
978-3-8271-8332-3 (Epub)

www.niemeyer-buch.de

Im Verlag CW Niemeyer bereits erschienen ...

Im Sielhafenmuseum „Groot Hus" in Carolinensiel wird eine Leiche gefunden. Die Kommissare Tomke Evers und Hajo Mertens stehen vor einem Rätsel. Sie finden mysteriöse Blutspuren, die nicht zu dem Toten gehören und es ist eine wertvolle Bibel verschwunden. Zwei junge Ausreißer, die sich in der Tatnacht im Museum versteckt haben, gelangen in den Fokus der Ermittlungen. Was haben sie beobachtet? Sind sie selbst in den Fall verwickelt? Als eine Frau vergiftet wird und geheimnisvolle Dinge aus der Vergangenheit zutage treten, wird der ganze Fall immer undurchsichtiger. Erst allmählich kristallisiert sich heraus, dass die historische Heilige Schrift der Ursprung des Verbrechens sein muss.

Gaby Kaden. Küstennächte
352 Seiten. Paperback. ISBN 978-3-8271-9438-1
E-Book 978-3-8271-9686-6 (Pdf)
978-3-8271-9886-0 (Epub)

Krimis finden Sie unter ...

Im Verlag CW Niemeyer bereits erschienen ...

Hamburg-Krimi

11. Januar 2017: Während der Eröffnungsfeierlichkeiten stürzt ein Fallschirmspringer vom Dach der Elbphilharmonie in den Tod. Die aus der Elbe geborgene Leiche einer Bauingenieurin, aber auch das plötzliche Verschwinden von vier Bauarbeitern lassen Privatdetektiv Carsten-Oliver Lutteroth in die zögerlichen Untersuchungen der Mordkommission eingreifen. Gemeinsam mit Kommissarin Sandra Holz kommt Lutteroth einem rätselhaften Hamburger Geheimbund und Vertuschungsversuchen der Hansestadt beim Bau des neuen Konzerthauses auf die Spur.

In ihrem fünften Fall ermittelt die Hamburger Kommissarin Sandra Holz unter ständigem Einsatz ihres Lebens.

Klaus E. Spieldenner. Elbtod
336 Seiten. Paperback. ISBN 978-3-8271-9469-5
E-Book 978-3-8271-8528-0 (Pdf)
978-3-8271-8328-6 (Epub)